Regina Nössler, *Schleierwolken*

Regina Nössler

Schleier-wolken

Thriller

konkursbuch
Verlag Claudia Gehrke

Heute schon an mich gedacht?

Nein. Noch kein einziges Mal.

Ach komm, du lügst. Du denkst jeden Tag an mich.

Das hättest du wohl gern.

Ich weiß es. Ich sehe es dir an.

Du siehst mich doch gar nicht.

Natürlich sehe ich dich, was dachtest du denn? Ich beobachte dich den ganzen Tag. Ich beobachte dich sogar nachts, wenn du träumst. Beunruhigt dich das? Ich sehe all deine Regungen. Ich überwache dich. Beunruhigt dich das? Muss es nicht. Ich sehe dich, immer, und ich weiß, dass du gar nicht ohne mich kannst.

Ich kann sehr gut ohne dich. Falls du es noch nicht mitbekommen hast: ich habe mich von dir getrennt.

Entschuldige, wenn ich lache. Du kannst dich nicht von mir trennen, niemals, sooft du es auch versuchst. Wir gehören zusammen. Du. Und ich. Du und ich. Wir sind ein Traumpaar. Füreinander geschaffen. Hast du es jetzt endlich kapiert?

Füreinander geschaffen, du spinnst wohl. Lass mich in Ruhe! Du machst mich krank. Wenn du mich nicht endlich in Ruhe lässt –

– Was dann? Rufst du die Polizei?

1
Mitte September

Es war ein nichtssagender, farbloser Tag ohne Wetter. Der Sommer war jetzt wohl vorbei. Heute wird nicht viel passieren, dachte ich, als ich mich auf den Weg machte. Damit sollte ich komplett falsch liegen, aber wer rechnet auch schon mit sechsundvierzig Jahren, völlig überraschend, mit seinem Ableben? Gut, manche starben noch früher, viel früher, aber ich war einigermaßen gesund, ich achtete auf mich, aß ausreichend Vitamine, nahm Nahrungsergänzungsmittel zu mir, in Maßen, denn zu viel davon war auch nicht gut, sogar gefährlich, wie ich wusste, ich war nicht besonders risikofreudig, das war ich noch nie gewesen, ich sprang nicht mal vom Zehnmeterturm, weder heute noch als Kind.

Als Kind hatte ich mich ein einziges Mal auf die oberste Plattform gewagt, eher notgedrungen, weil mich jemand dazu gezwungen hatte. Wahrscheinlich Nicole. Nicole war ein Aas gewesen. Oft grausam. Genauso oft desinteressiert. Ausgestattet mit der Lust am Quälen. Aber das hatte mich nicht davon abgehalten, für sie zu schwärmen.

Ich war nicht gesprungen. Stattdessen drückte ich mich mit hochrotem Kopf an den anderen, nach oben drängenden, kichernden Kindern vorbei zurück nach unten. Sie waren mutig – *todesmutig*, hätte ich gesagt, wenn es gerade nicht so vollkommen unpassend gewesen wäre. Welche Schmach, vor aller Augen unverrichteter Dinge wieder nach unten zu steigen.

An den Zehnmeterturm musste ich jetzt denken. An den Zehnmeterturm, die Schmach und alles mögliche andere Unsinnige, erstaunlich, was man in diesen Sekundenbruchteilen denkt, ich dachte sogar noch: Habe ich eigentlich mein ganzes Leben damit verbracht, solchen Unsinn zu denken? Wie peinlich. Ich gehe damit unter, Unsinn zu denken, ich sterbe – wenn nicht gleich, dann in ein paar Minuten. Ich schaffe es garantiert nicht mehr lebend ins Urban-Krankenhaus. Irgendwo hörte ich eine Sirene, die aber sicher nicht mir galt. In Berlin dauerte es rund zehn Minuten, bis der Rettungswagen eintraf, viel zu lange für mich, zehn Minuten waren auch noch gar nicht vergangen. Ich sterbe – dessen war ich mir jetzt ganz sicher, als ich den riesigen Ozeandampfer namens 140 auf mich zukommen sah – und habe lauter Belanglosigkeiten im Kopf. Sollte es nicht irgendwie erhabener sein? Würdevoller?

An diesem nichtssagenden, farblosen Tag ohne Wetter im September rettete die Polizei in einer beherzten Aktion einen Mann aus dem Landwehrkanal vor dem Ertrinken. Ungefähr zur selben Zeit befreite die

Feuerwehr in einem anderen Berliner Bezirk eine alte Frau samt Wellensittich aus ihrer brennenden Wohnung. Gerade noch rechtzeitig. Frau und Wellensittich überlebten. Am Ufer des Landwehrkanals stellten die Polizisten kurz darauf fest, dass sie keinen Mann, sondern eine Schaufensterpuppe aus dem Wasser gezogen hatten.

Es war ein guter Tag für hilflose Personen und Vögel in aussichtsloser Lage. Aber ein schlechter für mich.

Das Kribbeln im Nacken, das man angeblich spürt, wenn man sich verfolgt glaubt, hatte ich immer für Einbildung gehalten. Für eine Wahrnehmung, die gar nicht möglich ist, weil wir hinten bekanntlich keine Augen haben. Bis vor ungefähr acht Wochen. Seit ungefähr acht Wochen spürte ich es selbst. Fast jeden Tag. Es kribbelte in meinem Nacken, in der U-Bahn, wenn ich einkaufen ging oder abends in einem Restaurant saß, manchmal sogar in meiner Wohnung.

Es war einer dieser farblosen Tage, die in jeder Jahreszeit liegen könnten, abgesehen vom Blätterstand der Straßenbäume und der Farbe des Laubs, ein leicht angeschmutzter Tag, so grau und langweilig, dass er nicht einmal deprimierend war, selbst dazu fehlte ihm die Kraft. Ich hätte nicht sagen können, ob es jetzt im September noch warm oder schon kühl war – vermutlich weder noch, sondern etwas Undefinierbares dazwischen. Es musste geregnet haben, denn die Straße glänzte feucht. Falls dafür nicht

ein Putzfahrzeug der Berliner Stadtreinigung verantwortlich war.

Ich hörte Schritte hinter mir. In meinem Nacken
kribbelte es. Die Schritte, schneller als ich, kamen
näher. Seit acht Wochen hörte ich andauernd Schritte hinter mir, das machte mich noch ganz verrückt.
Ich war eine ziemlich uninteressante Person. Wer
sollte mich verfolgen? Und aus welchem Grund? Ich
war davon überzeugt, dass nur interessante, berühm-
te oder wichtige Menschen verfolgt wurden. Nichts
davon traf auf mich zu. Selbst Zucker, den ich auch
in Gedanken immer nur Zucker nannte, nie beim
Vornamen, dürfte mich nach der langen Zeit vergessen haben. Irgendwann endete alles, sogar Hass. Für
Zucker war ich eine Weile von Bedeutung gewesen,
auch wenn es sich um eine durch und durch kranke
Bedeutung gehandelt hatte.

Das Stechen unter meinem linken Schulterblatt
verschwand einfach nicht. Zu viel Schreibtisch. Ich
saß die ganze Woche in einem Büro mit schlechter
Luft und redigierte Texte am Bildschirm. Unsere
Räume waren mit Ikea-Möbeln eingerichtet, zu mehr
hatte es nicht gereicht. Ich korrigierte Rechtschreib-,
Grammatik- und Zeichensetzungsfehler. Das Setzen
von Kommata, fiel mir dabei immer auf, schien eine
hohe Kunst zu sein, die kaum jemand beherrschte.
Für meine Tätigkeit im Schreibbüro wurde ich nicht
sonderlich gut bezahlt. Manchmal war auch meine
Meinung zum Inhalt gefragt, aber eher selten. Ich
war die pflichtbewusste Korrekturmaus, die nie fehl-

te und auf die immer Verlass war. Heute hatte die pflichtbewusste Korrekturmaus jedoch ausnahmsweise bei der Arbeit angerufen und sich krankgemeldet, das erste Mal seit Jahren. Wahrscheinlich durfte ich jetzt gar nicht draußen herumspazieren, wenn ich doch krank war. Ich machte mir ganz schön viele Gedanken darüber, was ich durfte und was nicht.

An das Stechen unter meinem Schulterblatt hatte ich mich inzwischen fast gewöhnt. Was mich zermürbte und langsam auffraß, waren die ständigen Reisen zu meiner Mutter. Fünfhundert Kilometer hin, einige Tage Aufenthalt bei ihr in der schrecklichen Siedlung, anschließend fünfhundert Kilometer wieder zurück. Ein paar Wochen später das Ganze wieder von vorne. Ich war eine gute Tochter. Ich war eine so gute Tochter. Mit sechsundvierzig war ich eine viel bessere Tochter als mit sechsunddreißig oder sechsundzwanzig und erst recht als mit sechzehn.

Ich drehte mich nicht nach den Schritten um. Ich wollte sie ignorieren und mein gemächliches Tempo beibehalten, aber ich wurde gegen meinen Willen automatisch immer schneller, was nicht ganz leicht war, weil unter meinem Arm das Paket klemmte, das ich zur Post bringen wollte.

Die letzte Nachricht von Zucker lag schon Jahre zurück. Zucker hatte mich vergessen. Ganz sicher. Und selbst, wenn nicht – er wusste nicht, wo ich heute wohnte. Seine letzte Nachricht fiel in die Zeit, in der mir dauernd merkwürdige Dinge passierten, die ich anfangs nicht einmal mit ihm in Verbindung brachte. Als ich zum Beispiel eines Morgens im Hof entdeckte, dass sich nachts jemand an meinem Fahrrad ausgetobt hatte, Reifen zerstochen, Sattel aufgeschlitzt. Nur an meinem Fahrrad, die vielen anderen daneben waren verschont geblieben. Kurz darauf lag ein brauner Umschlag in meinem Briefkasten. Oh, Post, hatte ich naiv gedacht, denn wann bekam man heute noch Post, die Adresse mit der Hand geschrieben. Kein Absender. Oben in der Küche öffnete ich den Umschlag. Langsam dämmerte mir, dass es sich möglicherweise gar nicht um freundliche Post handelte. Und so war es auch. Der Umschlag war mit Ohrwürmern gefüllt, dreißig oder vierzig oder fünfzig, ich hatte nicht die Nerven, sie zu zählen, von denen ein beträchtlicher Teil die Reise in dem flachen, mit Luftpolsterfolie gefütterten Behältnis erstaunlich gut überstanden hatte. Und lebendig. Wie lange brauchte man wohl, um so viele Ohrwürmer zu sammeln? Ihre harten Insektenpanzer erzeugten ein klackendes Geräusch, als sie aus dem Umschlag auf den Fliesenboden der Küche rieselten. Ein paar davon trafen meine Hand. Es gibt Schlimmeres, dachte ich, als Ohrwürmer im Briefkasten. Fäkalien. Tote Ratten.

Ein Mann überholte mich. Viel zu dicht, als wäre auf dem breiten Gehweg nicht ausreichend Platz für uns beide. Es war nicht Zucker. Es war ein vollkommen Fremder. Im Vorbeigehen rempelte er mich an. Damit hatte ich nicht gerechnet, ich geriet ins Stolpern, und das Paket rutschte mir weg. Entweder war

12

der Mann betrunken, vollgepumpt mit Drogen oder krank. Das Paket fiel zwischen zwei geparkte Autos. Der Mann ging einfach weiter, ohne sich umzudrehen, als hätte er von alldem nichts mitbekommen. Sein Gang wirkte sicher, kein bisschen schwankend. Ich bückte mich und hob das Paket auf. Ich hatte Glück, zumindest dachte ich das zu diesem Zeitpunkt noch, denn das Paket hätte auch in eine Ölpfütze oder einen Hundehaufen fallen können. An den Kanten war es ein wenig eingedrückt, ansonsten aber noch intakt. Erst mit dem Paket zur Post, danach zur Polizei. Auf die Polizei freute ich mich nicht gerade. Ich malte mir ihre verständnislosen und mitleidigen Blicke aus, dass ich spinne, warum ich überhaupt zu ihnen komme, dass ich selbst schuld sei, etwas in der Art. Ich sollte es hinter mich bringen. Erst das ewige Anstehen bei der Post, dann die Polizei.

Ich erreichte die vierspurige Gneisenaustraße, überquerte sie zügig und bemerkte ein riesiges Schild auf dem schmuddeligen Grünstreifen in der Mitte, sichtbar vor allem für Autofahrer. War schon wieder Wahlkampf? Doch nach einem kurzen Blick stellte ich fest, dass es sich nicht um ein Wahlkampfplakat handelte. Auf dem Schild stand: *Ich bin dir näher als du glaubst – Gott.*

Ach je, selbst Gott konnte keine Kommata.

Ich war eine brave, unbescholtene Bürgerin. Ich ging zur Wahl, betrog das Finanzamt nicht, nahm keine Drogen, jedenfalls keine, die nicht frei erhältlich waren, verbreitete keinen Hass im Internet, fuhr nicht schwarz mit der U-Bahn, war freundlich zu meinen Kollegen, meinen Nachbarn, alten Frauen – meistens zumindest – und zu Hunden. Ich kaufte Fair-Trade-Kaffee und hatte seit ungefähr drei Monaten kein Fleisch mehr gegessen, nicht einmal Leberwurst, obwohl ich eine Schwäche für Leberwurst hatte. Nicht zu vergessen, ich war eine gute Tochter. Das Paket, das ich zur Post bringen wollte, war für meine Mutter. Seit geraumer Zeit war ich nur noch damit beschäftigt, entweder zu ihr in die schreckliche Siedlung zu fahren, in der sogar die Gardinen hinter den Fenstern unendlich deprimierend waren, oder ihr etwas mit der Post zu schicken.

Während ich die Gneisenaustraße entlangging, nahm ich flüchtig den alten Mann mit der karierten Tasche voller Pfandflaschen wahr. Neben ihm stand eine Transsexuelle, sehr groß, ungefähr eins fünfundachtzig, und eine türkische Jugendliche mit Kopftuch und Schultasche, die den Blick starr auf das Smartphone in ihrer Hand gerichtet hielt. Normalerweise waren sie immer im Pulk unterwegs, mindestens aber zu zweit. Bestimmt schwänzte sie die Schule. Der alte Mann mit den Pfandflaschen, die Transsexuelle und die Jugendliche warteten auf den Bus, Linie 140, von Tempelhof zum Ostbahnhof. Kein doppelstöckiger, sondern ein einfacher Bus. Unsinnigerweise dachte ich, dass ich noch nie mit ihm gefahren war, und als mir bald darauf klar wurde, was mit mir geschah, fragte ich mich auch kurz, ob ein einfacher Bus möglicherweise weniger gefährlich war als ein doppelstöckiger oder ob es keinen Unterschied machte, denn Bus blieb Bus.

Ein Hund. War da nicht irgendwo auch ein dicker, gelber, unansehnlicher Hund? Und rief nicht jemand seinen Namen? Klang wie Rosine. Oder Rosina.

Hießen so wirklich Hunde? Rosina?

Ich hasste Rosinen. Hatte sie schon immer gehasst. Sie erinnerten mich an tote Käfer. Ich spürte wieder das Kribbeln im Nacken, aber da war nichts. Oder doch? Im nächsten Moment sah ich die ganzen Pfandflaschen, die sich vorhin noch in der karierten Tasche befunden hatten, ich registrierte sehr genau ihre unterschiedlichen Formen und Größen und Etiketten, sah, wie die Flaschen über den Boden rollten, alle aus Plastik, keine einzige Glasflasche darunter, die wäre ja auch sofort zu Bruch gegangen, der Hund namens Rosine oder Rosina rannte kläffend quer über den Gehweg, ein unangenehm hohes Bellen, das in den Ohren wehtat, wiffwiffwiff, vielleicht war da aber auch gar kein Hund und kein neuer, fremder Schmerz in meinem Rücken, vielleicht bildete ich mir beides nur ein, genauso wie die Schritte, die ich dauernd hinter mir zu hören glaubte, genauso wie das vor ungefähr acht Wochen, im Juli, als ich etwas gesehen hatte, was ich nicht hätte sehen sollen. Was niemand hätte sehen sollen. Doch bestimmt hatte ich es ganz falsch gedeutet, und es war überhaupt nichts passiert.

Was wird jetzt eigentlich aus dem Paket?, dachte ich. Meine Mutter wartet doch auf das Paket!

Ich verlor das Paket, als ich fiel. Zu dem wohlvertrauten Stechen unter dem Schulterblatt gesellte
sich kurz dieser andere, unbekannte Schmerz, das
Paket rutschte weg und landete auf der Straße. Diesmal überstand es den Sturz nicht so unbeschadet, es
wurde aufgerissen, und das ganze teure Zeug aus dem
Sanitätshaus lag auf der feucht glänzenden Gneisenaustraße, ich erkannte die beleuchtete Leselupe, zwei
Stachelbälle, rot und gelb, in unterschiedlichen Größen, die davonrollten, eine Bandage fürs Handgelenk
und das neue Blutdruckmessgerät, das meine Mutter
unbedingt haben wollte, weil sie mit dem alten nicht
zurechtkam. Ob man noch jemals meinen Blutdruck
würde messen müssen?

Die Autos donnerten vorbei. Auf der Gneisenaustraße fuhren sie oft wie die Verrückten. Zwischen
Bürgersteig und Fahrbahn befand sich der Radweg,
und die Radfahrer achteten nie darauf, ob ein Fuß-
gänger ihren Weg kreuzte. Ich sah den Radfahrer auf
mich zukommen und im letzten Moment ausweichen. Der Schmerz vorhin im Rücken hatte sich ganz
anders angefühlt als sonst, als hätte mir jemand von
hinten einen Stoß versetzt, und direkt danach verlor
ich die Kontrolle über meine Beine, ich dachte noch:
Aha, so fühlt es sich also an, wenn man die Kontrolle
verliert, der Satz von Gott, in dem das Komma fehlte, fiel mir ein, ich merkte, wie rau der Straßenbelag
war, an diesem farblosen, leicht angeschmutzten Tag,
den es genauso gut wie jetzt im September auch im
Frühling oder im Winter geben könnte, ich merkte,

wie die obere Hautschicht von meinen Handflächen geschält wurde und dass die Schmerzen unter dem Schulterblatt merkwürdigerweise verschwunden waren, mir aber nun die Hände brannten und das Knie höllisch wehtat, wahrscheinlich war meine Hose am Knie eingerissen, als Kind, dachte ich, war das ganz alltäglich gewesen, aufgeschürfte Hände und Knie, die Feuerwehr hatte die alte Frau und ihren Wellensittich gerettet, die Polizei die Schaufensterpuppe, ich sah den Bus, Gott, von hier unten war er gigantisch! Wieso fiel mir denn jetzt Gott ein? ER saß wohl kaum am Steuer des 140ers.

Ich lag auf der Straße. Wie war es dazu gekommen? Ich dachte an den Zehnmeterturm im Freibad vor Jahrzehnten, dann dachte ich, dass es mir dieses Jahr wohl erspart bliebe, Weihnachten zu meiner Mutter zu fahren. Immerhin hatte ich Becky noch einmal gesehen, auch wenn es kein erfreulicher Abend gewesen war. Ich hörte jemanden schreien, entsetzlich schreien, es klang ganz anders als kreischende Kinder im Freibad, ich wusste nicht, ob es die türkische Jugendliche war, die die Schule schwänzte, oder die Transsexuelle, oder war ich selbst diejenige, die schrie? Und ich sah, wie der Bus, dieser riesige gelbe Ozeandampfer, direkt auf mich zukam.

Die Sirenen, die ich gehört hatte, galten nicht mir. Für mich war alles zu spät.

2
Juli

Meine Familie war normal. Langweilig normal. In meiner Familie gab es weder Fälle von Kriminalität noch von Alkoholismus oder Drogensucht, es gab keine Essstörungen, keine Verrücktheiten – jedenfalls keine allzu auffälligen –, keine sexuellen Perversionen oder sonstigen Abweichungen. Nichts Ekelhaftes. Das wüsste meine Mutter. Nicht einmal seltene Blutgruppen gab es in meiner Familie. Oder Linkshänder. Das war auch besser so, denn die hatten es laut meiner Mutter viel schwerer im Leben. Es gab nichts, worüber man die Nase hätte rümpfen können. Gott sei Dank! Denn dass niemand – die Nachbarn, entferntere Verwandtschaft, die Bäckersfrau oder der Arzt – die Nase rümpfte, so wie sie es umgekehrt ständig bei anderen tat, war für meine Mutter das Allerwichtigste.

Immer wenn ich in die Schränke meiner Mutter sah, was ihr nicht recht war, aber seit ihrer Hüftoperation vor zwei Jahren kam sie nicht mehr schnell genug hinterher, um mich davon abzuhalten, fragte ich mich, ob hier die anerzogene Sparsamkeit waltete oder der Wahnsinn. Aber den gab es in meiner Familie bekanntlich ja nicht. Meine Mutter hortete in der Küche und im Keller unvorstellbare Mengen an Plastikbehältern und Gläsern mit Schraubverschlüssen in jeder erdenklichen Größe. Joghurtbecher und Margarinedosen, unzählige Male abgewaschen, sodass das Plastik schon ganz rau war. Alte Senfgläser, die noch aus den Siebzigern oder Achtzigern stammen mussten.

»Wozu brauchst du das alles?«

»Das kann man doch immer brauchen.«

Ich hatte schon oft vorsichtig angedeutet, sie müsse sich auch von Dingen trennen, was aber immer nur Gezeter zur Folge hatte. Gezeter und echten, unverhohlenen Hass in den Augen. »Ich lasse mir doch von meiner Tochter nichts vorschreiben!« Und am Ende die von Tränen begleitete Beteuerung, all das dringend zu benötigen.

Und Plastiktüten. Wie konnte jemand so viele Plastiktüten aufheben? Obwohl es zugegeben besser war, sie stapelten sich ordentlich, wie glatt gebügelt, im Küchenschrank meiner Mutter, statt im Ozean herumzuschwimmen. Etliche der Geschäfte, deren Logo auf die Tüten gedruckt war, existierten schon lange nicht mehr, vielleicht schon seit meiner Schulzeit, und jedes Mal, wenn ich eine davon sah, fühlte ich mich unangenehm an eben jene Horrorzeit erinnert, obwohl sie so weit zurücklag und sich heute so fremd und so fern anfühlte, als wäre es damals gar nicht mein Leben gewesen, sondern das von jemand anderem.

19

»Manchmal braucht man doch Plastiktüten«, sagte meine Mutter. »Und sind die jetzt nicht auch verboten? So wie die Glühbirnen? Dann ist es gut, wenn ich noch welche habe.«

»Sie sind noch nicht verboten«, sagte ich.

»Aber bestimmt bald!«

Meine Mutter war vierundachtzig und verweigerte jeden Gedanken daran, dass sie das Haus, in dem sie seit dem Tod meines Vaters allein lebte, eines Tages verlassen musste. Eines nicht allzu fernen Tages. Es war viel zu groß für sie. Sie kam nicht mehr darin zurecht. Sie baute von Woche zu Woche mehr ab; jedes Mal, wenn ich zu ihr fuhr, kam sie mir ein bisschen schwächer, ein bisschen älter und geschrumpfter vor als bei meinem Besuch davor. Aber wenn es nach meiner Mutter ginge, würde sie das Haus nie verlassen. Jedenfalls nicht lebendig.

Ist ja eigentlich auch löblich, dachte ich, dass sie nichts wegwirft und Ressourcen spart. Vielleicht könnte ich sie zu einer Art Wettkampf anmelden. Wer hat die größten Vorräte. Wer wirft am wenigsten weg. Niemand besaß so viele Putzlappen – jedenfalls niemand, den ich kannte –, wozu bei meiner Mutter auch alte, rau gewaschene Unterhosen zählten. Garantiert niemand nannte eine ganze Schublade voller Aluminiumfolie sein eigen, ordentlich zusammengelegt und geglättet, schätzungsweise acht bis zehn Zentimeter hoch. Bereits benutzte Aluminiumfolie, auf der teilweise noch die Reste alter Krusten aus dem Backofen zu erkennen waren. Niemand bewahrte Quittungen von Haushaltsgeräten aus den sechziger und siebziger Jahren auf. Nur meine Mutter. Wie sollte ich ihr beibringen, dass sie nicht mit zigmal abgespülten Joghurtbechern und benutzter Aluminiumfolie ins betreute Wohnen ziehen konnte? Wie sollte ich ihr überhaupt das betreute Wohnen beibringen?

Noch ging es gut, aber damit konnte es jeden Tag vorbei sein, und ich rechnete auch fast täglich mit einem solchen Anruf. Trotzdem verschloss ich davor die Augen und meine Mutter, die sich verzweifelt und mit aller Kraft an das zu große Haus in der schrecklichen Siedlung klammerte, erst recht. Seit ihrer Hüftoperation fiel ihr das Gehen schwer. Im Flur stand ein Rollator, den die Krankenkasse gezahlt hatte – andernfalls hätte sie darauf verzichtet –, den sie aber nicht benutzen wollte, vor allem nicht draußen, weil die Nachbarn sie dann ja für eine *alte Frau* halten würden, wie sie sagte. Sie konnte fast keinen der Nachbarn leiden. Folglich hätte ihr eigentlich egal sein können, was sie über sie dachten, aber das war es nicht.

Meine Eltern hatten nie freundschaftlichen Kontakt zu den Nachbarn gepflegt. Das Haus hatten sie gekauft, weil es ihren Vorstellungen und ihrem Budget entsprochen hatte. Wie es drum herum aussah, wo die nächste Bushaltestelle war – sie fuhren sowieso nie mit dem Bus – und wer dort sonst noch wohnte, war nachrangig gewesen. Das Haus entsprach ihrer Vorstellung vom Himmel und meiner

Vorstellung der Hölle. Wie eng beieinander Himmel und Hölle doch liegen konnten. Und seit mein Vater, vom Wesen her immerhin ein bisschen geselliger, nicht mehr lebte, hatte es sich verschlimmert. Die Nachbarn waren Feinde. Auch wenn meine Mutter es nicht so nannte. Sie nannte sie stattdessen: »Die da vorne an der Straße, du weißt schon, die ihren Garten verkommen lassen, eine Schande ist das.« Sie nannte sie: »Die Frau schräg gegenüber, ich glaube, die steht nie vor zehn auf.« Sie nannte sie: »Der ist ja wohl schon länger arbeitslos, aber wenn du mich fragst, hat er sich auch nie richtig bemüht« – woher wusste meine Mutter das? – und »Tja, die hat Krebs, das wird wohl nichts mehr mit der« und »Da hinten, da wohnen ja jetzt *Türken*.«

Das Haus in der schrecklichen Siedlung in Wattenscheid hatten meine Eltern erst nach meinem Abitur gekauft. Mein elf Jahre älterer Bruder Egbert war schon lange ausgezogen. In der schrecklichen Siedlung standen lauter Einfamilienhäuser, viele davon waren wie ein Badezimmer oder das Innere eines Schlachthofes verklinkert, was den Bewohnern vermutlich die Idee von Reinheit vermittelte.

Am liebsten war es mir, wenn meine Familie nicht da war, dann bildete ich mir sogar ein, manchmal zumindest, sie zu mögen. Schließlich mochte man seine Familie, oder nicht? Das war ein Naturgesetz. Schon in meiner Teenagerzeit hätte ich am liebsten möglichst wenig an meine Familie gedacht, aber wenn man noch zu Hause wohnte, wo das Gesetz des Vaters herrschte – war der Vater abwesend, galt stellvertretend das Gesetz der Mutter, das sich aber von dem des Vaters in nichts unterschied –, und wenn man seine Füße noch unter den Tisch des Vaters stellte, fiel es schwer, so zu tun, als wäre die Familie nicht da. Und mehr als ein Vierteljahrhundert später fiel es immer noch schwer.

Das wäre am besten, dachte ich manchmal. Wenn meine Mutter fort wäre. Einfach verschwunden.

Aber sie war nicht verschwunden.

»Willst du mich vergiften?«, fragte sie.

Manchmal kochte ich abends, wenn ich meine Mutter besuchte. Die Arbeitsplatte in der Küche des viel zu großen Hauses, die Griffe der Schränke und ihre Oberflächen waren von einem klebrigen, fettigen Film überzogen. War das schon immer so gewesen? Oder erst seit Neuestem? Nein, es konnte nicht schon immer so gewesen sein. Meine Mutter hatte, seit ich denken konnte, für einen perfekten Haushalt gesorgt. Perfekt sauber. Man hätte sprichwörtlich vom Boden essen können. Jetzt nicht einmal von der Arbeitsplatte. Ich ekelte mich jedes Mal. Und sobald ich mich ekelte, ein nicht erlaubtes und unerhörtes Gefühl, meldete sich natürlich das schlechte Gewissen zu Wort: Du darfst deine Mutter doch nicht ekelhaft finden! Auch nicht ihre Küche. Deine Mutter hat dich genährt. All die Jahre genährt und nur hin und wieder verdroschen. Eigentlich waren es ja nur ein paar Ohrfeigen. Und dafür gab es immer einen triftigen Grund, das musst du doch zugeben.

»Willst du mich vergiften?«, wiederholte meine Mutter und stach auf ein Stück Tomate ein. Sie machte zwar nicht die empfohlene Krankengymnastik, sorgte sich ansonsten aber ständig um ihre Gesundheit und nahm so viele Nahrungsergänzungsmittel zu sich, dass ich mich manchmal fragte, was für wilde chemische Reaktionen sie in ihr auslösten. »Das Grüne ist doch giftig! Weißt du das etwa nicht?«

»Du müsstest ungefähr hundert Stück davon essen, mindestens, bevor es giftig wird.«

»Nein, das ist giftig!«, beharrte meine Mutter. »Ich schneide das Grüne ja immer raus. Und übrigens esse ich abends auch nicht gern so viel. Das bekommt meiner Galle nicht. Das weißt du doch.« Mit einem angewiderten Gesichtsausdruck schob sie das Schälchen mit dem Tomatensalat von sich.

Und genau diese beiden Dinge, dass sie den Tomatensalat von sich schob, ihn verweigerte, und ihr angewidertes Gesicht, machten mir etwas aus. Machten mir viel mehr aus, als ich mir eingestehen wollte. Ein unangenehm heißes Gefühl, wie Scham. Zurückweisung. Meine Mutter lehnte mich ab, und das ertrug ich auch mit sechsundvierzig noch nicht. Meine Mutter lehnte meine Art zu leben insgesamt ab, wie ich wusste, deswegen hatte ich gehofft, wenigstens beim Tomatensalat würden wir uns finden, eine Art kleinster gemeinsamer Nenner. Ich hasste dieses Gefühl. Ich hasste es, dass es immer noch so viel Macht über mich hatte. Wegen Tomaten! Zurückgewiesen, nicht wertgeschätzt wegen verdammter Tomaten!

Führte mein Bruder Egbert jemals solche Gespräche mit ihr? Nein, Söhne führten solche Gespräche nicht.

Elisabeth. Egbert. Unsere Eltern mussten ein Faible für den Buchstaben E gehabt haben. Oder für Alliterationen. Wobei sie, darauf angesprochen, gar nicht gewusst hätten, was eine Alliteration ist. Zwei so altmodische Namen, zumindest in unserer Kindheit, die weder in unsere damalige Zeit passten noch zu unserer Schicht. Zu unserer Schicht passten Elisabeth und Egbert kein bisschen. Es gab auch keine Großeltern oder sonst wen, der so geheißen hätte, weiß der Himmel, wie meine Eltern auf Elisabeth und Egbert gekommen waren. Eigentlich konnten sie Leute, die sich für etwas Besseres hielten, nicht leiden. Zumindest hatten sie das immer behauptet. Meine Schulzeit konfrontierte mich mit allen denkbaren Abkürzungen für meinen Vornamen – von Kosenamen zu sprechen, wäre falsch. Lissi war noch die angenehmste Variante, aber sehr kurzlebig. Kam von Nicole, natürlich von Nicole, weil sie das mal eine Weile cool fand. Es musste in einer Phase gewesen sein, als sie mir überhaupt Beachtung geschenkt hatte, was weiß Gott nicht immer der Fall war, sosehr ich auch darum buhlte, von ihr beachtet zu werden. Becky hatte mich, ungefähr dreißig Jahre später, aus Spaß Lissi genannt, ganz am Anfang, als wir uns noch nicht so lange kannten. Nur ein einziges Mal. Daraufhin hatte ich nämlich drei Tage nicht mehr mit ihr gesprochen. Ansonsten hieß ich in der Schul-

25

zeit oft Lieschen Müller, obwohl ich mit Nachnamen gar nicht Müller hieß, sondern Ebel. Auch Lisbeth kam öfter vor, wobei im Ruhrgebiet die erste Silbe ungefähr so ausgesprochen wurde wie *Piss*.

In der Schulzeit war mir meine Mutter peinlich gewesen. Mein Vater weniger, weil er tagsüber arbeitete und mit meinen Freunden kaum in Kontakt kam. Jedes Mal, wenn ich dachte, dass meine Mutter mir peinlich ist, schämte ich mich dafür gleichzeitig unendlich. Das war ja fast so, als wäre einem der liebe Gott peinlich. Aber ich konnte es trotzdem nicht ändern. Dieses Gefühl war tatsächlich fast noch stärker als das schlechte Gewissen. Am liebsten wäre mir gewesen, wenn mein Besuch und sie niemals zusammengetroffen wären, doch das war unmöglich. Meine Mutter verlangte, ihm vorgestellt zu werden, ihm höflich die Hand zu geben und ihn in genauen Augenschein zu nehmen. Meine Mutter wollte die Kontrolle darüber haben, mit wem ich mich umgab, und dabei öffnete sie unweigerlich den Mund und sprach. Erst unsere damalige Wohnung, Arme-Leute-Wohnung in Arme-Leute-Gegend, und dann meine Mutter. Ich bekam nicht besonders gern Besuch, begann früh damit, mich draußen aufzuhalten, besonders gerne an Orten, von denen meine Mutter nichts wusste, die ihr ungefähr so fremd waren wie der Mond, und Scham war wahrscheinlich das mächtigste Gefühl in meiner Jugend.

Als Jugendliche gewöhnte ich mir an, sie zu unterbrechen und zu korrigieren. Sie wurde dann fuchsteufelswild, sah mich beinahe hasserfüllt an und so, als fragte sie sich, was sie sich da nur herangezüchtet hatte. Ich dachte: Erst schicken sie mich aufs Gymnasium, und dann darf ich sie nicht verbessern. Ich tat es allerdings nur bei meiner Mutter, was nicht daran lag, dass es bei meinem Vater nichts zu berichtigen gegeben hätte, sondern daran, dass ich vor ihm zu viel Angst hatte. Etliche Male kassierte ich eine Ohrfeige, nachdem ich meine Mutter verbessert hatte, schnell ausgeführt, ohne langes Nachdenken, aber das hielt mich nicht vom Verbessern ab, im Gegenteil, ich fand mich dann sogar heldenhaft, weil ich dieses Risiko in Kauf nahm.

Mein Bruder Egbert führte sein eigenes Leben im fränkischen Kulmbach als Ingenieur und ließ sich nicht allzu oft in dem Haus in Wattenscheid blicken. Als mein Vater vor zehn Jahren gestorben war, hatte ich das Haus angesprochen, seine ungünstige Lage, seine Größe. Parterre, erste Etage, in der Schlafzimmer, Bad und zwei weitere Zimmer lagen, dazu ein riesiger Keller. Hinten der Garten, um den man sich kümmern musste, vorne ein kleiner Vorgarten, um den man sich erst recht kümmern musste.

Der Vorgarten war, wie meine Mutter oft betonte, die »Visitenkarte des Hauses«, wie übrigens auch die Garage und der Weg von der Straße zur Haustür. Wenn der Vorgarten verwahrlost aussah, ließ das Rückschlüsse auf die Bewohnerin zu. Meine Mutter hatte sehr genaue Vorstellungen von einem verwahrlosten Zustand und wann dieser eintrat. Ihre seit einigen Monaten klebrige Küche und das Wasserglas, das sie tagelang benutzte und nie abwusch, zählten offenbar nicht dazu. Ein verwahrloster Vorgarten hingegen war ungefähr damit zu vergleichen, den ganzen Tag im Schlafanzug zu verbringen, was ich am Wochenende, wenn ich nicht zur Arbeit musste und vor allem nicht zu meiner Mutter reisen, manchmal tat. Meiner Mutter erzählte ich nie davon. Um Gottes willen!

Telefonierte ich an solchen Schlafanzugtagen mit ihr, war ich jedes Mal froh, dass meine Mutter sich vor Technik fürchtete, den neumodischen Kram nicht im Haus haben wollte und ich also nie ein Telefonat mit Bildübertragung mit ihr führen würde. Würde meine Mutter via Skype telefonieren, hätte sie sofort gesagt: »Was hast du denn da an? Wie siehst du denn aus? Es ist doch schon eins! Bist du etwa gerade erst aufgestanden?« – Und dennoch, ich hatte trotzdem das Gefühl, meine Mutter könnte meinen Schlafanzug auch ohne Kamera sehen. Und dass ich mein Bett nicht gemacht hatte.

Willst du mich vergiften?

Ich nahm das Schälchen und aß demonstrativ den Tomatensalat, so wie meine Mutter früher immer unsere Reste gegessen hatte, Egberts, meine und die meines Vaters, zum Beispiel die nicht sauber abgenagten Hühnerknochen. Ich bemühte mich, dabei besonderen Genuss zu zeigen. Das Grüne der Tomaten schnitt ich nicht heraus. Auch künftig würde ich es nicht herausschneiden. Ich würde einfach keinen

Tomatensalat mehr für meine Mutter machen. Ich dachte über Blut und Wasser nach und fragte mich, ob Blut wirklich dicker war. Zumindest war es sehr klebrig.

3
Erster August

Martin bemerkte sofort, dass etwas fehlte, obwohl er eine ganze Weile nicht darauf kam, was es war. Die Mauersegler, er hörte ihr Geschrei nicht mehr. Die Mauersegler hielten sich nur von Mai bis August in Berlin auf und vollführten in diesen drei Monaten waghalsige Flugmanöver in den engen Häuserschluchten der Stadt. Selbst wenn man sie nicht sah, wusste man, dass sie da waren, ihr schrilles Kreischen bei der Jagd nach Insekten, mehrstimmig, war unüberhörbar und zog beängstigend dicht an den Fenstern vorbei.

Pünktlich am ersten August zogen sie fort. Jedes Jahr. Als hätten sie an diesem Morgen das Blatt in ihrem Kalender umgelegt und festgestellt, dass es Zeit wurde. *Oh, es ist schon August! Wir müssen los!* Als wäre am ersten August der Sommer vorbei.

Anders als die Mauersegler würde Martin nirgendwohin ziehen, weder fliegen noch fahren, nicht einmal gehen. Er war eine Art Immobilie. Ein Kreuzberger lebender Toter, der in seiner Fünfzig-Quadratmeter-Wohnung im Hinterhof, unbemerkt von der Außenwelt, vor sich hinrottete. Seit ungefähr fünf Tagen – vielleicht waren es auch sechs oder sieben, so genau wusste er es nicht, denn ein Tag unterschied sich nicht vom vorherigen, sodass er den Überblick verlor – hatte er mit niemandem mehr gesprochen, nicht einmal »Danke« an der Kasse im Supermarkt gesagt. Das Haus verließ er nur, wenn es unbedingt nötig war, und vom Sommer hatte er kaum etwas mitbekommen. Wie konnte man fast eine ganze Jahreszeit verpassen?

Auch den Himmel hatte Martin seit fünf Tagen – oder sechs oder sieben – nicht mehr gesehen. Es machte ihm nichts aus, und er vermisste ihn nicht. Der Himmel war so groß und so weit, sein Anblick hatte etwas zutiefst Beunruhigendes. Das Geschrei der Mauersegler hingegen fehlte ihm, es gehörte zu den wenigen Geräuschen, die er ertrug. Seit ihrer Ankunft im Mai, seit drei Monaten, das wusste er noch genau, waren die Vorhänge in seiner gesamten Wohnung zugezogen. Jetzt, wo sie die Stadt verlassen hatten und somit ein Abschnitt beendet war, konnte er eigentlich wieder Licht in die Wohnung lassen. Aber er wollte nicht. Martins Vorhänge waren nicht nur nachts, sondern auch tagsüber geschlossen. Manchmal fragte er sich, ob die Leute von gegenüber irgendwann die Polizei anriefen, weil ihnen die Tag und Nacht verdeckten Fenster verdächtig vorkamen, aber Gott sei Dank kümmerte sich hier niemand um den anderen, es lebe die anonyme Großstadt. Martin hatte keine empfindlichen Augen, keine Lichtallergie oder Ähnliches, er wollte es so. Er wollte Abgeschiedenheit und ewige Dämmerung. Wie ein lichtscheuer Vampir.

Im Draußen schien die Sonne. Ihre Strahlen drangen sogar durch die zugezogenen Vorhänge, als wollten sie Martin locken: *Komm raus! Komm doch endlich raus!* Aber darauf fiel er natürlich nicht herein, er war ja nicht blöd.

Im Drinnen war das Leben, das um ihn herum pulsierte, nur zu erahnen. Martin war kein Teil davon. Vielleicht nie einer gewesen. Seit er die Grünpflanzen abgeschafft hatte, lebte in seiner Wohnung nichts mehr, ausgenommen er selbst, obwohl er sich hierbei manchmal nicht so sicher war. Die Lichtverhältnisse waren ihnen einfach nicht gut bekommen. Es tat ihm ehrlich leid um die verkümmerten Pflanzen, war aber besser so. Martin hatte sie feierlich der Biotonne im Hof übereignet, dabei sogar ein albernes kleines Gebet gesprochen – mitten in der Nacht, wenn die Chancen, keinem Nachbarn zu begegnen, am besten standen –, denn so blieben sie wenigstens in dem ewigen Kreislauf von Leben, Sterben und Wiedergeburt, und mit ihrer Hilfe entstünde etwas Neues, ein Berliner Stadtbaum oder eine Geranie oder eine Tomatenpflanze. Aber wahrscheinlich war nichts dergleichen aus ihnen entstanden, sondern nur Biogas.

Martin befand sich in einer besonders schlimmen Phase. Die besonders schlimme Phase dauerte nun schon seit Wochen an, seit der Ankunft der Mauersegler im Mai, und es war kein Ende in Sicht. Er wurde von Tag zu Tag ängstlicher und wollte nichts weiter, als in seiner gut versteckten Wohnung im Quergebäude sitzen und in Ruhe gelassen werden.

Wobei ihm niemand einfiel, der seine Ruhe hätte stören könnten. Martin konnte unvorstellbar viel Zeit auf diesem kleinen Raum verbringen, ohne dass ihn etwas nach draußen zog. Inzwischen war er so blass wie ein Gefängnisinsasse. In einer Gefängniszelle hätte Martin es vermutlich viel besser ausgehalten als jeder andere Mensch auf der Welt, vorausgesetzt, es handelte sich um eine Einzelzelle.

Vor allem die Geräusche waren unerträglich. Jedes ungewöhnliche Geräusch, und war es auch noch so leise, ließ Martin zusammenschrecken und löste wildes Herzrasen in ihm aus, egal, ob der Kühlschrank rumpelnd ansprang, im Badezimmer ohne sein Zutun die Dusche zu tropfen begann oder das Holz in den Türrahmen ächzte.

Alle Leute wohnen lieber im Vorderhaus, wenn sie es sich aussuchen können, weil die Vorderhäuser in Berliner Altbauten eleganter und großzügiger sind. Nicht so Martin. Für ihn war das Quergebäude im Hof genau richtig. Manchmal hörte er Stimmen im Hof, Nachbarn, die sich auf dem Weg zu ihren Fahrrädern oder zum Müll kurz unterhielten. Eine fremde Spezies. Martin unterhielt sich nie mit den Nachbarn. In seiner Wohnung war es, sah man vom Kühlschrank ab, der hin und wieder tropfenden Dusche und den ächzenden Türrahmen, ganz still. Er hörte selten Musik – er hätte auch gar nicht gewusst, welche –, denn Musik war ihm viel zu laut und zu aufdringlich. Den Fernseher einzuschalten, erlaubte er sich erst nachmittags.

Martin beschäftigte sich mit sehr wenig. Er konnte das gut, sich mit fast nichts zu beschäftigen. Er las Romane, nie Zeitungen oder Nachrichten im Internet. An Romanen fand er beruhigend, dass sie erfunden waren. *True crime* mochte er gar nicht. Wenn er am Nachmittag den Fernseher einschaltete, achtete er darauf, dass der Ton ganz leise gestellt war, damit ein im Hausflur vorbeigehender Nachbar nicht auf den Gedanken kam, was für ein nutzloser und überflüssiger Mensch Martin doch war, der nachmittags schon vor dem Fernseher saß. Die Fernbedienung des Geräts hatte er nie von ihrer durchsichtigen Schutzhülle befreit, mit der sie geliefert worden war. Er fand das sehr praktisch, weil dadurch die Tasten nicht so begrapscht aussahen, auch wenn sie sich nicht so gut bedienen ließen. Er mochte Berichte über andere Länder, am besten andere Kontinente, die er niemals bereisen würde. Noch beruhigender als Romane fand er die diversen Zoosendungen in den dritten Programmen: *Elefant, Tiger & Co. – Panda, Gorilla & Co. – Giraffe, Erdmännchen & Co. – Nashorn, Zebra & Co. – Leopard, Seebär & Co.*

Zum Müll ging Martin oft nur nachts, obwohl eine Begegnung mit Nachbarn natürlich auch nachts nicht auszuschließen war. Er fürchtete Begegnungen mit Nachbarn. Er hätte dafür keinen vernünftigen Grund nennen können, allerdings fragte ihn auch niemand danach. Wahrscheinlich gab es keinen vernünftigen Grund. Bevor er die Wohnungstür öffnete – egal, zu welcher Tageszeit –, lauschte

Martin angestrengt, ob sich jemand im Treppenhaus aufhielt. Erst, wenn die Luft rein war, wagte er sich hinaus. Als wäre sein eigenes Treppenhaus feindliches Gebiet. Martin hatte den Eindruck, dass sich sein Hörvermögen von Tag zu Tag steigerte, dass es immer feiner und empfindlicher wurde, geradezu unnatürlich sensibel, bis er irgendwann die mikroskopisch kleinen Wesen würde rascheln hören, die in den Ritzen zwischen den Bodendielen lebten.

Kaum zu glauben, damals war er nicht nur wegen des Studiums nach Berlin gezogen, sondern auch, um der Enge seiner Heimatstadt zu entfliehen und in einer Metropole unter vielen Menschen zu leben, und jetzt hatte er Angst vor seinen Nachbarn.

Er musste mit seinem Bankberater sprechen, neulich war Post von ihm gekommen. In den Briefkasten sah Martin meistens nachts. Mit dem, was er gespart hatte, kam er noch ein halbes Jahr über die Runden. Vielleicht auch ein Dreivierteljahr. Länger nicht. Da würden auch keine Gespräche mit dem Bankberater helfen. All die fremden Menschen, er konnte sich nicht vorstellen, das Haus zu verlassen, über die Straße zu gehen oder gar dem Bankangestellten persönlich an dessen Schreibtisch gegenüberzusitzen und seine abschätzigen Blicke auf sich zu spüren.

Wenn er einkaufen ging, was hin und wieder unvermeidlich war, dann gleich für so viele Tage, als stünde ein Atomkrieg bevor oder ein kompletter Blackout. An Verreisen war überhaupt nicht zu denken. Obwohl er wegen eines Todesfalls in der Familie verreisen musste. Schon übermorgen. Das Haus verlassen, zum Bahnhof fahren, einen Zug besteigen, ihm war ein Rätsel, wie er das bewerkstelligen sollte, allein beim Gedanken daran bekam er Schweißausbrüche.

Er war schon als Kind am liebsten drinnen gewesen, auch im Sommer. Heute durfte er es – drinnen bleiben, so lange er wollte. Damals hatten seine Eltern ihn immer nach draußen gescheucht, auch dann, wenn er sich weigerte, auch dann, wenn er deswegen sogar zu heulen anfing. »Du wirst nie neue Welten entdecken«, hatte sein Vater ihn verspottet. Jetzt war er tot. Das Herz. Übrigens, ohne jemals selbst neue Welten entdeckt zu haben.

Der Tod seines Vaters ließ Martin seltsam unbeeindruckt, auch jetzt noch, einige Tage nach dem Anruf seiner Mutter. Er hatte ihr am Telefon Gefühle vorgeheuchelt, die er gar nicht empfand, aber zumindest wusste er noch, dass er sie hätte empfinden sollen, und auch ungefähr, wie sie zu artikulieren waren. Er hatte vergessen zu fragen, ob er etwas erbte, und wenn ja, wie viel.

Hörte Martin jemanden im Treppenhaus, verschob er seinen Gang nach unten auf später. Oder auf morgen. Er hatte schon oft neben der zusammengeknoteten Mülltüte auf dem Fußboden gesessen, direkt neben der Tür, das abgewetzte, rissige Holz der Dielen unter den Fingern, und gewartet. Lange gewartet. So lange, bis alle Personen im Treppenhaus endlich verschwunden waren.

36

»Und, was machst du so?«, hatte ihn seine Mutter gefragt. Sie hatten seit Monaten nichts mehr voneinander gehört. »Nichts Besonderes«, hatte er geantwortet, was ja auch der Wahrheit entsprach. Er ließ sie in dem Glauben, dass er einer geheimnisvollen freiberuflichen Tätigkeit nachging, von der sie sowieso nichts verstand.

Im Draußen schien die Sonne, aber Martin konnte hinter den Vorhängen erkennen, dass sie bereits einiges von ihrer Kraft eingebüßt hatte. Im Drinnen hörte er Schritte auf dem Dielenboden in der Wohnung unter ihm. Aus der Wohnung eine Etage tiefer hörte er ständig Geräusche. Sie klangen nach häufigem Besuch, nach Gesprächen, Gelächter. Nach Leben. Dort lebte ganz eindeutig jemand. Sicher auch Grünpflanzen.

Und irgendwo noch weiter unten im Haus klingelte es, was Martins sensiblen Ohren nicht entging. Ob er sich langsam in ein Tier verwandelte und es noch nicht mitbekommen hatte? Ein Tier, das unendlich viel mehr hören konnte als Menschen, das ganz aus Hören bestand. Das Martin-Tier zuckte zusammen, obwohl das Klingeln so weit entfernt war und nicht ihm galt. In ihm verkrampfte sich alles, er hörte vorübergehend zu atmen auf und hielt die Luft an.

In seiner Wohnung, im Drinnen, abgeschottet hinter zugezogenen Vorhängen, war er in Sicherheit, beruhigte er sich. Diese verfluchte Angst. Es hatte woanders geklingelt, nicht bei ihm, er erwartete niemanden, Waren ließ er sich an eine Packstation schicken, um nicht mit einem Paketboten konfrontiert zu werden, außerdem wäre keiner auf die Idee gekommen, Martin, den Kreuzberger lebenden Toten, zu besuchen.

Es klingelte erneut. Wütend diesmal. Ein paar Mal kurz hintereinander, dann lang, wieder kurz, wie eine geheimnisvolle Morse-Botschaft. Martin hörte es fast so deutlich, als würde es bei ihm klingeln. Das Geräusch fuhr ihm in die Eingeweide, seine Stirn und sein Rücken waren klatschnass.

Er ging geräuschlos in sein Wohnzimmer und stellte den Ton des Fernsehers aus, in dem gerade *Panda, Gorilla & Co.* lief. Im Flur rutschte eine Jacke von der Garderobe und fiel auf den Boden, furchtbar laut, es hörte sich so an, als befände sich ein anderer Mensch hier in der Wohnung.

Dann klingelte es bei ihm. Die Lautstärke schien Martin ohrenbetäubend, kaum auszuhalten. An seiner Tür hatte es seit Wochen – oder Monaten? – nicht mehr geklingelt.

Es klingelte. Bei ihm an der Tür. Klingelte. Bei ihm. Natürlich wusste Martin, dass es schlimmere, viel schlimmere Dinge auf der Welt gab, aber für ihn war das Klingeln an seiner Haustür schon nahe dran am schlimmsten Vorstellbaren.

4
Juli

Die Porta Westfalica lag auf der schlechten Seite. Der rechten. Nun ging es unaufhaltsam immer weiter nach Westen, und zwar nicht ins gelobte Land, sondern in die kleine Hölle.

Ich hasse NRW, dachte ich. Das dachte ich jedes Mal ab der Porta Westfalica, wobei ich gar nicht wusste, ob ich tatsächlich das gesamte Bundesland hasste – konnte man denn ein Bundesland hassen? – oder nur Teile davon oder meine Schulzeit in einem besonders tristen Teil dieses Bundeslandes oder gar nichts von alledem, sondern bloß die Fahrten zu meiner Mutter.

Vor ein paar Monaten hätte ich in einem Moment wie diesem Becky eine SMS geschrieben, mit dem kurzen Wortlaut: *Ich hasse NRW!* Es war ein Scherz zwischen uns. Sie wusste dann, wo ich mich gerade befand: am Tor zur Hölle. Es war tröstlich gewesen, bis vor ein paar Monaten, dass wenigstens meine Freundin Becky zu Hause in Berlin an mich dachte und mit mir litt. Becky wusste, wo ich war und wie ich mich fühlte. Was für ein schöner Gedanke. In Wahrheit konnte Becky sich überhaupt keine Uhrzeiten merken, vergaß, wann ich im Zug saß, manchmal sogar, an welchem Tag ich zu meiner Mutter fuhr. Es war ihr einfach nicht wichtig. In Wahrheit war ihr so vieles nicht wichtig gewesen, was mich betraf, und deshalb hatte ich mich von ihr getrennt, noch bevor wir auf die Idee hätten kommen können, uns eine gemeinsame Wohnung zu suchen.

Becky hatte mich nie zu meiner Mutter begleitet, nicht an Weihnachten und auch sonst nicht. Ich hatte mir eingeredet, dafür sei es auch noch viel zu früh. Als wir uns ein Jahr kannten, war es entschieden zu früh, und nach zwei, drei und vier Jahren immer noch. Unsere Beziehung dauerte insgesamt etwas mehr als sechs Jahre. War es nach sechs Jahren zu früh, um meiner Mutter meine Freundin vorzustellen? Ich redete mir ein, daran sei einzig meine Mutter schuld, weil ihr mein Leben nicht gefiel, nichts daran, und sie nie über Becky sprach, mich auflaufen ließ, wenn ich sie erwähnte, einfach das Thema wechselte, nicht mal ihren Namen über die Lippen brachte, als wäre es schauderhaft und ekelerregend, ihn auszusprechen. Es war einfacher, wenn ich meiner Mutter die Schuld gab. Im Grunde war ich jedoch selbst schuld daran. Ich hätte sie vor vollendete Tatsachen stellen und Becky mitbringen müssen. Jetzt war es dafür zu spät.

Die Bahn war besser als ihr Ruf, der Zug hatte nicht eine einzige Minute Verspätung. Ausgerechnet heute. Ich hätte nichts dagegen gehabt, länger in diesem ICE zu sitzen, der mir wie das Paradies erschien, noch viel länger, um am besten niemals anzukommen.

Die Zugfahrt verlief ruhig und ereignislos. Im Großraumwagen saßen überwiegend Geschäftsreisende, die den Blick selten von ihren Notebooks hoben. Ich dachte über die durchschnittliche Lebenserwartung in westlichen Industrieländern nach, die seit Jahrzehnten anstieg. Frauen lagen dabei immer noch vorne. Das war einerseits zwar erfreulich, in demografischer Hinsicht jedoch bedenklich, und auch in meinem speziellen Fall war es nicht unbedingt ein Grund zur Freude. Ich hatte mir diesmal eine Karte bis Essen gekauft. Mal etwas anderes, sonst stieg ich immer in Bochum aus. Vielleicht wurden die Fahrten zu meiner Mutter erträglicher, wenn ich sie immer wieder leicht variierte, Umsteigen an einem anderen Bahnhof, Weiterfahrt mit der S-Bahn oder nicht, mit dieser Buslinie oder einer anderen.

Vom Hauptbahnhof musste ich bis Essen-Steele fahren und dort in einen Bus steigen, der mich direkt in die schreckliche Siedlung brachte. Ich bereute meine heutige Route schnell. Der S-Bahnhof in Essen-Steele war bevölkert von Horden gelangweilter, latent aggressiver Jugendlicher, von abgerissenen Gestalten in schmutziger Kleidung, die mit sich selbst redeten – vielleicht sprachen sie ja auch in ein Headset, und alle, die ich voreilig der Verrücktheit bezichtigte, waren es gar nicht? –, von vereinzelten Rentnern mit harten, verbissenen Gesichtern und von räudigen Tauben. Ob meine Mutter hier jemals in eine S-Bahn oder einen der Busse, die unten fuhren, gestiegen war? Nein, garantiert nicht, meine Mutter hatte sich immer nur mit dem Auto fortbewegt. Und seit sie nicht mehr Auto fuhr, verließ sie das Haus kaum noch.

Essen-Steele war zweifellos einer der trostlosesten Orte auf diesem Planeten. Neben dem Busbahnhof in Wanne-Eickel. Direkt vor mir hockte eine sterbende Taube auf dem Bahnsteig, die ich zunächst nicht sah und der ich im letzten Moment auswich, sonst wäre ich auf sie getreten. Den sich nähernden Jugendlichen konnte ich nicht ausweichen. Mit ihrem besonderen Gespür hatten sie mich längst als Opfer auserkoren. Mittelalte Frau – in ihren Augen wahrscheinlich uralt –, die sich offensichtlich nicht auskannte, die auf dem verwahrlosten Bahnsteig leicht orientierungslos um sich blickte und den Weg nach unten zu den Bussen nicht sofort fand. Ich zog meinen Koffer hinter mir her, und über meiner Schulter hing zusätzlich die große Reisetasche, wodurch ich in meiner Bewegungsfreiheit erheblich eingeschränkt war und vor allem in meinem Tempo. Ich sah grau und erschöpft aus, jetzt schon, bevor ich überhaupt in der schrecklichen Siedlung angekommen war, das hatte ich im unvorteilhaften Licht der Zugtoilette festgestellt. Ein gefundenes Fressen für bösartige Jugendliche.

Ein ungefähr vierzehnjähriger Junge, wahrscheinlich der Anführer, stellte sich mir in den Weg. Immer wenn ich ihm ausweichen und mit meinem Koffer im Schlepptau an ihm vorbeiwollte, machte er einen Schritt zur Seite, wie mein Spiegelbild. Er grinste. Seine Kumpane, darunter auch zwei Mädchen, kicherten, was er als Ansporn zu betrachten schien. Ich begann zu schwitzen und fühlte leichte Panik in mir aufsteigen. Der Gurt der Reisetasche drückte in meine Schulter. Der Junge wiederholte sein Spiel, er machte den Eindruck, als könnte er sich den gesamten restlichen Tag damit beschäftigen, mich nicht vorbeizulassen. Ein Zweiter trat gegen meinen Koffer, erst leicht, nur mit der Schuhspitze, dann fester. Die anderen johlten. Die Leute auf dem Bahnsteig taten so, als bemerkten sie nichts davon, tja, du musst wohl alleine zusehen, wie du damit klarkommst. Wahrscheinlich waren sie froh, nicht selbst zur Zielscheibe geworden zu sein.

Wie kam ich an ihm vorbei? Ohne meine Würde zu verlieren? War es überhaupt wichtig, in Essen-Steele seine Würde zu bewahren? In Berlin geriet ich nie in solche Situationen. Es musste an der Umgebung liegen, am Ort. In Berlin verspürte ich auch fast nie Angst auf der Straße, obwohl man doch das genaue Gegenteil hätte erwarten sollen, Angst im Moloch Großstadt, Gelassenheit in der Kohlenprovinz. Auch neulich in Zehlendorf hatte ich keine Angst gehabt, es war gar keine Zeit für Angst gewesen, wenngleich die Situation außerordentlich bedrohlich war, viel bedrohlicher als jetzt auf diesem verwahrlosten Bahnsteig mit ein paar Jugendlichen. Aber neulich in Zehlendorf hatte ich am Rand gestanden, nicht mittendrin, mehr noch, ich war vollständig im Hintergrund geblieben, unsichtbar, zumindest hatte ich das angenommen, und es war nicht um mich gegangen.

Jetzt ging es eindeutig um mich. Ich stand im Zentrum. Die Jugendlichen brauchten jemanden zum Quälen, sie brauchten etwas, das die gigantische Langeweile in ihnen vertrieb, die mindestens so groß war wie der Marianengraben tief. Ich kannte die Langeweile der Jugendlichen an solchen Orten. Am schlimmsten war sie an Sonntagen. Ohne Koffer und noch zusätzlich diese verdammte Reisetasche hätte ich wegrennen können, und genau das hätte ich auch getan, obwohl es peinlich war, wenn eine Sechsundvierzigjährige vor einer Handvoll Vierzehnjähriger davonlief.

Woher kam dieses feine und zielsichere Gespür für das perfekte Opfer? Witterten sie es? Haftete es mir gut sichtbar an? Augenblicklich fühlte ich mich in meine Schulzeit zurückversetzt. Als wäre ich selbst vierzehn, umringt von Rabauken auf dem Schulhof, zwei bis drei Jahre älter als ich, die mich eine Weile lang einfach nicht in Ruhe lassen wollten. Dabei war der Schulhof noch harmlos gewesen, nichts gegen den verlassenen Schuppen in der Kleingartensiedlung. Kleingartensiedlungen waren eigentlich total spießig, aber jener Schuppen, dieser eine Schuppen am Rande der Kleingärten, in einem etwas abseits gelegenen Teil, besaß eine magische Anziehungskraft. Kein Erwachsener schien ihn zu kennen, als wäre er irgendwann vergessen worden und gar nicht mehr in dieser Welt, sondern in einer anderen, zugänglich nur für Heranwachsende. Meine Mutter, hätte ich ihr je davon erzählt – was ich bis heute nicht tat –, hätte gesagt, dass ich selbst schuld war. An allem. An allem, was passierte und was wiederum, als Folge, danach geschah. Ich hätte mich ja nicht mit denen herumtreiben müssen. Noch dazu an so einem gottverlassenen Ort. »Herumtreiben« war damals einer der Lieblingsausdrücke meiner Mutter gewesen. *Musst du dich immer herumtreiben? – Na, sieht man dich auch mal wieder? – Wo hast du dich schon wieder so lange herumgetrieben?* Aber ich wollte dazugehören, unbedingt. Alle Teenager wollen dazugehören, das ist ein Naturgesetz, vielleicht wollte ich noch ein bisschen mehr dazugehören als andere, und ich hatte stets das Gefühl, dafür noch viel mehr bieten und leisten zu müssen. Ich bildete mir ein, den Schuppen noch in Erinnerung zu haben, obwohl es gar nicht stimmte. Mit den Jahren verändern sich die Dimensionen, verschwindet immer mehr. Wahrscheinlich hätte ich ihn gar nicht wiedererkannt, wahrscheinlich käme er mir viel kleiner vor als damals, als wäre er geschrumpft. Ob es ihn überhaupt noch gab?

Doch ich hatte meine Schulzeit überlebt. Alles hätte noch viel schlimmer kommen können. Und ich hatte es längst hinter mir gelassen. Ich wohnte schon so lange in Berlin und konnte mich an mein Leben damals gar nicht mehr erinnern. Ich musste mir richtig Mühe geben, mich zu erinnern, als wäre dieser Ordner, *Damals*, unwiederbringlich von der Festplatte gelöscht. War das damals überhaupt mein Leben gewesen? Oder nicht doch das von jemand anderem?

Meiner Mutter hatte ich nie davon erzählt, meinem Vater und meinem Bruder sowieso nicht, und ich kannte keinen mehr von früher. Welch ein Segen. Ich dachte nicht an diese Zeit. Nie. Niemals.

Die Ruhe im ICE, das Ausbleiben jeglicher Zwischenfälle – keine Schäden an Zug, Stellwerken oder Personen – hatten mich böswillig getäuscht. Wenn im Zug alles glattging, musste ein friedliches Wochenende folgen. Hatte ich zumindest gedacht. Kein Streit mit meiner Mutter. Nicht mal ihr übliches Gemecker. Und nun bedrängten mich gelangweilte Jugendliche in Essen-Steele, noch bevor ich überhaupt bei meiner Mutter angekommen war, und ich schwitzte vor Angst.

Ich hasste es, dass ich Angst vor einer Bande Jugendlicher hatte, dass ich so schwach war und ihnen nichts entgegensetzen konnte. Und ich hasste es auch, dass ich schon wieder auf dem Weg zu meiner Mutter war, der ich ebenfalls nichts entgegenzusetzen wusste. Diese Zeiten waren doch ein für alle Mal vorbei. Ich war stark. Ich lebte nicht mehr in so einer trostlosen Gegend, schon lange nicht mehr. Ich war ein ganz anderer Mensch.

»Lass mich vorbei«, sagte ich zum Anführer. Ich hörte selbst, wie lahm, kraftlos und ängstlich meine Stimme klang.

Die Jugendlichen lachten.

Es war peinlich, aber tatsächlich wusste ich nicht, was ich tun sollte. So wie es aussah, kam ich hier nicht weg. Ich musste zu meiner Mutter. Ich hatte sogar ein klein wenig Sehnsucht nach der schrecklichen Siedlung, dem verächtlichen Gesicht meiner Mutter, nach ihrem Gemecker. Selbst mit ihr zu streiten hätte ich dieser entwürdigenden Situation vorgezogen. Jetzt im Sommer müsste ich auch nicht wegen des übertriebenen Sparsamkeitsfimmels meiner Mutter frieren und zwei Pullover übereinander tragen, weil die Heizung im gesamten Haus so weit heruntergedreht war.

»Lass mich endlich vorbei!« Ich bemühte mich um eine feste, erwachsene Stimme und schob den Anführer ein kleines Stück zur Seite.

»He, du Fotze, hast du mich gerade angefasst? Habt ihr das gesehen? Die hat mich angefasst! Mein Vater zeigt dich an!«

Entweder gab es gar keinen Vater und der Junge wünschte sich nur einen, oder es gab einen Vater, der schon morgens betrunken auf der Couch lag, was die anderen Jugendlichen wussten, denn seine Autorität schien plötzlich zu schrumpfen. Das Interesse an mir erlahmte so schnell, wie es aufgekommen war. Der Junge versperrte mir nicht mehr den Weg, ich zog, überrascht, erleichtert und auch noch ein wenig ungläubig, ob dem Frieden wirklich zu trauen war, den Koffer hinter mir her und ging zur Treppe, die vom S-Bahnsteig nach unten führte. Ich drehte mich vor der ersten Stufe kurz um. Die Jugendlichen umzingelten bereits ein neues Opfer. Plötzlich hatte ich Angst, dass ein Unglück geschah, dass sie sich in ihrem aggressiven Übermut aus Versehen gegenseitig vor eine fahrende Bahn schubsten, oder einen Unbeteiligten, nicht dass ich es schade um die Jugendlichen gefunden hätte, aber so etwas wollte ich nicht sehen. Ich machte, dass ich nach unten kam.

Mein schlechtes Gewissen war mitgereist, wie ein treues Haustier im Transportkorb. Es war immer an meiner Seite, begleitete mich sogar in den Schlaf. Und jetzt stieg es mit mir zusammen in den Bus, der nach Wattenscheid fuhr.

Die Fahrt dauerte zwanzig Minuten. Das Ruhrgebiet sah wie jedes Mal trostlos und unendlich deprimierend aus, noch nicht ganz nach Tod, aber nach einem langsamen Sterben. Wie die Taube auf dem Bahnsteig. Eigentlich war alles noch genauso wie vor dreißig Jahren, abgesehen davon, dass damals noch keine Ein-Euro-Shops die Straßen gesäumt hatten. Ich stieg in der schrecklichen Siedlung aus, in der es außer einem Bäcker, dessen Schaufenster auch noch so aussah wie vor dreißig Jahren, nichts gab. Es kam mir so vor, als wäre meine Mutter von jeglicher Zivilisation abgeschnitten. So ging es nicht weiter. Ich musste das betreute Wohnen ansprechen, sosehr sie sich auch sträubte. Wieder einmal.

Ein Rollkoffer passte überhaupt nicht nach Wattenscheid. Er passte nach Berlin. Die Rollen quietschten laut, und ich hatte das Gefühl, als würde ich von überall hinter den hässlichen Gardinen beobachtet. Quietschender Koffer und Reisetasche waren überwiegend mit Produkten aus dem Sanitätshaus gefüllt, zwei verschiedene Greifstangen, mit

deren Hilfe man etwas vom Boden aufheben konnte, ohne sich zu bücken, orthopädische Schuhe, die
einen sicheren Stand versprachen. Ich kaufte all
diese Dinge lieber in Berlin ein, statt mich hier auf
die Suche danach zu machen. Meiner Mutter war es
egal, woher es stammte, Hauptsache, ich brachte es
ihr mit.

Ich erreichte das Haus und klingelte nicht, sondern schloss mit meinem eigenen Schlüssel auf – es
würde ewig dauern, bis meine hüftkranke Mutter
die Tür erreicht hätte –, obwohl es mir widerstrebte. Es war das Haus meiner Mutter, nicht meines.
Es war das Haus meiner Mutter, nicht »unseres«, wie
sie gern sagte, um die Familie zu betonen, die nichts
trennen konnte, selbst wenn sie gar nichts verband.

»Hallo«, rief ich in den Flur, »hallo, ich bin da!«

Nichts. Keine Antwort. Kein Laut. Nicht einmal
das Haus machte ein Geräusch. Sonst stand sie meistens am Fenster, wenn sie auf meine Ankunft wartete, und kam dann in den Flur zur Tür. Die plötzlich
aufkommende Angst, meine Mutter leblos irgendwo
in diesem viel zu großen Haus vorzufinden, schickte Schockwellen der Übelkeit durch meinen Magen.
Und der Geruch, den ich jetzt bemerkte. Im Haus
roch es durchdringend nach Pisse. Wer pisste, lebte
doch noch?

»Hallo?«, rief ich erneut. »Hallo, wo bist du?«

Ich wartete im Flur, die Reisetasche, aus der die
Greifstangen ragten, immer noch über der Schulter, den Griff des Rollkoffers in der Hand. Ich hörte

Vögel im Garten singen und meinen eigenen Puls, hektisch, viel zu schnell.

Es gab jetzt mehrere Möglichkeiten. Meine Mutter war nicht zu Hause, weil sie Besorgungen machte. Die unwahrscheinlichste aller Möglichkeiten, denn sie war nicht gut zu Fuß, und es gab hier nichts anderes als den Bäcker. Vielleicht zusammen mit Hedi? Hedi, Hedwig, meine Tante. Aber Hedi war erst neulich da gewesen, und die Anhänglichkeit zwischen den Schwestern hielt sich in Grenzen. Sie traf sich mit jemandem zu Kaffee und Kuchen. Jemand, der sie abgeholt hatte. Genauso unwahrscheinlich, denn meine Mutter konnte niemanden leiden. Was sicher auch umgekehrt galt. Egbert. Mein Bruder könnte sie zu sich nach Hause eingeladen haben. Auch sehr unwahrscheinlich. Weder war Weihnachten noch der Geburtstag meiner Mutter, außerdem lebte er weit weg in Kulmbach, und sie hätte mir davon erzählt. Sie wusste, dass ich heute kam, wir hatten vorgestern telefoniert, und ich hatte ihr dabei auch die ungefähre Zeit meiner Ankunft genannt. Sie war im Garten. Doch die Gartenarbeit fiel ihr immer schwerer, weshalb sie eine Hilfe dafür engagiert hatte, wie hieß er noch gleich, Willi? Oder vielleicht Rudi? Zumindest nichts Fremdes, türkisch oder russisch oder sonst wie ausländisch, darauf hatte meine Mutter bestanden. Hatte sie seinen Namen mir gegenüber überhaupt je erwähnt? Dass Willi oder Rudi alle paar Wochen die Gartenarbeit erledigte, bedeutete natürlich nicht, dass meine Mutter es nicht bes-

50

ser konnte. Wenn sie es noch gekonnt hätte. Davon war sie überzeugt.

Sie hielt einen Mittagsschlaf. Total unwahrscheinlich. Tagsüber zu schlafen hatte für meine Mutter etwas Unanständiges, nahezu Verderbtes an sich. Von all diesen Möglichkeiten war der Garten noch die wahrscheinlichste. Um zu beweisen, dass sie alles noch schaffte, sogar den Garten noch bewältigte, auch ohne Willi oder Rudi, und dass es keinen Grund für sie gab, das Haus aufzugeben.

Das große dunkle Haus schwieg. Ich ging ins Wohnzimmer, denn von dort würde ich meine Mutter im Garten sehen können. Ich ging ganz leise, wollte genauso geräuschlos sein wie das Haus, als wäre ich eine Einbrecherin oder zumindest jemand, der nicht hierhin gehörte. Aber ich gehörte ja auch nicht hierhin.

Im Wohnzimmer war es dämmrig, obwohl draußen helllichter Tag war. Ich ertrug den verdunkelten Raum schon jetzt nicht. Wie sollte ich es zweieinhalb Tage aushalten? Ich kannte das Zimmer, eigentlich das gesamte Haus, fast nur dämmrig. In den letzten Jahren war es immer schlimmer geworden. Ich hatte Angst, den Schalter für das elektrische Rollo zu betätigen. Meine Mutter würde es hören, es war ziemlich laut. Und wenn sie es nicht hörte, bedeutete es, dass sie es nicht mehr hören *konnte*. Ich hatte Angst, nach oben in den ersten Stock zu gehen. Ich trug immer noch meine Jacke, als wollte ich gleich wieder zurückfahren. Ich hatte Angst, dass meine Mutter irgendwo dort oben lag, im Bad oder im Schlafzimmer. Die sterbende Taube in Essen-Steele fiel mir ein. Ob sie immer noch auf dem Bahnsteig hockte? Oder ging das bei einer Taube ganz schnell und sie lag längst im Gleisbett? Gleichzeitig, zusammen mit der Angst, frohlockte ich auch bei dem Gedanken, wie es wäre, wenn ich oben etwas Schreckliches vorfände. Ich müsste nicht mehr alle paar Wochen zweimal fünfhundert Kilometer absolvieren. Hatte meine Mutter vorgestern am Telefon eigenartig geklungen? Hatte sie über Beschwerden geklagt – mehr als sonst – und war beim Arzt? Aber das hätte sie mir sicher mitgeteilt. Und wenn sie im Krankenhaus war, hätte es mir jemand anders mitgeteilt, Egbert oder eine Krankenschwester.

Dann endlich hörte ich schwere Schritte, die sich unendlich langsam auf der Treppe nach unten bewegten.

»Elisabeth? Bist du das? Ich war oben im Bad.«

Erst jetzt zog ich meine Jacke aus. Ich hängte sie nicht an die Garderobe, sondern legte sie über einen Stuhl im Flur, weil ich wusste, dass meine Mutter das hasste. Kaffee wäre gut, dachte ich. Aber erst Mutter begrüßen. Sie erwartete eine Umarmung, das wusste ich, obwohl es in meiner Familie nie besonders herzlich zugegangen war, eher distanziert, aber seit einer Weile forderte meine Mutter immer Umarmungen ein.

Sah sie nicht schlechter aus als beim letzten Mal? Hinfälliger? Ich wollte die Umarmung über mich ergehen lassen wie jedes Mal, steif und unbeteiligt. Mochte ich meine Mutter überhaupt? Stellte man sich so eine Frage? War es nicht selbstverständlich, sie zu mögen? Dann spürte ich, dass ihr die Kraft fehlte, mich an sich zu drücken, sie war ein mager gewordenes, klappriges Gestell, wie ein Vogel, eine dürre Krähe, kantig, überall Knochen, und so zog ich meine Mutter, von der ich nicht wusste, ob ich sie mochte – tat ich aber sicher, sie war ja meine Mutter –, an mich.

Der Geruch im Haus fiel mir wieder auf. Der durchdringende Geruch nach Pisse. Oder kam er von meiner Mutter?

»Du kommst aber spät«, sagte sie. »Hast du nicht gesagt, du kommst früher?«

Ich habe dir genau diese Uhrzeit genannt, dachte ich, sprach es aber nicht aus. Es war sowieso zwecklos. Stattdessen ging ich in die Küche. »Ich koche mal Kaffee«, sagte ich.

Die Küche war genauso dunkel wie das Wohnzimmer, ein grauer Novembertag mitten im Juli. Wie sollte ich es zweieinhalb Tage in dieser Höhle aushalten? Meine Mutter gehörte nicht zu den Alten, die ein Kissen aufs Fensterbrett legten und den ganzen Tag nach draußen sahen, dem Leben draußen zusahen, wenn innen ihr eigenes Leben immer kleiner wurde und sich zurückzog. Viel zu sehen gab es auf der Straße in der schrecklichen Siedlung allerdings sowieso nicht.

Am besten, ich dachte gar nicht darüber nach. Am besten, ich füllte die Kaffeemaschine, bevor meine Mutter mir folgen konnte. Sie war fest davon

53

überzeugt, ich wäre nicht mal in der Lage, eine Kaffeemaschine zu bedienen, zumindest nicht so, wie es in diesem Haus üblich war.

Kaffee aus dem Schrank holen, Filtertüte, Wasser in die Maschine füllen. Schnell, bevor meine Mutter mir in die Küche folgte. Die Kaffeemaschine hatte auch schon bessere Tage gesehen. So wie alles hier. Es wirkte noch ein bisschen verwahrloster als beim letzten Mal, der Staub auf den Flächen und Gegenständen war angewachsen, und niemand hatte die fettige Schicht auf Schränken und Arbeitsplatte weggewischt. Das würde ich wohl an diesem Wochenende tun. Spräche ich sie darauf an, würde sie wie immer sagen, sie wolle keine Putzhilfe, Willi oder Rudi für den Garten sei schon genug, sie wolle keine fremden Leute im Haus haben, Willi oder Rudi blieb immer draußen, und vor allem keine Ausländer, das seien heutzutage doch alles nur Türkinnen oder Polinnen oder Russinnen. Ich hatte Willi oder Rudi noch nie zu Gesicht bekommen und stellte mir einen älteren schmerbäuchigen Mann in glänzender Jogginghose vor, der schlimmsten Ruhrgebietsdialekt sprach.

Ich hörte meine Mutter im Flur rascheln. Vermutlich hängte sie gerade meine Jacke an die Garderobe.

Dann stand sie in der Tür. »Machst du Kaffee?«, sagte sie. »Ich hatte ja früher mit dir gerechnet. So lange dauert das doch gar nicht mehr von Berlin. Warum du ausgerechnet in Berlin wohnen musst, habe ich ja nie verstanden. Dein Vater übrigens auch nicht. Wenn du dort wenigstens einen guten Job hättest.«

Während der Kaffee röchelnd in die Kanne tropfte, müsste mal entkalkt werden, holte ich die Anschaffungen aus dem Sanitätshaus und breitete sie auf dem Küchentisch aus. In dem Kreuzberger Sanitätshaus war ich inzwischen Dauergast. Das hätte ich vor wenigen Jahren auch nicht gedacht. Mit einer sehr freundlichen, geduldigen Angestellten diskutierte ich dort immer über die vielfältigen Beschwerden meiner Mutter. Die Angestellte des Sanitätshauses sprach immer von der »alten Dame«. Nach der Trennung von Becky hatte ich mich sogar schon mal gefragt, ob die Sanitätshaus-Mitarbeiterin vielleicht lesbisch war. Dann könnte ich sie kennenlernen, näher kennenlernen, und auch noch im Bett über Toilettenerhöhungen und sonstige Krüppelware fachsimpeln.

Die beiden Greifstangen seien nicht die richtigen, meckerte meine Mutter, aber gut, wenn ich nichts anderes gefunden hätte.

»Du hast sie doch gar nicht richtig ausprobiert«, sagte ich.

»Ach, das wird schon gehen«, sagte meine Mutter, mit diesem Blick, der ausdrückte: Für mich muss man sich ja keine Mühe geben. Sie beachtete die Zangen nicht mehr und verstaute sie im Schrank neben den Besen. »Ich habe gar keinen Kuchen«, sagte sie dann ohne Bedauern. »In der Tiefkühltruhe ist noch Kuchen, aber ich habe vergessen, ihn aufzutauen. Hier machen alle Geschäfte zu. Und in der Stadt gibt es nur noch diese Billigläden. Was sich da alles rumtreibt.«

Ich wusste gar nicht, was meine Mutter mit »Stadt« meinte. Wattenscheid? Bochum? Essen?

»Wann warst du denn in der Stadt?«

»Na, letzte Woche, mit Hedi, das habe ich dir doch erzählt.«

Ich ging in den Flur, nahm meine Jacke von der Garderobe und trat vor die Tür. In einem Strauch vor dem Haus saß eine Blaumeise und sang gut gelaunt. War ihr gar nicht bewusst, wo sie sich befand?

Auf der Straße war kein Mensch. Die Begegnung mit den Jugendlichen in Essen-Steele steckte mir noch in den Knochen. Aber hier gab es keine Jugendlichen. Nur grauenhafte Gardinen vor allen Fenstern. Ich bildete mir wieder ein, dass hinter jeder dieser Gardinen jemand stand und mich beobachtete.

Beim Bäcker behandelte man mich wie eine Fremde, obwohl ich alle paar Wochen hier etwas kaufte. So viel zu den einfachen, aber herzlichen Menschen im Ruhrgebiet. Ich entschied mich für Bienenstich und gedeckten Apfelkuchen. Das mochte meine Mutter. Oder hatte sich daran mittlerweile etwas geändert? Gut möglich, dass sie mir gleich einen Vortrag über Cholesterin und Diabetes hielt und ob ich die Absicht hätte, sie umzubringen.

Auf der kurzen Strecke zurück zum Haus hatte ich das Gefühl, als würde mich jemand verfolgen. Ich blieb stehen und drehte mich um. Hier war niemand. Keine Menschenseele. Nur eine dicke, übellaunige Katze. Langsam wurde ich paranoid.

Im Haus fiel mir wieder als Erstes der Geruch nach Pisse auf. Ich würde mit meiner Mutter darüber reden müssen. Ich würde mit meiner Mutter über Ausscheidungen reden müssen. Sollte ich sagen: Hier riecht es nach Pisse, was hast du gemacht? Ich würde das Bad im ersten Stock nach irgendwelchen feuchten Hinterlassenschaften absuchen, ihr Schlafzimmer, die Toilette unten. Ihre Schmutzwäsche.

Meine Mutter erwähnte tatsächlich Cholesterin, aber harmloser, als ich erwartet hatte. Stattdessen ergötzte sie sich daran, dass Hedi immer fetter und fetter wurde, wie sie sagte, was kein Wunder sei, bei dem, was sie in sich hineinstopfe.

»Sie muss auch dauernd ihre Sachen ändern lassen. Oder sich gleich neue kaufen. Was das alles kostet. Dass sie sich nicht ein bisschen mäßigen kann.«

»Aber Hedi hilft dir doch viel«, sagte ich, als hätte das eine etwas mit dem anderen zu tun.

»Ach, die reißt sich auch kein Bein aus.«

Ich überlegte, ob ich meiner Mutter von Essen-Steele erzählen sollte, von den Jugendlichen, aber es war mir zu peinlich. Außerdem war meine Mutter nicht mehr in dem Alter, mich zu trösten, und ich nicht in dem, mich von ihr trösten zu lassen. Wir begegneten uns heute unter umgekehrten Vorzeichen. Davon abgesehen hatte sie mich nie getröstet, auch in meiner Kindheit nicht. Vielleicht würde sie auch vorwurfsvoll sagen: Du hast ja keine Kinder. Woher sollst du wissen, wie man mit denen umgeht?

Meine Mutter erinnerte mich häufig, immer ganz nebenbei, an das, was ihr an mir missfiel. Das *Ganz-nebenbei* beherrschte sie vortrefflich.

Gerade als ich mich fragte, wie ich mit ihr am geschicktesten über Ausscheidungen sprechen sollte, über diesen Geruch im gesamten Haus, erst über den Pissegeruch und direkt im Anschluss über betreutes Wohnen, erwähnte meine Mutter plötzlich aus heiterem Himmel Nicole. Sie fragte, was sie denn heute so mache und wie es ihr gehe. Ich erinnerte sie daran, dass ich seit dem Abitur, also seit über fünfundzwanzig Jahren, nichts mehr mit ihr zu tun hätte. Warum kam meiner Mutter jetzt Nicole in den Sinn? Ich hatte nicht nur seit über fünfundzwanzig Jahren nichts mehr von ihr gehört, ich hatte auch ebenso lange nicht mehr an Nicole gedacht. Weder an Nicole noch an die anderen.

Es war ein anderes Leben, nicht meins, vergegenwärtigte ich mir, ein ganz anderes Leben.

Pisse. Pipi. Natursekt. Natursekt würde meine Mutter gar nicht verstehen. Wie sollte ich es nennen? Am besten neutral. Urin.

Doch meine Mutter ließ mich gar nicht zu Wort kommen, sie hatte sich aus unerklärlichen Gründen an Nicole festgebissen. »Sie war doch so nett, deine Freundin von damals«, sagte sie. Hatte meine Mutter eigentlich schon immer so laut geschmatzt?

Es ist wieder da, dachte ich. Es kommt zurück. Es holt mich ein. Seit der Begegnung mit den Jugendlichen in Essen-Steele war es wieder da, nicht erst jetzt beim Kaffee mit meiner Mutter im abgedunkelten Esszimmer.

Ich versuchte, das Thema zu wechseln – Pisse? Pipi? Oder Urin? –, worauf meine Mutter jedoch nicht einging. Nicole sei doch so nett gewesen, sagte sie. Ich war mir nicht sicher, ob sie Nicole damals wirklich so nett gefunden oder nicht ganz im Gegenteil für den falschen Umgang gehalten hatte. Ich meinte sogar, mich daran erinnern zu können, dass es ihr eine Weile gar nicht recht gewesen war, wenn ich mich mit ihr traf. »Was wohl aus ihr geworden ist?«, sagte sie. »Bestimmt hat sie Familie. Einen netten Mann.« Ein Seitenblick zu mir mit Bienenstich im Mund. Schmatzen. Ob ich denn noch mit Nicole zu tun habe. – Nein, das hätte ich ihr doch vorhin schon gesagt, seit Jahrzehnten nicht mehr. Irgendetwas mit dem Kurzzeitgedächtnis meiner Mutter klappte nicht mehr, sie konnte sich nicht merken, was ich ihr vor fünf Minuten gesagt hatte, dafür tauchte der Name einer meiner Mitschülerinnen aus geheimnisvollen Untiefen auf. Nicole war so ziemlich die Schlimmste in meiner Schulzeit gewesen. Natürlich war ich in sie verliebt. Wie alle. Entweder war man in Nicole verliebt oder man wollte so sein wie sie. Oder beides. Sie war der Inbegriff von Coolness gewesen. Ich hatte sogar vergessen, ob man das damals schon so nannte, cool.

Nach dem Kaffee bat mich meine Mutter, zwei Glühbirnen auszuwechseln, oben im Flur und unten in der Küche. Ich ging in den Keller und fand dort in einem Schrank riesige Vorräte an Glühbirnen vor. Wieder oben, sprach ich sie darauf an. Wie nicht anders zu erwarten, war meine Mutter sehr stolz auf ihre Glühbirnenvorräte. Sie habe sie gerade noch rechtzeitig gekauft. Mit Hedi. Die EU verbot doch alles. Erst Glühbirnen, dann Teebeutel.

»Wie kommst du darauf, dass die EU Teebeutel verbietet?«

»Haben sie neulich im Fernsehen gesagt.«

Meine Mutter trank sowieso lieber Kaffee als Tee. Zumindest nachmittags. Morgens war er ihr neuerdings manchmal zu stark, und sie klagte über ihr Herz.

»War da nicht damals so ein Unglück?«, sagte meine Mutter dann. Teebeutel und Glühbirnen waren vergessen. »Was war das denn noch gleich …«

Sie dachte tatsächlich noch daran? Bislang hatte ich immer das Gefühl, meine Mutter würde sich nur an ihre eigene Vergangenheit erinnern, nicht an meine, als hätten wir gar keine gemeinsame gehabt, aber wie hätte sie sich auch an meine erinnern sollen, so früh, wie ich bemüht war, ihr nichts mehr von meinem Leben zu erzählen.

»Ist da nicht sogar jemand gestorben?«, sagte sie.

»Nein, ach was«, antwortete ich. »Weiß ich nicht mehr. Habe ich vergessen.«

Ich wollte nicht über das *Unglück*, wie meine Mutter es nannte, von damals reden. Es lag dreißig Jahre zurück. Ich dachte nicht mehr daran. Nie. Offensiv brachte ich das betreute Wohnen ins Spiel, fragte, ob ich ihr Prospekte schicken lassen solle, die wir uns dann beim nächsten Mal gemeinsam ansehen könnten.

Sie war inzwischen aufgestanden und räumte umständlich die Teller in die Spüle, bevor ich hätte sagen können, das kann ich doch machen. Natürlich wollte sie mir damit beweisen, dass sie noch dazu in der Lage war, den Haushalt zu versorgen. Sie stampfte mit dem Fuß auf wie eine Dreijährige und plärrte: »Ich will hier nicht weg!«

Ich fragte mich, wie Nicole wohl gealtert war, genauso wie ich oder mehr oder weniger als ich, ich fragte mich, ob ihre Stimme noch wie früher klang, obwohl ich mich gar nicht mehr richtig an ihre Stimme erinnern konnte.

Dann putzte ich die Küche meiner Mutter.

5
Erster August

Übermorgen musste er es tun. Martin musste das
Haus verlassen, zum Bahnhof fahren, in den Zug
steigen. Wenn er nicht bei der Beerdigung seines
Vaters erschien, dürfte er sich nie wieder bei seiner
Mutter blicken lassen. Bei seiner Schwester auch
nicht. Und sein Bruder fände es *völlig daneben*, Martin hörte ihn schon, *das ist ja wohl das Letzte,* würde
er sagen und womöglich eine ganze Weile nicht mehr
mit ihm sprechen. Nicht, dass sein Bruder sonst besonders viel mit ihm sprach. Vielleicht würde Martin
sogar enterbt.

In seiner Kindheit hatten seine Eltern dauernd
gesagt: »Geh doch mal raus! Du musst doch mal an
die frische Luft!« Reichte für frische Luft nicht der
Weg zur Schule und wieder zurück? Heute durfte er
es. Drinnen bleiben so lange er wollte.

An manchen Tagen zog er den Schlafanzug gar
nicht erst aus. Dann ging er auch nicht duschen,
kämmte sich nicht mal die Haare. Das waren die
extremen Drinnentage, und er wusste genau, wie
man es nannte: Verwahrlosung. An anderen Tagen –
zumindest theoretische Draußentage – war Martin

zugewandter, wollte der Welt gegenübertreten, wenigstens ein bisschen. An Draußentagen duschte er morgens, zog sich mit seinen beschränkten Mitteln so gut an, als stünde ihm ein Vorstellungsgespräch bevor, und wartete. Wartete darauf, dass etwas passierte.

Morgens aß er freudlose Brote und musste sich beherrschen, den Fernseher nicht einzuschalten. Er kaufte immer Brotbelag, der lange haltbar war. Am frühen Abend kochte er sich trauriges Einsamkeitsessen. Draußen etwas zu essen, unter fremden Menschen, kam für Martin natürlich nicht infrage. Außerdem musste er sein verbliebenes Geld so lange wie möglich zusammenhalten.

Er wusste nicht mehr, wann es angefangen hatte. Vor einem Jahr? Nein, früher. Er war zwar nie der geselligste Mensch gewesen, hatte aber dennoch immer ein Leben mit einigen wenigen Kontakten geführt. Und unmerklich hatte sich der letzte Rest Geselligkeit zurückgebildet, war nach und nach verkümmert, so ähnlich wie seine bedauernswerten Grünpflanzen, bis sie schließlich ganz von ihm abgefallen war, weil sie kein Nährstoffkreislauf mehr versorgte. Wie ein welkes, totes Blatt.

Es war abends. Oder schon nachts? Martin hatte seit einiger Zeit den Überblick über die Tageszeiten verloren. Er schob den Vorhang im Wohnzimmer ein winzig kleines Stück zur Seite, nur einen Fingerbreit, und sah ins Draußen. Als es am Nachmittag an seiner Tür geklingelt hatte, hatte er einfach nicht aufgemacht, nicht einmal gefragt, wer da sei. Er hatte direkt

63

hinter seiner Wohnungstür gestanden, sein Herz war bestimmt bis ins Treppenhaus zu hören gewesen. Dann hatte sich die Person endlich wieder entfernt, ohne ein weiteres Mal zu klingeln.

In der Wohnung gegenüber waren offenbar neue Mieter eingezogen. Ein Mann stand auf der Leiter, der Raum hell beleuchtet, und pulte Tapete von der Wand. Es sah mühsam aus. Martin hatte fast den Geruch nach altem Tapetenkleister in der Nase. Eine Frau kam dazu und reichte dem Mann auf der Leiter eine grüne Flasche Bier. Sie selbst hielt auch eine in der Hand. Sie stießen die Flaschen gegeneinander, Martin bildete sich ein, das herablaufende Kondenswasser sogar von hier sehen zu können, durch den fingerbreiten Spalt hinter dem Vorhang. Die beiden lachten. Die Frau umfasste mit ihrer freien Hand die Hüfte des Mannes, es sah vertraut und selbstverständlich aus, als täte sie es oft, als würden sie einander gut kennen, der Mann auf der Leiter drehte sich um und beugte sich nach unten zu ihr, um sie zu küssen. Eigentlich könnten sie es doch jetzt miteinander treiben, gleich auf der Leiter, sodass Martin zusehen konnte. Dann stellte er sich vor, wie der Mann das Gleichgewicht verlöre und von der Leiter stürzte, die meisten Unfälle ereigneten sich ja zu Hause, und er hatte genug und zog den Vorhang zu, schloss den fingerbreiten Spalt, der ihn kurze Zeit mit dem Draußen verbunden hatte.

Es war 23.30 Uhr. Martin schaltete den Fernseher aus, der ohne Ton lief, und setzte sich an seinen

Computer. In die Zeile der Suchanfrage gab er ein: *Ich habe Angst, meine Wohnung zu verlassen.*

Erster Eintrag: Ich kann seit vier Jahren nicht mehr das Haus verlassen. Zweiter Eintrag: Kann die Wohnung nicht mehr verlassen, brauche Tipps. Dritter Eintrag: Ich habe meine Wohnung seit siebzehn Jahren nicht verlassen.

Insgesamt 593.000 Ergebnisse. Oft tauchte der Begriff Agoraphobie auf. Vier Jahre, sogar siebzehn Jahre, eigentlich fand Martin sich dagegen ziemlich gesund. Er wollte von diesen Verrückten gar nichts mehr lesen.

Er hatte keine passende Kleidung für die Beerdigung seines Vaters. Martin hatte sich seit Jahren keine neue Kleidung gekauft. Dunkel für ein Begräbnis war nicht das Problem, farblose Klamotten in tristen Farben bevorzugte er seit Jahren, als wollte er selbst mit seiner Kleidung immer grauer werden, unter ihr verschwinden, eins mit ihr werden. Das Alter der Kleidung war das Problem. In Berlin fiel es nicht weiter auf. Zum einen verließ er das Haus ja fast nie – er war aber noch weit entfernt von siebzehn Jahren, sogar von vier –, nur, wenn es gar nicht anders ging, zum anderen war es in Berlin egal, was man trug. Er hörte schon seine Mutter: Konntest du nicht wenigstens heute was Anständiges anziehen? Seiner Mutter würde nicht entgehen, wie abgelaufen die Sohlen seiner Schuhe waren, dass sein einziges halbwegs ordentliches dunkles Jackett an vielen Stellen vor Alter speckig glänzte, dass der Stoff seiner

65

Hose dünn geworden war. Er ließ seine Mutter im Glauben, er ginge jeden Tag einer ungeheuer wertvollen und wichtigen Arbeit nach. Freiberuflich und gut bezahlt. In den Augen seiner Mutter musste man für eine ungeheuer wertvolle und wichtige und gut bezahlte Arbeit auch entsprechend gekleidet sein. »Nein, in Berlin ist das anders«, hatte er es schon mal versucht. »In Berlin ist man total lässig.« – »Lässig nennst du das?«, hatte sie darauf geantwortet, mit einem verständnislosen und angeekelten Blick. »Dein Bruder würde so nicht herumlaufen.«

Dein Bruder, dein Bruder, dein Bruder. Martin kannte das zur Genüge. Es war zwecklos, sich dagegen aufzulehnen, auch überhaupt nur irgendetwas darauf zu entgegnen. Als Jugendlicher hatte er einen Lieblingssong gehabt: *Why Can't I Be You* von The Cure. Wenn er wenigstens ein bisschen wäre wie sein Bruder. Dann wäre alles leichter. Undenkbar, dass sein Bruder sich davor fürchtete, Nachbarn auf der Treppe zu begegnen, das Haus zu verlassen, undenkbar, dass sein starker Bruder verlernt haben könnte, wie man ein Gespräch führt.

Er sollte Oliver anrufen, einen alten Studienkollegen. Einer der Letzten, mit dem Martin hin und wieder noch Kontakt pflegte. Er sollte sich mit Oliver verabreden, um nicht den letzten Zugang zur Welt zu verlieren. Aber jetzt, kurz vor zwölf, war es zu spät für einen Anruf.

6
Juli. Damals

Bis zur nächsten Bushaltestelle sind es 1,5 Kilometer. Das klingt nach nicht besonders viel. Aber es ist viel. Es ist gigantisch. Eine ganz andere Welt. Mir ist noch gar nicht lange klar, dass unterschiedliche Welten nebeneinander existieren können, ohne dass die eine etwas von der anderen weiß. Bislang kannte ich nur meine.

Nächste Woche beginnen die Sommerferien. Draußen ist es warm und hell. Drinnen dunkel. Die Dunkelheit gefällt mir viel besser. Sie ist reizvoll. Verboten. Die verschwenderische Natur dort draußen interessiert mich nicht besonders, ich kenne die Namen der Blumen und Bäume nicht, dafür fehlt mir der Blick. Und eigentlich mag ich den Sommer auch nicht, was weniger damit zu tun hat, dass ich keine Blumen benennen kann, als vielmehr mit der spärlichen Kleidung, in die er mich zwingt. Ich bevorzuge so viel Kleidung wie möglich, Schichten um Schichten übereinander, bis mich darunter am besten niemand mehr erkennen kann. Ich bin nicht hässlich und auch nicht fett, jedenfalls nicht richtig fett, also keiner der echten Freaks, die nichts anderes zu hören

bekommen als Hohn, Spott und Verachtung. Ich bin
unauffällig. Vielleicht stört mich das auch am meisten: diese Unauffälligkeit. Obwohl sie mich gleichzeitig beschützt, denn die meisten achten gar nicht
auf mich. Ich weiß, dass es mir so nie gelingen wird,
dabei zu sein. Ich bin Mittelmaß. Unteres Mittelmaß, so wie meine Familie der unteren Mittelschicht
zuzuordnen ist. Ich mag mich nicht besonders, aber
irgendwie mag ich mich doch, zwangsläufig, denn
ich habe niemanden sonst.

Es ist, als zöge mich etwas unwiderstehlich hierhin, etwas, das ich gar nicht erklären kann, obwohl
die Erklärung vermutlich ganz einfach ist. Hier findet das Leben statt. Das richtige Leben.

Es ist so dunkel. Das liegt an den schmutzigen, fast blinden Fenstern. Bei diesen unvorstellbar
schmutzigen Fenstern muss ich automatisch an meine Mutter denken, an die ich nicht denken will, hier
schon gar nicht, hier hat sie nichts zu suchen, aber
ich frage mich, wie sie solche Fenster wohl kommen-
tieren würde. Als wäre es nicht schon dunkel genug,
hat jemand zusätzlich die eingerissenen Gardinen vor
die Fenster gezogen, keine richtigen umsäumten Gardinen, wie ich sie von zu Hause kenne, sondern eher
dreckige Stofffetzen. Ich kann gerade noch die wenigen alten Möbel erkennen, den fleckigen Teppich und
wer sich im Raum befindet. Die Mienen der Anwesen-
den sind schon schwieriger zu deuten. Die Dunkelheit
gefällt mir, sie schützt mich. Ich bin zwar hier, ich habe
es endlich geschafft, aber am liebsten wäre mir, wenn

ich unbemerkt ganz am Rand sitzen bleiben könnte, so wie jetzt, ohne dass jemand das Wort an mich richtet. Eine Zuschauerin. Wenn jemand das Wort an mich richtet, weiß ich garantiert nichts zu sagen. Der schreiend helle Sommertag verlangt danach, sich an der frischen Luft aufzuhalten, und genau das vermutet meine Mutter, dass ich an der frischen Luft bin. Wenn sie wüsste. Drinnen stinkt es nach abgestandenem Zigarettenqualm, aber das stört mich nicht, und auch nach etwas anderem, leicht süßlich. Nicht wie Zigaretten. Vielleicht wie Weihrauch? Aber wie komme ich ausgerechnet auf Weihrauch, hier, an diesem Ort? Ich bin dreizehn und krankhaft schüchtern. Ich bin noch weit davon entfernt, an die heilige Achtzehn zu denken, und auch die Phase, in der ich nicht an mich halten kann und die Sprache meiner Mutter korrigiere, ist noch nicht eingetreten. Einmal in der Woche gehe ich zum Konfirmandenunterricht. Ich habe gar keine Ahnung, wie Weihrauch riecht. Und hier wäre er höchst unpassend. Räucherstäbchen in Mädchenzimmern, vermischt mit dem Geruch nach Patschuli, fallen mir auch ein, aber dieser Ort hat so gar keine Ähnlichkeit mit den sauberen, ordentlichen Mädchenzimmern meiner Schulkameradinnen.

Hier ist das Paradies. Das wusste ich schon vorher, als ich noch nie einen Fuß in diesen Raum gesetzt hatte und auch nicht damit rechnete, es jemals zu tun. Ich weiß es vom Hörensagen. Von den leise geführten Gesprächen in den Schulpausen. Allerdings hätte ich nicht gedacht, dass das Paradies so schmutzig ist. Schmutzig, in einem solchen Ausmaß, unterscheidet sich komplett von zu Hause und auch von den Mädchenzimmern mit Räucherstäbchen. Schmutzig ist schön.

Ich sitze am Rand, niemand spricht mich an. Mir ist schwindelig, das liegt wahrscheinlich an dem Altbier, das ich getrunken habe, gemischt mit Cola. Alle trinken es. Bitter und süß. Fremd, wie alles hier. In einer Ecke des Raumes liegen leere Bierdosen, auf dem Boden steht eine riesige angebrochene Colaflasche. Die Cola muss inzwischen warm und schal sein, aber das stört niemanden. Wer stört sich im Paradies schon an warmer Cola? Ich will nie wieder nach Hause. Ich durchschaue immer noch nicht ganz, wer hier sein darf und wer nicht, wer das entscheidet und wovon diese Gnade abhängt. Bis vor Kurzem durfte ich auch noch nicht hier sein. Jetzt plötzlich doch, was wohl bedeutet, dass sich etwas Entscheidendes in meinem Leben geändert hat. Ich habe das Gefühl, ich befinde mich unter lauter Popstars. Ich wage kaum, den Blick zu heben. Die Crème de la Crème meines Ruhrgebietsheimatkaffs. Darunter natürlich Nicole. Meine Augen haben sich längst an die Lichtverhältnisse gewöhnt, und ich sehe, dass die Hand eines älteren Jungen auf Nicoles Jeansoberschenkel liegt. Die Jeans klebt so eng an ihrem Bein wie eine zweite blaue Haut. Nicole neigt manchmal den Kopf zu dem Jungen und sagt etwas zu ihm, allerdings so leise, dass ich es nicht verstehe. Ich sollte besser aufhören, dauernd darüber nachzudenken, wie Nicole das macht, immer dort zu sein, wo es wichtig ist. Ist ja auch egal. Ich bin jetzt hier, zum ersten Mal, ich habe es geschafft. Die Sprache um mich herum ist rau und hart. Das muss im Paradies wohl so sein. Witze, die ich nicht verstehe, ich lache trotzdem. Mir ist schwindelig. Besser nicht aufstehen. Ich will ja auch gar nicht aufstehen. Ich glaube, jemand lacht über mich, über wen sollten sie sonst lachen, aber ich bin mir nicht sicher.

1,5 Kilometer bis zur nächsten Bushaltestelle. So viel Freiheit. 1,5 Kilometer, die sich anfühlen wie 1.500. Mindestens. Irgendwo draußen im gleißenden Sonnenschein liegt mein Fahrrad im Gras. Wenn es jemand geklaut hat, bringt meine Mutter mich um. Doch das ist mir jetzt völlig egal – mein Fahrrad, meine Mutter. Endlich beginnt meine Zukunft.

7
Anfang August

Im Zug achtete ich nie besonders auf Mitreisende, ich wollte für mich sein, alles andere um mich herum ausblenden. Meist nahm ich nicht einmal die öde Landschaft zwischen ganz im Westen und ganz im Osten wahr. Aber dieser Mann fiel mir auf. Er durchquerte den Großraumwagen, in dem ich saß – ich suchte mir immer einen Platz im Großraumwagen, weil ich mich im Abteil schnell eingeengt fühlte –, jetzt bereits sicher zum dritten Mal. Was für ein ruheloser Mensch. Wahrscheinlich suchte er das Bordbistro auf. Oder er bevorzugte das Behindertenklo, das sich zwischen Bordbistro und meinem Wagen befand.

Wenn er an meinem Platz vorbeiging, wandte er sofort den Blick ab, wie ein scheues Tier, das jeden Augenkontakt vermied. Er kam mir vage bekannt vor, aber ich wusste nicht, woher. Vielleicht wohnte er in meiner Nachbarschaft. Vielleicht hatte ich ihn beim Einkaufen gesehen. Oder im Fernsehen. Oder er wohnte in der Nachbarschaft meiner Mutter. Ein Kunde meines Schreibbüros? Aber die bekamen wir persönlich meist gar nicht zu Gesicht. Vielleicht kannte ich den Mann aus dem Zug, weil er genauso oft wie ich auf dieser Strecke unterwegs war. Ich kannte inzwischen tatsächlich schon einige Zugbegleiter, warum nicht auch Fahrgäste. Vielleicht aber sah er auch nur jemandem ähnlich, den ich kannte.

Ich fuhr von meiner Mutter zurück nach Berlin. Das Kaiser-Wilhelm-Denkmal, das die Porta Westfalica markierte, auf einem Berg gelegen und weithin sichtbar, lag jetzt auf der guten Seite, der linken, aber ich schenkte ihm keine Beachtung. Auf der Rückfahrt schenkte ich ihm nie Beachtung. Ich sah erst wieder nach draußen, als der Zug Hannover erreichte. Hannover, das war weit genug vom Ruhrgebiet entfernt, von Wattenscheid, von der schrecklichen Siedlung, von dem düsteren Haus, in das niemals ein Sonnenstrahl fiel. Gefühlt lag Hannover schon fast in Berlin.

Noch zwei Stunden. Der Zug leerte sich zunächst, doch die Hoffnung, dass es so bleiben würde, erfüllte sich nicht, denn direkt im Anschluss stiegen mindestens genauso viele Leute ein. Hauptsache, niemand setzte sich neben mich. Ich wollte meine Ruhe haben. Die drei Frauen an einem Viererplatz mit Tisch, die über ein Smartphone scheußliche Popmusik hörten, nicht mit Kopfhörern, sondern laut, sodass alle etwas davon hatten, verließen den Zug leider nicht. Berlin-Touristinnen, die einen draufmachen wollten. Auch nicht das Ehepaar, das zusammen mit mir in Bochum eingestiegen war. Robuste Outdoor-Kleidung, beide um die sechzig. Inzwischen trugen alle Leute, insbesondere Berlin-Touristen ab einem bestimmten

Alter, bei jeder Gelegenheit Outdoor-Kleidung, ka-
rierte Hemden, schlammfarbene Hosen mit vielen
Reißverschlüssen, derbes Schuhwerk.

Sie sprachen in dem verhassten Dialekt, den ich
mir schon vor Jahrzehnten abgewöhnt hatte. Wäre es
möglich gewesen, hätte ich mir in meiner Jugend für
jeden aus Versehen oder aus Nachlässigkeit herausge-
rutschten Dialektausdruck freiwillig einen schmerz-
haften Stromstoß versetzt. Ich hätte alles dafür getan,
dass nichts mehr an meine Herkunft erinnerte, und
irgendwann, noch vor Vollendung des zwanzigsten
Lebensjahrs, war es mir auch gelungen.

Das Outdoor-Ehepaar tat das, was es vermutlich
am besten konnte: meckern. Es fühlte sich so an, als
hätte ich das Haus meiner Mutter gar nicht verlassen.
Ich meckere, also bin ich. Ihnen schmeckte der Kaffee im Zug nicht. Vor allem missfiel ihnen, wie lange
es dauerte, bis der Wagen mit Snacks und Getränken
ihren Platz erreichte. Nicht zu vergessen, der Preis.

»Das ist ja teuer.«

»Wir hätten die Thermoskanne mitnehmen sollen, ich hab's dir doch gesagt, aber du wolltest ja
nicht.«

»Wir haben genau zwölf Minuten Verspätung.«

»Was soll man von der Bahn schon anderes erwarten?«

»Das nächste Mal fliegen wir.«

Dem jungen Mann, der den Wagen schob, gaben
sie keinen Cent Trinkgeld. Auf seinem T-Shirt waren
am Rücken die Preise aufgedruckt. Eine wandelnde

Speisekarte. Irgendwie tat er mir leid. Kurz hinter Hannover holten die drei Frauen auf dem Viererplatz die ersten Piccolos aus ihren Taschen. Proportional zum Sektkonsum stieg die Lautstärke ihrer Musik an. Der ruhelose Mann tauchte zum ungefähr vierten Mal auf, so genau hatte ich nicht mitgezählt. Also war er nicht in Hannover ausgestiegen.

Diesmal war der Besuch von der ersten Sekunde an grässlich gewesen, kaum dass ich das Haus betreten hatte.

»Wolltest du nicht früher kommen?«, hatte meine Mutter mich begrüßt.

Hör nicht hin. Reg dich nicht auf. In deiner Vorstellung funktioniert das doch immer. In deiner Vorstellung bist du gelassen und geduldig.

Die erfundene Verspätung des Zuges hatte meine Mutter als Entschuldigung gelten lassen. In Wahrheit war er pünktlich gewesen, doch ich hatte am Bahnhof noch kurzentschlossen einen Kaffee getrunken, um meine Ankunft hinauszuzögern. Als würde das etwas ändern. Der Bochumer Hauptbahnhof war kein angenehmer Ort zum Kaffeetrinken, was mir im Grunde auch vorher schon klar gewesen war, und ich war mir vorgekommen wie mit fünfzehn beim Schuleschwänzen. Ein Sturzbetrunkener saß vor dem Asia-Imbiss und versuchte, seine Nudeln zu bändigen – und sie vor allem in seinen Mund zu befördern und nicht daneben –, wobei er fast vom Stuhl kippte. Ich bereute es, mir einen Kaffee gekauft zu haben. Er bekam mir nicht.

Noch bevor ich meine Jacke ausgezogen hatte, fing meine Mutter an, über die Bahn zu meckern. Ihre letzte Zugfahrt musste Jahrzehnte zurückliegen und hatte wahrscheinlich noch in einem Gefährt namens D-Zug stattgefunden. Meine Eltern waren hundertprozentige Automenschen. Daran hatte sich auch nach dem Tod meines Vaters nichts geändert. Meine Mutter war jetzt nicht mehr Teil eines Automenschen-Ehepaars, sondern ein verwitweter Automensch. Seit ihrer Hüftoperation konnte sie nicht mehr fahren, was sie als unzumutbare Einschränkung ihrer Freiheit betrachtete. Inzwischen war der Wagen verkauft, die Garage stand leer. Eine leere Garage war so ähnlich wie ein leeres Kinderzimmer. Oder noch schlimmer. »Willst du sie nicht an die Nachbarn vermieten?«, hatte ich vorgeschlagen. »An die Nachbarn? Wieso das denn? Ich will die doch nicht immer auf meinem Grundstück haben!«

Meine Mutter hatte mich schon wieder ständig Hedi genannt. Das tat sie erst seit ein paar Monaten. Hedi-Hedwig kümmerte sich so gut wie nie um meine Mutter. Weshalb nannte meine Mutter mich also ausgerechnet Hedi? Immerhin war ihr die Unterscheidung der Geschlechter noch von Bedeutung. Sie nannte mich nie versehentlich Herbert, der Name meines verstorbenen Vaters. War sie auf dem Weg in die Demenz, schon länger, und ich verschloss davor die Augen? Hatte ich demnächst nicht nur eine grantige, missgünstige, hüftkranke Mutter in der dunklen Höhle in der schrecklichen Siedlung sit-

zen, sondern eine grantige, missgünstige, hüftkranke
Mutter, deren Synapsen nichts mehr weiterleiteten,
deren Gehirnzellen zu einem Brei verklebten und die
mich bald nicht mehr erkennen würde? Weder mich
noch Hedi?

Meine Mutter wollte das Haus nicht verlassen.
»Nein! Auf gar keinen Fall!«, sagte sie barsch, sobald
ich betreutes Wohnen ansprach. »Fang nicht wieder
damit an! Ich will doch nicht zu den ganzen alten
Leuten! Dann kann ich ja gleich auf den Friedhof ziehen! Willst du das? Ja, das wäre dir wohl am liebsten!
Wenn ich endlich auf dem Friedhof wäre!«

Der ruhelose Mann durchquerte erneut den Wagen. Diesmal senkte er nicht den Blick, als er an mir
vorbeikam, sondern sah mir direkt in die Augen.

Konnte man meine Gedanken sehen? Meine
Mutter war diesmal besonders anstrengend gewesen,
es gab nichts, worüber sie nicht gemeckert hatte,
es begann schon am frühen Morgen, wenn sie ihre
Medikamente zusammensuchte, ohne die sie, wie sie
sagte, auf der Stelle tot umfallen würde – »Aber das
wäre dir ja nur recht« –, und endete erst am späten
Abend. Ich war erschöpft. Ich war nach diesem Wochenende unendlich erschöpft und wollte, dass sich
der Zug beeilte, damit ich bald zu Hause wäre. Eine
Meckersalve war auf die andere gefolgt, ein Maschi-
nengewehrfeuer des Meckerns, den ganzen Tag lang,
ohne Unterbrechung. Diesmal hätte es eine gute
Gelegenheit gegeben. Meine Mutter war die viel zu
steile Kellertreppe nach unten gestiegen. Ich dicht

77

hinter ihr. Die Kellertreppe war wegen der Gefahr eines Sturzes eigentlich schon länger für meine Mutter tabu. Es hatte auch keinerlei Notwendigkeit bestanden, gemeinsam in den Keller zu gehen, meine Mutter hatte mir nur trotzig beweisen wollen, dass sie die Treppe noch problemlos schaffte, das große Haus noch im Griff hatte. Kurz davor hatte ich wieder das betreute Wohnen angesprochen. Meine Mutter war die lebensgefährliche Treppe nach unten gestiegen, und ich hatte gedacht: Jetzt. Nur ein kleiner Stoß. Dann hört das Meckern auf und die ständigen Reisen ins Ruhrgebiet.

Der Mann kam zurück. Auf Höhe meines Sitzplatzes griff er in die Tasche seines abgewetzten Jacketts, als suchte er nach etwas, und verlor dabei einen zusammengefalteten Zettel. Im ersten Moment wollte ich mich danach bücken oder den Mann darauf aufmerksam machen, aber ich rührte mich nicht. Niemandem außer mir war der Zettel aufgefallen.

Die drei Frauen mit der lauten Musik holten weitere Piccolos aus ihren großen Taschen. Das Outdoor-Ehepaar wollte unbedingt in den Reichstag. Brandenburger Tor. Hackesche Höfe. Museumsinsel. Aber ohne Museum. »Hier, Kreuzberg«, sagte die Frau und las ihrem Mann eine kurze Beschreibung der Markthalle am Marheinekeplatz aus dem Reiseführer vor. Hatte ich diesen Mann vielleicht in der Markthalle gesehen? An einem der zahlreichen Imbissstände? Wahrscheinlich würde ich dem Ehepaar aus dem Ruhrgebiet, Glückauf, in ein paar Tagen

78

über den Weg laufen, wenn ich nach der Arbeit ein-
kaufte. Doch auf der Straße würde ich sie vermutlich
gar nicht wiedererkennen. Die Gesichter von Fremden im Zug behielt man nur für die Dauer der Fahrt
im Gedächtnis, sofort nach dem Aussteigen vergaß
man sie.

Ob mir jemand dabei zuhörte, wenn ich auf die-
se Weise an meine Mutter dachte? Ob jemand meine
Gedanken las? Ein höheres Wesen? Mein verstorbe-
ner Vater? Meinen Vater konnte ich mir allerdings
nur schwer als ein höheres Wesen vorstellen. Und im
Übrigen wusste ich natürlich, dass das Unsinn war.
Höhere Wesen existierten nicht. Niemand las meine
Gedanken. Trotzdem fühlte ich mich ertappt, als liefen meine Gedanken, für alle sichtbar, wie bei einem
Nachrichtenticker über einen großen Bildschirm.
Elisabeth Ebel denkt schlecht. Elisabeth Ebel denkt
ungeheuerliche Dinge. Elisabeth Ebel denkt an ein
Kissen auf dem Gesicht ihrer Mutter. Sie denkt dar-
an, ihrer Mutter auf der Kellertreppe von hinten ei-
nen Stoß zu versetzen.

Als wir endlich im Keller angekommen waren,
hatte meine Mutter mich so hilflos angesehen. Hilflos und alt. Ich kannte diesen Blick. Sie kalkulierte
genau, wann sie ihn einsetzte, sie war raffiniert. Für
einen Moment sah sie alt und jung aus, beides gleichzeitig, wie ein sehr altes Kind. Aber der Moment ging
schnell vorüber, und die Nachbarin war wieder an
der Reihe. Sie brachte meiner Mutter manchmal etwas zu essen, bot ihr an, für sie einkaufen zu gehen,

doch meine Mutter lehnte all diese Angebote ab. »Ich will doch von der nichts zu essen, wer weiß, was man sich da holt.« Seit Türken in die schreckliche Siedlung gezogen waren, ging es laut meiner Mutter mit dem Viertel bergab. Ich konnte nicht aufhören, an die verpasste Gelegenheit zu denken. Nur ein kleiner Stoß. Vorbei. Nicht, dass sich keine weiteren Gelegenheiten auch in Zukunft böten, aber dieses Aufblitzen der Idee, kombiniert mit der notwendigen Entschlossenheit – all das war unwiederbringlich verloren. Wir standen gemeinsam im Keller. Früher hatte meine Mutter ihn immer so peinlich sauber gehalten wie den Rest des Hauses, Sauberkeit war gleichbedeutend mit Ehre, inzwischen aber wies er deutliche Spuren der Verwahrlosung auf. Dort unten mussten unzählige Spinnenpopulationen leben. Eine Putzhilfe kam ihr nicht ins Haus.

Ich begann mich unwohl zu fühlen, ich hatte zwar keine Kellerphobie, aber es war noch dunkler als oben hinter den ständig zugezogenen Fenstern, und es war vollgestellt und eng. Meine Mutter hingegen hatte keine Eile, nach oben zu kommen. Sie zeigte mir eingefrorene Lebensmittel in der riesigen Tiefkühltruhe, in die sicher auch ein ganzes Schwein gepasst hätte, und wirkte dabei so stolz, als präsentierte sie mir ihre Sportpokale, die es nicht gab. Meine Mutter würde so schnell nicht verhungern. Oder würde sie doch verhungern, weil sie es irgendwann nicht mehr in den Keller schaffte? Eine riesige Tiefkühltruhe voller Essen, bloß unerreichbar.

»Das taue ich uns morgen zum Kaffee auf«, sagte sie und deutete auf Kuchen mit Rosinen, »das magst du doch.«

Und die Tiraden gingen weiter. Nachdem sie die Nachbarin abgearbeitet hatte und auch alle anderen bekannten Leute, waren die Unbekannten an der Reihe, Prominente, Politiker, Ausländer. Zum Schluss das Altwerden und das Fernsehprogramm, das immer schlechter wurde.

Der nächste Halt wäre erst wieder in Berlin-Spandau. Ich beschloss, mir einen Kaffee zu holen. Nein, lieber Tee. Diese rätselhafte Kaffeeunverträglichkeit neuerdings, als würde Kaffee eine tief sitzende Angst in mir noch verstärken. Ich stand auf und bückte mich dann umständlich, um mir die Schnürsenkel zu binden. Meine Schnürsenkel hatten sich gar nicht gelöst, aber ich hatte das Gefühl, ich wäre im Begriff, etwas Verbotenes zu tun, und müsste es möglichst unauffällig aussehen lassen. Aus der Perspektive von hier unten entpuppte sich der Teppichboden im Großraumwagen des ICE als sehr schmutzig. Was war schmutziger, der Teppichboden im Zug oder der Keller meiner Mutter? Ich griff nach dem zusammengefalteten Zettel auf dem Boden, an dem ich nur mäßig interessiert war. Auf dem Weg zum Bordbistro faltete ich ihn auseinander. Kariertes Papier. Sicher nur eine Einkaufsliste. Oder eine Telefonnummer.

Ein kleiner Stoß. Oder das Kissen aufs Gesicht. Das ging immer. Oder bei der Mutterwaschung.

Kopf unter Wasser. Das Zappeln und Strampeln, das unweigerlich folgen würde, aushalten. Noch länger aushalten. Nur noch ein bisschen. Am besten nichts denken in diesem Moment, nur eisern festhalten. Diese Methode würde sich wahrscheinlich durch die sichtbare Gewalt, die nötig wäre, verraten. Druckstellen an den Armen, wo ich meine Mutter festgehalten hatte. Aber würde sich beim Tod einer Vierundachtzigjährigen überhaupt jemand die Mühe machen, ihn näher zu untersuchen? Alte waren lästig. Alte belasteten die Rentenkasse.

Kurzer Text auf dem karierten Papier. Eckige, leicht ungelenke Buchstaben, wie von jemandem, der nur selten mit der Hand schrieb.

Auf dem Zettel stand: *Ich weiß, wo du wohnst.*

Mir war kalt, und ich bedauerte, keinen Schal zu haben. Oder eine Strickjacke. Schal und Strickjacke jetzt, Anfang August? Das Frösteln lag bestimmt an der Klimaanlage des Zuges. Im ICE war es fast immer zu kalt, sogar im Sommer. Ich zerknüllte den Zettel und warf ihn in den Abfalleimer, bevor ich mich in die Schlange im Bordbistro stellte.

8
Zweiter August

Oliver war der einzige Freund, den er noch hatte. Am nächsten Tag rief Martin ihn an und erzählte vom Tod seines Vaters. Oliver nahm an, dass er Trost brauchte, dabei brauchte Martin gar keinen Trost wegen seines Vaters. Er brauchte Beistand. Um sich wieder hinaus in die Welt zu wagen. Wie sollte er zum Bahnhof fahren und in einen Zug steigen? Er musste mit jemandem reden. Ein normales Gespräch führen. Das, was andere Leute andauernd taten. Am liebsten hätte er Oliver gebeten, ihn zum Bahnhof zu begleiten.

Das Geräusch der Türklingel war wie erwartet grauenhaft und ohrenbetäubend. Martin stand hinter seiner Wohnungstür und hörte die Schritte auf der Treppe. War es wirklich eine gute Idee gewesen, Oliver anzurufen? Plötzlich war er sich nicht mehr so sicher, Beistand hin oder her. Seit Monaten hatte niemand mehr seine Wohnung betreten, außer ihm selbst. Wer war eigentlich der Letzte gewesen? Ein Handwerker. Aber der hatte sich nur in der Küche aufgehalten.

»Hallo, alter Junge«, sagte Oliver, als er nach oben kam, und reichte Martin ein Sixpack Bier. Er

83

redete Martin meistens mit »alter Junge« an. Martin wandte den Blick ab, als er Oliver eintreten ließ. Er war es auch nicht mehr gewohnt, jemand anderem als sich selbst in die Augen zu sehen. Kurz vor Olivers Eintreffen hatte er versucht, ein bisschen Ordnung in seiner Wohnung zu schaffen, aber er wusste nicht mehr so richtig, wie Aufräumen ging und vor allem, welche Maßstäbe andere Menschen hatten und was sie möglicherweise als Unordnung empfanden.

Sie öffneten zwei Flaschen und stießen damit an. Grüne Flaschen, wie gestern Nacht in der Wohnung gegenüber.

»Lange nicht gesehen«, sagte Oliver und sah sich in Martins Wohnzimmer um.

»Ja, ich weiß«, sagte Martin, der diese Bemerkung als Vorwurf verstand, »ich hatte so viel zu tun.«

»Schon okay.«

Martin hatte nichts zu tun gehabt, und Oliver wusste das. Sie saßen nebeneinander auf Martins Sofa, tranken ihr Bier und schwiegen einen Moment.

»Hier haust du also die ganze Zeit?«, sagte Oliver dann.

Martin versuchte, sein Wohnzimmer von außen zu betrachten, mit dem Blick eines Gastes, doch es gelang ihm nicht.

»Hier muss sich was ändern«, sagte Oliver. »Für den Anfang könntest du mal lüften.« Er stand auf, ging zu den Fenstern, zog energisch die Vorhänge zur Seite und öffnete die Fenster weit. »Schon viel besser.«

Sollte Martin ihm erzählen, dass seine Vorhänge seit Mai ununterbrochen zugezogen waren, seit der Ankunft der Mauersegler? Sollte er ihn nicht am besten bitten, wieder zu gehen? Ich habe so viel zu tun, könnte er sagen, danke für das Bier, war schön, dich zu sehen, aber ich habe wirklich keine Zeit. Dann könnte er endlich wieder allein in seinen fünfzig Quadratmetern sitzen und sich entspannen. Olivers Anwesenheit machte ihn nervös. Doch Oliver wusste, dass er gar nichts zu tun hatte. Und er war ein wirklich guter Freund. Martins einziger. Oliver hatte ihn schon immer schnell durchschaut. Und er hatte auch Martins langsame Abkapselung von der Welt miterlebt, dass er immer seltener zu Einladungen ging, mit unglaubwürdigen Ausreden, dass er keine Geburtstagsfeiern mehr besuchte oder wenn, sich dort sichtlich unwohl fühlte, dass er nie ins Kino wollte, kein Fußballspiel zusammen sehen, nicht einmal einfach ein Bier trinken. Nach und nach hatten sich alle von Martin zurückgezogen. Alle bis auf Oliver. Wenn er Oliver jetzt wegschickte, hätte er vermutlich auch seinen letzten Freund verloren. Seinen letzten Freund und seinen einzigen Zugang zur Welt.

Er erzählte ihm, dass er bereits morgen wegen der Trauerfeier nach Nordrhein-Westfalen reisen musste. Und dass es ihm immer schwerer fiel, die Wohnung zu verlassen. Wobei er hier ein bisschen untertrieb, damit Oliver ihn nicht für komplett verrückt hielt. Oliver blickte sich immer noch die ganze Zeit im Wohnzimmer um. Überall lagen Kleidungsstücke herum, was Martin bislang aber nicht gestört hatte. Andere Leute räumten sie wahrscheinlich weg oder steckten sie in die Waschmaschine. Alle Oberflächen waren mit einer dicken Staubschicht bedeckt. Auf dem Fußboden verteilten sich alte Zeitschriften und Zeitungen.

Beim dritten Bier sagte Oliver: »Du musst einfach anfangen. Fang mit irgendwas an. Geh nach draußen. Draußen beißt dich schon keiner.«

Natürlich war Martin klar, warum Oliver ihm so lange die Treue gehalten hatte. Vor vielen Jahren, noch in ihrer Studienzeit, hatte Oliver in seinem Beisein einen anaphylaktischen Schock erlitten, war erst rot, dann blau im Gesicht geworden, hatte auf dem Boden gelegen, ohne sich rühren und ohne sprechen zu können. Martin hatte geistesgegenwärtig sofort den Notarzt verständigt, der auch bald kam. Im letzten Moment, wie er betonte, sonst wäre Oliver erstickt. »Du hast mir das Leben gerettet, alter Junge, das vergesse ich dir nie.« Das sagte Oliver bis heute.

Nach dem Bier verabschiedete er sich. »Du musst sicher noch packen«, sagte er. »Und wenn du von der Beerdigung zurück bist, schaff endlich Ordnung in deiner Wohnung. Hier sieht es echt schlimm aus. Aber es wird schon alles wieder gut.« Er klopfte Martin auf die Schulter und ging die Treppe nach unten.

Martin schloss die Tür und verriegelte sie zweimal, aber erst, nachdem Olivers Schritte verklungen waren. Anfangen. Ja, er sollte anfangen. Das Erste wäre die Fahrt ins Ruhrgebiet. Wie sollte er das überstehen? Den Zug, die vielen Menschen? Und danach die ganze Verwandtschaft – oder was noch von ihr übrig war, etliche Onkel und Tanten hatten bereits denselben Weg eingeschlagen wie sein Vater. Die übrig gebliebenen Verwandten würden ihn nach Ehe und Kindern fragen. Und nach Erfolg im Beruf.

Er musste packen. Vor allem musste er sich endlich überlegen, was er bei der Beerdigung anzog. Er schloss die Fenster, ließ die Vorhänge aber geöffnet. Das schien ihm ein guter Anfang zu sein. Und statt zu packen, machte er sich daran, seine Wohnung aufzuräumen und zu putzen. Erst das Wohnzimmer, alle herumliegenden Kleidungsstücke, die alten Zeitungen ins Altpapier, dann das Schlafzimmer, er hatte seit Wochen die Bettwäsche nicht gewechselt, und zuletzt das Bad. Er putzte sehr gründlich, und als er damit fertig war, war es weit nach Mitternacht. Er musste ganz früh aufbrechen, um nicht zu spät zur Beerdigung zu kommen, und beschloss, in dieser Nacht gar nicht zu schlafen. Half das nicht gegen irgendetwas? Depressionen? Hatte er Depressionen? Zumindest würde er übermüdet seine Familie vielleicht besser ertragen.

9
Anfang August

Die Person in der Reihe vor mir hatte das Rollo nach unten gezogen. Dadurch lag auch mein Platz jetzt im Schatten. Trotz der öden Landschaft zwischen ganz im Westen und ganz im Osten, die nicht dazu einlud, nach draußen zu sehen, fühlte ich mich umgehend eingesperrt. Ich hatte eine Abneigung gegen fensterlose Räume, immer noch. Ich wollte zumindest die Möglichkeit haben, nach draußen zu sehen. Wenn die U-Bahn im Tunnel zwischen zwei Stationen stehen blieb, versetzte mich das in leichte Panik, das Gefühl, gleich würde es noch dunkler, bis das Licht am Ende ganz erlosch, das Gefühl, dass jeder Ausweg blockiert war.

Schnipsel aus Erinnerung: das heruntergekommene Gartenhaus, in dem es an manchen Tagen nach Schimmel roch und an allen nach Erde. Nach Regenwurm. Oft nach Öl. Und nach menschlichen Ausdünstungen. Schweiß. Angst. Erregung. Bösartige Erregung. Die winzigen Fenster, so dreckig, dass sie fast blind waren. Das Gefühl, eingesperrt zu sein an diesem dunklen Ort, wenn die Tür geschlossen war, was immer der Fall war, aus Vorsicht. Vorhänge vor den Fenstern. Kariert. Oder mit Blumen? Die Struktur des Holzes der Tür. Abgeblätterter Lack. Viele Schichten, mal rot, mal blau, ganz unten grün. Zwei wackelige Stühle. Oder waren es drei? Ein Campingtisch. Auf dem klebrigen Fußboden ein Teppich und eine alte, fleckige Matratze. Keine Heizmöglichkeit.

Auch das Haus in Wattenscheid lud nicht zum Hinaussehen ein. Der Vorgarten, die Straße, die verklinkerten Einfamilienhäuser in der schrecklichen Siedlung, hin und wieder ein Nachbar. Hier waren erstaunlich wenig Leute draußen unterwegs, an manchen Tagen, speziell am Wochenende, wirkte die Gegend wie ausgestorben, als hätte sich eine Katastrophe ereignet und einzig tote leere Häuser mit scheußlichen Gardinen vor den Fenstern wären übriggeblieben. Schnipsel aus Erinnerung: wie in der Kindheit. Diese unendlich langweiligen Nachmittage am Wochenende auf der Straße. An Sonntagnachmittagen trainierten Kinder draußen gerne Grausamkeit. An der Bude Speckmäuse, Weingummischlangen, Esspapier, Brause für ein paar Pfennige. Die anderen angebotenen Artikel, Bier, Korn und Zigaretten, waren noch gänzlich unattraktiv. Kannte ich da schon Nicole? Nein, ich zog meist mit einem Mädchen namens … wie hieß sie noch? Ich zog mit diesem unbeliebten Mädchen los, das niemand leiden konnte, das noch viel unbeliebter war als ich. Nicole kam erst später, im Gymnasium.

Trotz der Ödnis auf der Straße hätte ich auch in Wattenscheid gerne nach draußen gesehen, wenigs-

89

tens hin und wieder, doch meine Mutter verrammelte alle Fenster. Ich hatte das Gefühl, dass sie inzwischen permanent hinter zugezogenen Vorhängen lebte, sommers wie winters, morgens, mittags, abends und nachts, unabhängig davon, ob die Sonne schien. Sie *könnte* ja scheinen. Und die Teppiche ausbleichen. Zumindest der Himmel, dachte ich, wenn ich doch mal einen Blick davon erhaschte, sieht überall gleich aus, in Wattenscheid wie in Berlin.

Natürlich hätte ich das Rollo nach oben schieben können, doch ich wusste aus Erfahrung, was dann geschehen würde. Die vor mir sitzende Person würde es umgehend wieder herunterziehen, begleitet von den Worten: Viel zu hell! Das blendet! Meine Augen! – Wie meine Grottenolm-Mutter. Die Schotten dichtmachen war in dem Haus in Wattenscheid leicht. Funktionierte elektrisch. Das war meinem Vater am allerwichtigsten in ihrem schmucken Haus, dem Paradies, gewesen. Alles elektrisch, die Brotschneidemaschine, das Messer für den Sonntagsbraten, das Garagentor, die Jalousien.

»Die Sonne bleicht die Teppiche aus!«, sagte meine Mutter.

Wenn du ins betreute Wohnen kommst, dachte ich, kannst du deine Teppiche sowieso nicht mitnehmen.

Der Zug blieb auf freier Strecke stehen. Die Smartphone- und Notebookbenutzer schienen es gar nicht zu bemerken. Im Unterschied zu dem Outdoor-Ehepaar.

»Wieso fahren wir denn nicht weiter?«, sagte er und blickte nach draußen.

»Und nicht mal eine Auskunft gibt es!«, schimpfte seine Frau.

»Unverschämtheit! Und dafür zahlen wir so viel Geld!«

Ich blieb vollkommen ruhig. Ich hatte am Abend nichts vor und keine Eile. Für die Abende, wenn ich von meiner Mutter zurückkehrte, nahm ich mir fast nie etwas vor, weil ich jedes Mal so erschöpft war. Seit einiger Zeit allerdings hatte ich auch an vielen anderen Abenden nichts vor. Wenn ich von meiner Mutter zurückkehrte, dachte ich: Geschafft. Wieder einmal geschafft. Bis zum nächsten Mal. Wäre da nicht das schlechte Gewissen. Das schlechte Gewissen, meine Mutter in dem viel zu großen Haus allein zurückgelassen zu haben. Aber sie wollte es ja so. Sie erwartete doch wohl kaum, dass ich Berlin verließ und zu ihr nach Wattenscheid zog? Zurück nach Nordrhein-Westfalen, womit ich Erniedrigung verband, Missachtung, tiefste Melancholie und krankhafte Schüchternheit? Das schlechte Gewissen gab nie Ruhe. Es fraß sich in mich hinein, ähnlich wie ein ausgerissener Goldhamster, der unermüdlich Bücher, Kabel und sogar Wände zernagte. Vielleicht war ein Goldhamster aber auch zu niedlich und deswegen kein passendes Bild. Eine Ratte. Ein Geschwür.

Es gab wirklich Schlimmeres, als in einem nicht fahrenden Zug zu sitzen. Ein Tunnel wäre unschön gewesen, wahrscheinlich sogar beängstigend, aber wir steckten in keinem, die Gegend war flach. Der einzige Tunnel auf dieser Strecke lag kurz vor Wolfsburg, und wir hatten gerade erst Hannover verlassen.

»Wieso erfährt man denn nichts? Das ist ja wohl das Letzte!«

»Was soll man von der Bahn schon anderes erwarten?«

»Das nächste Mal fliegen wir.«

Ich blieb ruhig. Es wäre angenehm gewesen, wenn die vor mir sitzende Person endlich das Rollo vor dem Fenster hochschieben würde. Die Sonne war ohnehin längst hinter Wolken verschwunden. Die Wolken kündigten ein heranziehendes Unwetter an. Es wäre angenehm gewesen, und gerecht, wenn das meckernde Outdoor-Ehepaar zur Strafe den Zug hier auf freier Strecke hätte verlassen müssen, mitsamt ihren Wanderrucksäcken und ihrem hässlichen Dialekt. Und die drei Frauen auf dem Viererplatz und ihr unerschöpflicher Vorrat an Piccolos gleich mit. Es wäre angenehm gewesen, wenn sich nicht allmählich diese Unruhe ausgebreitet hätte, wie eine Spannung in der Atmosphäre, die am ganzen Körper kribbelte. Sogar die Smartphone- und Notebookbenutzer, also die meisten, blickten jetzt irritiert von ihren Geräten auf.

»Ist denn hier keiner zuständig? Hier muss doch jemand zuständig sein! Wo ist der Schaffner überhaupt?«

Das Licht ging aus. Jetzt tagsüber störte es nicht weiter, aber es verstärkte die allgemeine Unruhe. Ver-

sagen des Lichts kündigte den baldigen Zusammen-
bruch der Zivilisation an.

»Warum sagt uns denn keiner Bescheid?«

»Ob wir heute noch mal ankommen?«

»Ich gehe jetzt den Schaffner suchen.«

Ich blieb ruhig und schlug mein Buch auf. Zum
Lesen reichte das Licht gerade noch, trotz des her-
untergezogenen Rollos, der ausgefallenen Beleuch-
tung und der dunklen, fast schwarzen Wolken. Bei
meiner Mutter kam ich nie zum Lesen, ich fiel jeden Abend im Gästezimmer, eingerichtet mit gräss-
lichen Möbeln, ihrem alten Ehebett, ihrem alten
Kleiderschrank, erschöpft ins Bett und schlief fast
augenblicklich ein. Noch rund zwei Stunden bis
Berlin, plus die Verspätung, die mittlerweile sicher
auf zwanzig Minuten angewachsen war. Ich über-
schlug, wann ich zu Hause sein würde. Einkaufen
im Edeka Bahnhof Friedrichstraße war gestrichen,
dort war es zu jeder Zeit und an allen Tagen immer so voll, als wäre es die letzte Einkaufsmöglich-
keit auf dem Planeten Berlin. Heute Abend gäbe es
Tiefkühlpizza. Tiefkühlpizza und Fernsehen. Das
Fernsehprogramm würde ich ganz allein aussuchen,
ohne dass meine Mutter sich alle paar Minuten darüber beschwerte. »So viele Sender, und auf keinem
kommt was Gescheites!« Meine Mutter konnte das
von mir ausgesuchte Fernsehprogramm nicht länger
als etwa drei Minuten ertragen, ohne zu meckern.
Falls die Toleranzspanne nicht sogar drei Minuten
unterschritt. Oft meckerte sie reflexartig, obwohl sie

das Wohnzimmer noch gar nicht betreten hatte und die Sendung nur von Weitem erahnen konnte. »Was für ein Mist läuft denn da wieder?« Ich meckere, also bin ich.

Lag in meinem Gefrierfach wirklich noch eine Pizza? Was für eine schreckliche Vorstellung, nach meiner Ankunft, müde und hungrig, noch einkaufen gehen zu müssen. Ich wollte nach Hause. Vor irgendeinem Quatsch im Fernsehen sitzen. Meine Mutter vergessen, auch wenn das nur schwer möglich war, die Siedlung, das gruftartige Haus und die zurückliegenden drei Tage. Ich blieb immer noch ruhig. Es gab keinen Grund, unruhig zu werden. Mit Ausnahme der Tiefkühlpizza vielleicht. Der Zug verspätete sich ein bisschen, weiter nichts. Ich dachte an den Keller in Wattenscheid, an die riesige Tiefkühltruhe im Keller, in die auch ein ganzes Schwein gepasst hätte oder palettenweise Pizza.

Es wurde immer dunkler, bis das Lesen fast nicht mehr möglich war. Ich schaltete an der Leuchte über meinem Platz herum, aber natürlich funktionierte sie nicht. Lesen hätte mir einen schützenden Ort geboten und mich vor der stetig wachsenden Unruhe der Mitreisenden bewahrt. Endlich schob die Person vor mir das Rollo nach oben. Draußen war es Nacht geworden. Ich sah auf die Uhr: halb vier. Nachmittags. Anfang August. Im Hintergrund zuckten Blitze über den gelb-schwarzen Himmel. Sie schienen nicht von Westen zu kommen wie normalerweise – das Wetter kam fast immer aus dem Westen, also von meiner

Mutter –, sondern von überall her. Ich stand auf, nahm meinen Rucksack und ging in Richtung Bordbistro. Ich wollte nichts essen oder trinken, mich nur ein bisschen bewegen. Im Gang zwischen meinem Wagen und Bordbistro tropfte es aus der Decke auf den fleckigen Teppich. Es roch unangenehm, wie im Chemielabor. Jemand sagte, das liege an der ausgefallenen Klimaanlage.

Dann plötzlich ging das Licht flackernd an. Im Lautsprecher knackte es. Der Zugführer wandte sich an die Fahrgäste. Ein Blitz sei in ein Stellwerk eingeschlagen und eine Umleitung erforderlich. Dadurch werde sich die Fahrt um dreißig Minuten verlängern. Dreißig Minuten waren allerdings schon jetzt überschritten, daraus würde am Ende sicher eine ganze Stunde. Egal. Ich blieb ruhig. Ich blieb so ruhig, dass ich mich selbst darüber wunderte und es gerne jemandem erzählt hätte, aber es gab gerade niemanden, um es zu erzählen. Lag zu Hause in meinem Gefrierfach noch eine Pizza? Das schien derzeit die wichtigste Frage von allen. Der Zug bewegte sich nicht. Das Licht ging wieder aus, und die Leute redeten wild durcheinander. Eine Frau kam aus der Toilette und sagte angewidert, das Klo sei defekt. Aus der Decke tropfte es erneut. Im Bordbistro verkündete jemand, dass zurzeit keine warmen Getränke angeboten werden könnten.

»Das darf doch wohl nicht wahr sein!«

»Gibt es denn noch was Kaltes zu trinken?«

»Fällt bestimmt auch bald aus.«

»Ich wusste es doch! Die Scheißbahn! Was soll man von der Scheißbahn auch anderes erwarten?«

»Die Toilette ist übergelaufen! Darum muss sich doch jemand kümmern!«

Der Zug hatte sich immer noch nicht in Bewegung gesetzt. Draußen zuckten die Blitze. Keine vereinzelten, sondern großflächige Blitzcluster aus allen Himmelsrichtungen. Ich hatte mich schon immer ein wenig vor Gewitter gefürchtet, aber hier war ich in Sicherheit. Faraday'scher Käfig und so weiter. Alle bis auf mich wischten hektisch auf ihren Smartphones herum und fluchten über die schlechte Verbindung. Ich hatte meins gar nicht eingeschaltet, um möglichen Anrufen meiner Mutter zu entgehen. Der Gang und das Bordbistro waren von den vielen Displays gespenstisch blau erleuchtet. Die Frau von vorhin jammerte, dass sie zur Toilette müsse. Draußen sah es nach Weltuntergang aus. Ich fand es ungerecht, dass sich der Weltuntergang ausgerechnet dann ereignete, wenn ich noch nicht zu Hause war, und ausgerechnet hier in dieser öden Gegend irgendwo zwischen Hannover und Berlin. Aber immer noch besser als in Wattenscheid. Wir waren vom Tag in die Nacht gefahren, und nun steckten wir in der Nacht fest und bewegten uns nicht weiter. Stillstand war doch gleichbedeutend mit Tod, oder nicht? War das alles ein Grund, sich zu fürchten? Nein, denn außer mir befanden sich noch mehrere hundert andere Menschen in diesem Zug. Einer davon war der Mann mit dem verlorenen Zettel, der ständig durch meinen Wagen gegangen war. Ich hatte ihn fast vergessen, der Weltuntergang draußen war beeindruckender. Den Zettel und auch den Mann. Bis er wieder auftauchte. Er kam mir entgegen, ich wollte ihm Platz machen, doch er hatte dieselbe Seite zum Ausweichen gewählt, und so kamen wir in dem schmalen Gang nicht aneinander vorbei. Er stand vor mir, nicht viel größer als ich, die Augen nicht in mein Gesicht, sondern auf meinen Bauch oder meine Brüste gerichtet oder beides. Ekelhaft. Als hätte er mich tatsächlich berührt. Jedes Mal, wenn ich einen Schritt zur Seite trat, stand er wieder direkt vor mir, wie mein Spiegelbild. Der Geruch von ungewaschener Haut und tagelang nicht gewechselter Kleidung vermischte sich mit einem scharfen Schweißgestank. Roch so Aggression oder Angst?

Endlich schaffte der Mann es an mir vorbei, ohne dass wir uns albern im Weg standen. Er stieß mir den Ellbogen in die Seite, was mir wie Absicht vorkam, und entschuldigte sich nicht. Plötzlich war ich davon überzeugt, dass er den Zettel nicht aus Versehen hatte fallen lassen, dass er genau dort hatte landen sollen, neben mir, dass die Botschaft mir galt. Aber ich kannte diesen Mann nicht, so angestrengt ich auch nachdachte, ich hatte ihn noch nie im Leben gesehen.

Offenbar war das Licht jetzt dauerhaft ausgefallen. Immer mehr Leute fingen an zu schimpfen. Kinder weinten, Männer brüllten herum, und eine Frau drückte immer wieder an dem Knopf für die Tür herum, die sich natürlich nicht öffnen ließ, hämmerte

97

sogar mit den Fäusten dagegen. Das ist Panik, dachte ich. Echte Panik. Ich selbst blieb bemerkenswert
ruhig. Es war so, als würde die wachsende Unruhe
der anderen in mir das genaue Gegenteil bewirken.
Die Verspätung betrug bereits eine Stunde. Der Zug
rührte sich nicht vom Fleck. Immer noch besser, hier
im Zug festzusitzen als in der schrecklichen Siedlung mit den deprimierenden Gardinen hinter jedem Fenster. Die Gardinen, nicht nur der direkten
Nachbarn meiner Mutter, sondern in der ganzen
Straße und der Parallelstraße und in all den anderen
Straßen, machten mir schlechte Laune. Erstaunlich,
dass Gardinen schlechte Laune verbreiten konnten.
Letztes Jahr waren Leute in die Siedlung gezogen,
die weder Jalousien noch Vorhänge vor den Fenstern hatten. Das war natürlich das Letzte. Meine
Mutter hatte ihnen eine großzügig bemessene Frist
gesetzt, hatte abgewartet, bis sie sich eingerichtet haben mussten, bis sie alle Kartons ausgepackt
und alle Möbel aufgestellt hatten. Dann kämen die
Vorhänge an die Reihe. Doch die Leute lebten nun
schon seit einem Jahr in der schrecklichen Siedlung
und hatten noch immer keine Gardinen. Erst die
Türken und jetzt das. Meine Mutter zerriss sich das
Maul deswegen, was soll das, kann doch jeder reingucken, das ist ja ekelhaft, und die Teppiche leiden
doch.

»Du musst doch gar nicht reingucken«, sagte ich.

»Die legen es doch genau darauf an! Das wollen
die doch!« In diesem Zusammenhang fiel das Wort

»Asoziale« häufig. Für meine Mutter war man asozial, wenn man keine Gardinen vor den Fenstern hatte und nach 8.30 Uhr aufstand.

»Hast du denn jemals etwas Ekelhaftes dort gesehen?«

Meine Mutter gab zu, dass das nicht der Fall war. »Aber trotzdem«, sagte sie, »das macht man doch nicht. Jeden in sein Haus sehen lassen. Ich glaube, das sind auch gar keine Deutschen.«

Vielleicht ist sie ja so geworden, weil sie so viel allein ist, dachte ich. Doch das stimmte nicht. Sie war schon so gewesen, als mein Vater noch gelebt hatte. Meine Mutter hatte mich noch nie in meiner jetzigen Wohnung in Berlin besucht, und das war auch gut so. Ich hatte ihr verschwiegen, dass einzig mein Schlafzimmer mit Vorhängen ausgestattet war. Dass jeder in meine Wohnung blicken konnte. Ich hatte es ihr mit Absicht verschwiegen. Wer will schon von seiner Mutter abgelehnt werden? Ich bin anders als du. Ich lebe völlig anders als du. Ich mag nicht, wie du lebst. Aber deine Anerkennung will ich trotzdem. Bis heute. Ist das nicht schrecklich? Und weil ich genau weiß, was du davon halten würdest, habe ich nie meine fehlenden Vorhänge erwähnt. Du bist ja sowieso nur mäßig an meinem Leben interessiert. Ich bin sechsundvierzig und wage nicht, meiner Mutter etwas über Gardinen zu erzählen, weil ich mich von meiner Mutter nicht zurückgewiesen fühlen will.

Ich ging zurück zu meinem Platz, weil ich plötzlich befürchtete, im aufkommenden Chaos könnte sich die Ordnung der Welt aufgelöst haben, insbesondere die Belegung der Sitzplätze.

»Warum fahren wir denn nicht weiter?«

»Keiner sagt einem Bescheid! Das ist ja das Letzte!«

»Ob wir heute noch ankommen?«

»Bezahlt die Bahn eigentlich ein Taxi? Weiß das jemand?«

»Ein Taxi? Bis nach Berlin?«

»Wo wollen Sie denn hier ein Taxi herkriegen? Sehen Sie doch mal nach draußen!«

Auf meinem Platz saß eine junge Frau, daneben ihr kleiner Sohn. Meine Jacke lag auf dem Boden, und das Kind begann, die Seiten meines Buches zu zerknicken, jede einzelne.

»Entschuldigung, das ist mein Platz«, sagte ich.

Die Frau sah zu mir auf. »Ach so, ich dachte, das ist jetzt auch egal.«

»Nein, das ist nicht egal!«

»Ist ja schon gut.« Die Frau nahm ihrem Sohn mein Buch aus den Händen. »Komm, die Frau will nicht, dass wir hier sitzen.«

»Warum nicht?«, fragte das Kind.

»Das weiß ich auch nicht. Vielleicht hat sie irgendwelche Probleme.«

Der Mann des Outdoor-Ehepaars war aufgestanden und ging in seinen neuen Trekkingschuhen auf und ab. »Wahrscheinlich müssen wir im Zug übernachten«, schimpfte er. Ich strich so gut es ging die Seiten meines Buches glatt und dachte das Gleiche. Müssten wir etwa die Nacht im Zug verbringen?

Ohne warme Getränke und funktionierende Toiletten? Ich mit all diesen Leuten?

Die Blitze zuckten unverändert über den Himmel und tauchten ihn für Sekundenbruchteile in gleißendes, unnatürliches Licht. Irgendwo schrie eine Frau, ihr Portemonnaie sei gestohlen worden. Die meisten Leute waren jetzt auf den Beinen. Dann, als vermutlich niemand mehr damit gerechnet hatte, bewegte sich der Zug. Erst ruckelte er zögerlich ein paar Mal vor und zurück und begann schließlich, im Schritttempo, zu rollen. Das Licht schaltete sich wieder ein. Allgemeines Aufatmen. Ein großes Aufschnaufen vor Erleichterung, wie von einem einzigen riesigen Wesen. Gott hatte auf Neustart geklickt und die Zivilisation wieder hochgefahren. Über den Lautsprecher kam eine Durchsage: Der Blitzeinschlag im Stellwerk habe gravierendere Folgen als zunächst gedacht, wir bitten die Unannehmlichkeiten zu entschuldigen, Zug muss über Magdeburg umgeleitet werden, Ankunft in Berlin verzögert sich um … wir werden Sie über Ihre Anschlusszüge informieren.

»Jetzt sagen die uns noch nicht mal, wie viel wir uns verspäten!«

»Wissen sie wahrscheinlich selbst nicht.«

»Magdeburg. Da wollten wir ja nicht unbedingt hin.«

»Ich muss zur Toilette! Hier sind alle Toiletten kaputt! Soll ich mir etwa in die Hose machen?«

Wir müssten also ganz sicher nicht im Zug übernachten. Ich und mehrere hundert andere Leute.

Ich, mehrere hundert andere, der Mann, der nach Angstschweiß stank, und mein schlechtes Gewissen würden heute noch wohlbehalten Berlin erreichen. Um mein schlechtes Gewissen machte ich mir ohnehin keine Sorgen. Es war sehr robust. Vielleicht würde ich, wenn wir irgendwann ankamen, am Bahnhof ein Taxi nehmen, damit der Mann mir nicht in die S-Bahn folgen konnte.

10
Mai. Damals

Leider bin ich kein regelmäßiger Gast im geheimnisvollen Schuppen. Zu früh gefreut. Hätte ich mir ja denken können. Wie naiv ich mit dreizehn doch war. Jetzt bin ich vierzehn und habe die Konfirmation hinter mir. Tschüs, Gott! Vierzehn ist fast sechzehn, finde ich. Der Schuppen in der Kleingartenkolonie, in den ich seit letztem Sommer nie wieder eingeladen oder mitgenommen wurde, beflügelt unverändert meine Fantasie. Ich stelle mir wer weiß was vor, unglaubliche Dinge, die dort in meiner Abwesenheit geschehen, sie haben alle mit Freiheit zu tun, mit etwas, das so unendlich viel größer ist als mein Ruhrgebietsheimatkaff. Dabei befindet er sich hier, das ist ja das Faszinierende. Aber wahrscheinlich ist das Ganze so exklusiv – und so erwachsen –, dass ich es mir gar nicht vorstellen kann. Meiner Mutter erzähle ich nicht, womit die Jugendlichen sich hier beschäftigen, jetzt mit vierzehn erst recht nicht. Ich habe schon früh den Schweige-Instinkt entwickelt, eine meiner wichtigsten Überlebensstrategien.

Der Schuppen liegt abseits von den anderen Parzellen. Ein vergessener Ort. Die Meinungen darüber, wem er gehört – und ob er überhaupt jemandem gehört –, gehen auseinander. Ein älterer Junge, der sich allerdings nie herablassen würde, mit mir zu sprechen, behauptet, er gehöre irgendeinem Bekannten seiner Eltern, der ihn aber nicht mehr nutze. Nicole sagt, er gehöre niemandem, es habe ihn auch niemand gepachtet, was aber keiner wisse, weshalb er der ultimative Geheimtipp sei. Ich kann mir eigentlich nicht vorstellen, dass es etwas gibt, mitten unter uns, das niemandem gehört.

Ich will dabei sein, dazugehören, jetzt mit vierzehn ist dieses Bedürfnis noch viel stärker. Vor allem will ich da sein, wo Nicole ist, denn Nicole ist das Zentrum der Welt. Ich weiß nicht, wie man es anstellt, dazuzugehören. Allen anderen gelingt es offenbar mühelos. Eine Ewigkeit – fast ein ganzes Jahr – bekam ich keine Gelegenheit, den Schuppen aufzusuchen. Jetzt ist Frühling, hinter uns liegen Herbst, ein ödes Weihnachtsfest, zumindest war es bei mir zu Hause öde, Winter. Den ganzen Winter fragte ich mich, wie es ohne Heizmöglichkeit wohl im Schuppen ist. Einige treffen sich auch in dieser Jahreszeit dort, das weiß ich, ich nenne sie die Auserwählten. Ich hätte gerne auf dem schmutzigen Teppich gesessen und gefroren statt in meinem Zimmer mit der Heizung, in unserer ach so sauberen Wohnung. Allerdings friert man in meiner Vorstellung im Paradies nicht, auch nicht im Winter.

Nicole hatte monatelang keine Zeit für mich, sie war mit irgendeinem Jungen beschäftigt. Ein Dreivierteljahr hat sie mich nicht mehr eingeladen, sie zum Schuppen zu begleiten, sodass ich die Hoffnung bereits aufgegeben hatte. Und einfach alleine hinzugehen – nein, das wagte ich nicht.

Eines Tages kritzelte sie in der letzten Unterrichtsstunde »komm doch mit« auf einen karierten Zettel und schob ihn mir zu. Komm doch mit. Ich traute meinen Augen nicht. Ich konnte es einfach nicht glauben. Eine Weile suchte ich in ihrem Gesicht nach Anzeichen, dass sie es nicht ernst meinte, ätsch, war nur Spaß. Aber ich fand keine. Dann klingelte es, Schulschluss, und alle sprangen auf. »Um drei«, sagte Nicole.

1,5 Kilometer bis zur nächsten Bushaltestelle. Eine andere Welt. Eigentlich ein ganz anderes Sonnensystem. Am Himmel Schleierwolken, die mir zum ersten Mal auffallen, zarte, unscheinbare Gebilde, so weit oben. Sie sehen aus wie Vogelfedern, manchmal wie Schlieren. Auch in ferner Zukunft, die ich mir jetzt noch nicht vorstellen kann, werde ich diese Wolkenform mit dem Schuppen in der Kleingartensiedlung verbinden. Mit vierzehn bin ich so viel klüger, es kommt mir vor, als wäre ich mindestens ein halbes Leben älter und klüger als beim letzten Mal. Mit vierzehn weiß ich natürlich, dass es sich bei dem süßlichen Geruch nicht um Weihrauch handelt, sondern um Hasch. Bei dem Gedanken an meine Naivität im letzten Sommer, kurz vor den großen Ferien, werde ich heute noch rot. Aber niemand raucht Hasch. Stattdessen steht eine große Colafla-

105

sche auf dem Boden, zwei Liter, und in einer Plastik-
tüte stecken Altbierdosen. Cola und Altbier. Süß und
bitter. Wie es scheint, hat sich seit dem letzten Mal
nicht viel verändert, es kommt mir allerdings so vor,
als wären noch ein paar ausrangierte klapprige Möbel
hinzugekommen.

Inzwischen bemühe ich mich, anders zu reden
als bei mir zu Hause. Ich will mich von zu Hause
unterscheiden. Ich will nicht, dass man es mir an-
sieht oder anhört. Ich habe angefangen, meine Mutter zu verbessern, wenn aus ihrem Mund die falsche Grammatik kommt, was sie gar nicht schätzt,
sie wird dann fuchsteufelswild und hat mir neulich
auch eine geklebt. Ich bin noch nicht so weit, dass
ich mir wünsche, mein Zuhause endlich zu verlassen. Ich weiß die Sicherheit meines Zimmers, meines
Bettes, in dem ich von einem anderen Leben träume,
durchaus zu schätzen, empfinde sie aber gleichzeitig
als Gefängnis.

Ein älterer Junge, natürlich ein älterer Junge, die
meisten hier sind älter als ich, fasst grob an Nicoles
Brüste, und ich zucke zusammen. Nicole blickt mir
in die Augen, während seine Finger ihre Brüste kne-
ten. Ihren Blick kann ich nicht deuten. Auffordernd?
Angriffslustig? Lockend? Was ich sehe, stößt mich
ab und fasziniert mich zugleich. Es wird lauter, irgendwer wirft die Colaflasche um, deren klebriger
Inhalt sich auf den Teppich ergießt. Dass die Cola
verschüttet ist, scheint niemanden zu stören. Alle
trinken das Altbier jetzt ohne Cola, ich auch. Bitter.

Dunkel. So dunkel wie das Innere des Schuppens. Irgendwann setzt sich ein Junge, von dem ich weiß, dass er nicht besonders beliebt ist, neben mich, so dicht, dass es mir unangenehm ist. Ich wage nicht, zur Seite zu rutschen. Er sagt etwas, aber ich verstehe nicht, was. Irgendetwas mit »na« und »schon lange«. Dann fasst er mir ans Kinn, dreht meinen Kopf, und sein Mund landet auf meinem. Bevor ich verstehe, was geschieht, ist seine Zunge in meinem Mund. Seine kommt mir ganz anders vor als meine eigene, obwohl wir doch derselben Spezies angehören, ein dicker, kräftiger Muskel. Er schmeckt nach Bier. Mir gefällt nicht, was der nicht besonders beliebte Junge tut, aber ich lasse es mit mir geschehen. Als er seinen Kopf zurückzieht, sind meine Lippen ganz nass. Ich will meinen Mund abwischen, weiß aber nicht, ob man das tut. Ich bin vollkommen unerfahren, was ich zu verbergen versuche. Er zerrt an meiner Hand herum, als wollte er mir den Arm abreißen, zieht sie zu sich heran und legt sie auf seinen Schritt. Unter dem Stoff seiner Jeans spannt sich ein harter Knüppel. Irgendjemand lacht. Ich weiß nicht, ob über ihn oder über mich oder jemand ganz anderen, aber da er in der Rangskala immer noch über mir steht, obwohl er nicht besonders beliebt ist, vermute ich, es wird über mich gelacht. »Darf die überhaupt schon Bier trinken?«, sagt jemand. Bin ich damit gemeint? Jemand sagt »Fettarsch«, und aus Nicole purzelt ein glucksendes Lachen. Ich nehme einen besonders großen Schluck aus der Bierdose. Dann sitzt sie plötzlich neben mir, Nicole, und legt ihre Hand auf mein Bein. Mein Oberschenkel kommt mir auf einmal ausgesprochen üppig vor, aber vielleicht sieht man das in der Dauerdämmerung des Schuppens gar nicht.

Alle lachen wieder, aber diesmal nicht über mich, sondern über einen Jungen, der hier noch deplatzierter wirkt als ich selbst. Er ist jünger, soweit ich weiß, sogar jünger als ich, und sitzt angespannt, verkrampft und stumm in einer Ecke des Schuppens auf dem Fußboden. Sobald ich merke, wie verkrampft er ist, entspanne ich mich. Sobald es einem anderen noch schlechter geht, katapultiert einen das automatisch auf eine höhere Stufe. Was für ein prickelndes und belebendes Gefühl. Nicole stößt mir mit dem Ellbogen leicht in die Seite, wir sehen uns an und lachen, und ich denke, dass sie das Wichtigste in meinem Leben ist.

11
Anfang August

Das schlechte Gewissen war fast wie ein Lebewesen, wie ein – sehr treues – Haustier, noch viel anhänglicher, als ein Hund es jemals sein könnte. Es begleitete mich auf Schritt und Tritt. Es fühlte sich an, als säße es irgendwo oberhalb von mir, als kontrollierte es mich fortwährend. Und es gab niemals Ruhe.

Du lässt deine Mutter allein. Du lässt deine alte einsame Mutter in dem traurigen Haus vergammeln.

Aber sie liebt das traurige Haus. Sie will dort nicht weg.

Ja, ja, du machst es dir immer schön einfach.

Halt endlich die Klappe! Ich will nichts mehr von dir hören! Ich will, dass du still bist!

Wir kamen nicht allzu weit. Noch bevor der ICE außerplanmäßig Magdeburg erreichte, blieb er erneut auf freier Strecke stehen. Meine Gelassenheit hatte sich inzwischen verabschiedet, an ihre Stelle war deutliches Unbehagen getreten. Die Dunkelheit mitten am Tag, meine heimliche Furcht vor Gewitter, die Tatsache, dass wir in diesem Zug wie in einer großen Dose festsaßen, schon wieder ohne Licht, ohne funktionierende Toiletten und mit ausgefalle-

ner Klimaanlage. Dieser eigenartige Angstschweiß-
Mann, der etwas leicht Beunruhigendes ausstrahlte.
Doch an ihn dachte ich in diesem Moment am wenigsten. Ich hätte mich damit beschäftigen können,
durch die Waggons zu streifen, sehen, wie die anderen Fahrgäste mit der Situation umgingen, vorbei an
dem ganzen Gepäck, den Kinderwagen vor den Türen, einem riesigen Instrumentenkoffer, vielleicht für
ein Cello. Ich hätte gern Cello spielen können. Musikalische Erziehung hatte nicht zu den Grundaus-
stattungen meiner Kindheit gehört. Zu teuer. Kein
Interesse. Konnte man mit sechsundvierzig noch ein
Instrument erlernen? Ich hätte mich damit beschäftigen können, das Bordbistro aufzusuchen, in dem
das Angebot mittlerweile sicher sehr ausgedünnt war.
Ich kam nicht ins Freie. Niemand kam ins Freie. Die
Fenster ließen sich nicht öffnen. Der schwache Geruch nach Chemielabor durchdrang jetzt den ganzen
Wagen, wahrscheinlich den gesamten Zug.

Schnipsel aus Erinnerung: Eingesperrt, kombiniert mit Dunkelheit. Die Tür ist so nah, sicher nur
ein, zwei große Schritte entfernt, aber gleichzeitig
unerreichbar. Der Gedanke, dass es jemand anderem
passiert, nicht mir. Der in dieser Situation vollkommen unwichtige Gedanke, dass meine Mutter keinen Schimmer hat, wo ich bin. Dass meine Mutter
diesen Ort nicht einmal kennt, nicht weiß, dass er
überhaupt existiert. Diesen magischen Ort, voller
Sehnsucht und Verheißung. Diesen furchtbaren Ort.
Unscheinbar von außen. Ohne Heizmöglichkeit im

Winter. Im Hochsommer sind drinnen die flirrende Hitze und das gleißende Licht nur zu erahnen. Drinnen ist es dunkel. Immer. So sieht man den Dreck nicht richtig, den Schimmel, das Ungeziefer, das hier ganz sicher emsig unterwegs ist, und vor allem nicht die Gesichter.

Die Luft war stickig. Die Leute wurden aggressiver. Oder litten still, wie die weinende Frau in meinem Wagen. Hin und wieder war ein Wimmern von ihr zu hören. Niemand half ihr, fragte, was mit ihr los sei, beruhigte sie. Auch ich nicht. Ich empfand kein Mitleid für sie. Hatte ich die Fähigkeit, Mitleid zu fühlen, irgendwann eingebüßt, ohne dass es mir aufgefallen war? Immerhin, es gab auch etwas Positives: die drei Piccolofrauen hatten ihre Musik ausgeschaltet. Ein Mitarbeiter des Bordrestaurants ging mit Wasserflaschen durch die Reihen und verteilte sie an die Reisenden, um sie zu besänftigen.

»Ein Schluck Wasser?«, empörte sich die Frau des Outdoor-Ehepaars. »Das ist alles, was wir von der Bahn kriegen? Diese warme Plörre?«

Dem Mann aus dem Bordrestaurant folgte ein Zugbegleiter. Auf seiner Stirn standen Schweißperlen. »Ist hier ein Arzt?«, fragte er. »Wir brauchen dringend einen Arzt in Wagen drei. Wenn unter Ihnen ein Arzt ist, soll er sich bitte in Wagen drei melden.«

»Ist nicht einer Dame vorhin das Portemonnaie gestohlen worden?«, fragte ein Mann. »Müssen wir jetzt auch Angst um unsere Sicherheit haben?«

»Das hat sich als Irrtum herausgestellt«, sagte der Zugbegleiter.

»So so.«

»Ich muss hier raus!«, schrie die Frau, die vorhin noch lautlos geweint hatte. »Ich muss hier raus! Ich kriege eine Panikattacke!«

Ach je, dachte ich, bei dem bisschen schon eine Panikattacke. Hätte nicht eigentlich ich mich so fühlen müssen wie diese Frau? Dunkelheit, Eingesperrtsein, stickige Luft? Aber mir ging es noch vergleichsweise gut.

Was sicher auch daran lag, dass sich das Gewitter langsam abschwächte. Der zweite Zwangsaufenthalt irgendwo auf freier Strecke, das ausgefallene Licht, schreiende Mitreisende – all das hätte mich gut von meiner Mutter ablenken können, aber mir ging die Gelegenheit nicht aus dem Kopf. Die perfekte Gelegenheit. Die perfekte, verpasste Gelegenheit. Nicht nur die Gelegenheit wäre so günstig gewesen wie selten, auch der Wille, sie zu nutzen, war vorhanden. In den letzten Monaten hatte ich mir oft gewünscht, dass meine Mutter tot umfiele, am besten, wenn ich nicht vor Ort war, sondern fünfhundert Kilometer weit entfernt – bloß: wer sollte sie dann finden? Etwa mein Bruder, der sich nur selten blicken ließ? Und kurz darauf hatte ich mich jedes Mal für solche Gedanken geschämt. Solche Gedanken erschreckten mich, Gedanken, die sich meiner bemächtigten und mir so vorkamen, als wären es gar nicht meine eigenen, sondern fremde. Fremde Ge-

112

danken, von einem unbekannten Wesen in meinen Kopf gepflanzt, damit sie dort keimten und wuchsen. An diesen Tagen fielen mir draußen überall alte Frauen auf. Es hieß ja, alte Frauen seien unsichtbar, aber das stimmte nicht. Ich sah sie überall. In der U-Bahn. Auf der Straße. Im Supermarkt. Auf den Bänken am Marheinekeplatz. Die Welt war bevölkert von alten Frauen, ihren steifen Hüften, ihren Gehhilfen und vor allem von ihren Augen. Die Augen der alten Frauen musterten mich, bohrten sich direkt in meinen Kopf und lasen meine schändlichen Gedanken.

An diesen Tagen erschrak ich bei jedem Klingeln des Telefons, davon überzeugt, dass meine Mutter gestorben oder dass ihr zumindest etwas sehr Schlimmes passiert war. Und daran wäre dann ich schuld gewesen. Weil ich so etwas dachte. Weil ich beim letzten Mal zu früh zurückgefahren war. Weil ich meine Mutter allein gelassen hatte, weil ich mich nicht für mindestens zwei Wochen, am besten für zwei Monate, oder für immer, bei ihr einquartiert hatte. Platz war in dem deprimierenden Haus schließlich genug, wie meine Mutter oft andeutete, und ich war ja, anders als mein Bruder, nicht gebunden, zumindest in ihren Augen.

Das Gewitter zog langsam ab, der Weltuntergang schien vorerst verschoben. Draußen war wieder Tag. Oder eine Zeit zwischen Tag und Nacht. Das verbesserte die Situation jedoch nicht im Geringsten. Wir fuhren immer noch nicht weiter. Kein Magdeburg in Sicht und auch sonst nichts.

Ein weiterer Zugbegleiter ging durch den Wagen und verkündete, dass sich die Weiterfahrt noch verzögere und die Zugtüren kurz geöffnet würden. Dies geschehe auf Wunsch einiger Fahrgäste. Niemand solle den Versuch unternehmen, den Zug zu verlassen! Mangels Bahnsteig sei der Abstand zwischen Treppe und Boden viel zu groß, es bestehe Verletzungsgefahr. Auf gar keinen Fall den Zug verlassen!

Dass sich die Weiterfahrt verzögerte, brachte etliche Fahrgäste regelrecht in Rage. »Und was ist mit den Toiletten?«, fragte jemand. »Kann man die Toiletten benutzen?« Doch der Zugbegleiter war bereits verschwunden. Ich fragte mich, ob wir denn wieder Strom hatten, und in dem Moment, als ich es dachte, ging das Licht an, halleluja.

Die Ersten sprangen auf und eilten in Richtung Türen. Bestimmt waren sie immer und überall die Ersten, in der Schlange der Supermarktkasse, beim Check-in am Flughafen und auch sonst im Leben. Wir standen mitten im Nirgendwo. Niedersachsen oder Sachsen-Anhalt. Aber jedes Nirgendwo war besser als Wattenscheid. Wo war eigentlich die Frau mit der Panikattacke abgeblieben? Eine Zugbegleiterin erschien und bat um Aufmerksamkeit: Ob hier ein Arzt sei, in Wagen zwölf werde dringend ein Arzt benötigt. Lange nach den Ersten stand auch ich auf und nahm mein Handy, meine Fahrkarte und mein Portemonnaie aus dem Rucksack.

Einige Fahrgäste hatten den Zug unerlaubterweise verlassen und standen draußen herum, unter ihnen auch die drei Piccolofrauen. Sie rauchten, redeten wieder über Taxis, man könne sich ja eins teilen, ob die Bahn wohl das Taxi zahle. – Woher wollen Sie denn hier ein Taxi bekommen? Hier ist ja nicht mal eine Straße!

In der Tat, wir standen an keinem Bahnhof, nicht mal an einem kleinen Provinzbahnhof, sondern mitten auf dem Feld. Der Abstand zwischen Boden und unterster Stufe betrug sicher mindestens einen halben Meter. Wie sollten das alte Leute bewerkstelligen, die sich nach frischer Luft sehnten? Ich hatte mal von einer Notausstiegstreppe für solche Fälle gehört oder auch von einer Notstufe zum Einhängen, aber der Zugbegleiter hatte nichts dergleichen erwähnt. Zum Teufel mit alten Leuten. Alte Leute hatten wohl Pech gehabt und mussten in der Dose verharren.

Ich fragte mich, ob ich es wieder nach oben schaffen würde, nach unten war es ja meistens leichter, aber das Bedürfnis, draußen zu sein, war größer als meine Bedenken. Die anderen Leute, die längst draußen waren, hatten solche Bedenken offenbar nicht. Ich wollte gehen, mich bewegen, fort von den Leuten und noch weiter fort vom schlechten Gewissen. Wobei das ja gar nicht im ICE saß, sondern in meinem Kopf. Neben den Waggons standen Leute und sprachen in ihre Smartphones. Der Zug war sehr lang. Und aus der Nähe betrachtet viel schmutziger, als das strahlende Weiß in der Werbung vermuten ließ. Einen Moment fragte ich mich, wie es wohl wäre, wenn der Zug plötzlich ohne mich losfahren würde. Meine Sachen lagen in einem anderen Wagen fast am entgegengesetzten Ende, so weit war ich schon gegangen, ohne es zu merken, der Koffer oben in der Ablage, Zeitung, Buch und Rucksack auf meinem Platz. Sogar mein Hausschlüssel befand sich im Zug, denn ich hatte ihn im Rucksack gelassen. Sehr unvernünftig. Aber es war höchst unwahrscheinlich, dass der Zug plötzlich losfuhr. Er war die ganze Zeit nicht vorwärtsgekommen, warum ausgerechnet jetzt? Außerdem standen überall draußen Leute herum. Und wenn es auf einmal hieß, es geht weiter, müsste ich eben an der nächstbesten Tür den halben Meter bis zur untersten Stufe hinaufklettern und den ganzen Weg im Inneren des Zuges zurückgehen, auch wenn das lästig war und viel länger dauerte, vorbei am Gepäck, den Kinderwagen, dem Cellokoffer. Der Zug würde nicht ohne mich fahren. So etwas geschah nicht. Höchstens im Albtraum. Die Zugbegleiter würden rechtzeitig Bescheid sagen. Sie würden aufmerksam am Zug entlangblicken, in beide Richtungen, und mit geübtem Auge prüfen, ob ein verirrter Fahrgast von der Weiterfahrt nichts mitbekommen hatte.

Auf dem Feld pickten Saatkrähen emsig herum, mindestens zwanzig oder dreißig oder noch mehr. Sie waren völlig versunken und beachteten den mitten in der Landschaft stehenden ICE gar nicht. Über mir war unglaublich viel Himmel. Ein ganz anderer als in Berlin. Weiter entfernt Windräder. Ein Rotorblatt eines Windrades war abgeknickt, das konnte ich erkennen, es sah traurig aus, wie ein Vogel mit gebrochenem Flügel. Ich ging immer weiter und dachte an meine Mutter. Das schlechte Gewissen gäbe wahrscheinlich nicht einmal dann Ruhe, wenn ich in einem Flugzeug säße, das gerade abstürzte. Morgen musste ich wieder zur Arbeit. An die Arbeit zu denken war wesentlich angenehmer als an meine Mutter, an Wattenscheid, an das deprimierende Haus. Ich hatte den Moment auf der Kellertreppe nicht genutzt. Vielleicht wäre auch das schlechte Gewissen mit nach unten gestürzt und jetzt tot. War das schlechte Gewissen totzukriegen? Wahrscheinlich nicht. Es grub sich in meinem Inneren voran, durch meine Eingeweide, mein Herz, meine Blutgefäße. Ich merkte gar nicht, dass ich wie in Trance über das Feld stolperte. Und als ich es endlich realisierte, blieb ich abrupt stehen und sah mich um. Nirgendwo ein blau uniformierter Zugbegleiter. Auch keine Fahrgäste mehr, die vor den Türen rauchten, telefonierten und auf ein Taxi hofften, das nicht käme. Hier draußen war kein Mensch. Nur die Saatkrähen, von denen einige kurz aufblickten, bevor sie sich wieder ihren eigenen Beschäftigungen widmeten.

Hatte ich ein Signal überhört, einen Pfiff, ein Rufen, das alle dazu aufforderte, wieder in den Zug zu klettern? Immerhin stand der Zug noch da. Ich hatte mich rund zwanzig Meter von ihm entfernt. Es war gespenstisch still. Die einzigen Wesen außer mir waren die Saatkrähen. Und er, wie ich jetzt bemerkte. Der Angstschweiß-Mann. Er stand ganz in meiner Nähe, hatte mir das Gesicht zugewandt, jedoch ohne erkennbare Regung darin. Sicher wollte er mich nicht darauf aufmerksam machen, dass der Zug bald losfuhr. Er war nicht der Typ dafür. Er sah nicht aus wie ein freundlicher, hilfsbereiter Mann, sondern wie einer mit einer Menge Probleme. Ich war allein mit ihm. Wo steckten die anderen Fahrgäste? Die drei Piccolofrauen, das Outdoor-Ehepaar? Und was war aus den Kranken in Wagen drei und zwölf geworden? Der Panikattacke? In einem ICE saßen gewöhnlich doch hunderte Menschen. Die Fenster waren von außen nicht einsehbar, erst recht nicht aus dieser Entfernung. Ich stand viel zu weit weg vom Zug. Was für eine unheilvolle Reise. Der Zug sollte mich doch nach Hause bringen, nicht in Schwierigkeiten.

Und wenn er jetzt losfuhr, mit all meinen Sachen darin, dem Koffer oben auf der Gepäckablage, meinem Hausschlüssel im Rucksack, wenn der Zug losfuhr und ich allein mit dem Mann und dreißig Saatkrähen im Nirgendwo zurückblieb?

12
September

Der Himmel war bedeckt von hoch stehenden Schleierwolken, als hätte jemand auf eine hellblaue Flüssigkeit
eine weiße gegossen, die sich jedoch nicht mit der
hellblauen vermischte, sondern in Schlieren obenauf
liegen blieb. Diese Wolken schienen mich mein ganzes Leben zu begleiten. Heute waren sie zunehmend
durchsetzt von den Kondensstreifen der Flugzeuge,
was es in einer solchen Häufigkeit in meiner Jugend
noch nicht gegeben hatte.

Seit einigen Wochen sah ich nicht nur die mir
so vertrauten Wolken, die manchmal einem hauch-
dünnen, locker gewebten Tuch ähnelten und manchmal Haarbüscheln oder Federn, sondern auch überall
alte, aus der Mode gekommene Jacketts. Ich sah sie
in der U-Bahn, auf der Straße, im Supermarkt. Ich
beäugte sogar meine männlichen Arbeitskollegen
kritisch, aber sie alle trugen andere Jacken. Bislang
hatte ich nie besonders auf die Kleidung Fremder
geachtet, und darüber hinaus waren abgewetzte Jacketts in dieser Stadt schlecht gekleideter Menschen
nichts Außergewöhnliches. Vielleicht waren alte Jacken inzwischen ja auch Retro-Schick. Leider hatte

119

ich mir keine Gesichter dazu gemerkt, weil ich jedes Mal viel zu schnell den Blick abwandte.

Ich vermisste meine Ex-Freundin Becky. Mehr, als ich mir eingestehen wollte. Ich hatte das Gefühl, mein Leben bestünde aus nichts anderem mehr als unter der Woche arbeiten zu gehen und am Wochenende zu meiner misslaunigen Mutter zu fahren. Natürlich stimmte das nicht, ich fuhr nicht jedes Wochenende nach Wattenscheid, was ich auch gar nicht hätte bezahlen können, aber womit ich mich an den Wochenenden in Berlin beschäftigte, vergaß ich sofort wieder, als hätten sie gar nicht stattgefunden.

In Berlin beobachtete ich meine Umgebung so aufmerksam wie nie. Bis vor ungefähr acht Wochen hatte ich draußen auf niemanden geachtet, übersah auf der Straße oft Nachbarn und Bekannte, die mich grüßten und irritiert waren, wenn ich sie gar nicht zur Kenntnis nahm. Jetzt achtete ich auf alles und jeden. Ich sah mich andauernd um, fragte mich in der U-Bahn bei diesem oder jenem Mann, der zusammen mit mir eingestiegen war, ob er wirklich die ganze Zeit auf sein Smartphone blickte oder nicht stattdessen zu mir. Besonders gründlich sah ich mich um, wenn ich mein Haus erreichte und unten die Tür aufschloss.

Ich vermisste Becky so sehr. Ich wollte mit jemandem reden, der mir vertraut war. Endlich mit jemandem über das reden, was vor einigen Wochen geschehen war. Falls überhaupt etwas geschehen war. Ich schloss nicht aus, dass ich mir das Ganze nur eingebildet hatte, Schreie, ein Handgemenge, etwas, das so klang wie »lasst mich in Ruhe« und »lasst mich gehen«, die Frau auf dem schmalen Weg am Boden, schließlich den Mann hinter mir, der mir bis zur S-Bahn folgte. Seit Wochen fühlte ich mich verfolgt und redete mir gleichzeitig ein, dass das kompletter Unsinn war. Woher sollte irgendwer wissen, dass ich etwas gesehen hatte? Ich war im Hintergrund geblieben und schnell weitergegangen. Es war dunkel gewesen, die Laternen zwischen den Straßenbäumen hatten nicht allzu viel Licht gespendet. Und der Mann hinter mir, der an der Sundgauer Straße in dieselbe S-Bahn stieg wie ich, war einfach ein x-beliebiger Mann, der nachts um halb zwölf genauso wie ich nach Hause wollte.

Aber ich konnte es mir einreden so lange ich wollte, ich fühlte mich trotzdem verfolgt. Ich hatte lange gezögert, es bei der Arbeit anzusprechen. Wir hatten alle ein freundschaftliches Verhältnis zueinander, das auch Gespräche über Privates, Familie, Trennung, Krankheiten mit einschloss. Doch sobald ich mir den ersten Satz im Kopf zurechtgelegt hatte, à la »mir ist da etwas Seltsames passiert«, nahm ich wieder Abstand davon. Mir ist da etwas Seltsames passiert, und ich glaube, ich werde verfolgt – wie das klang.

Wenn ich noch nie in meinem Leben an etwas gezweifelt hatte, dann an meinem Geisteszustand. Ich war alles Mögliche, aber sicher nicht verrückt. Und nun fühlte ich mich verfolgt. Ich selbst hatte Bilder von Leuten mit irrem Blick vor Augen, die

Verschwörungstheorien anhingen, die glaubten, von irgendetwas verstrahlt oder vergiftet zu werden, die fest davon überzeugt waren, dass jemand hinter ihnen her war, um sie umzubringen. Ich konnte es einfach nicht aussprechen, nicht einmal in Gedanken: *Ich werde verfolgt.*

Natürlich kam mir Zucker in den Sinn, denn abgesehen von dem Ereignis vor ungefähr acht Wochen, bei dem es sich möglicherweise um gar kein Ereignis handelte und das ich außerdem an keiner konkreten Person festmachen konnte, fiel mir sonst niemand ein. Ich hatte keine Feinde.

Zucker war ein Kunde von uns, so lernte ich ihn kennen. Früher, bevor Becky in mein Leben trat. Ich arbeitete schon damals im Text- und Schreibbüro. Wir lektorierten alles und waren nicht wählerisch. Wissenschaftliche Arbeiten. Romane und Möchtegern-Romane. Sachbücher. Autobiografien. Artikel fürs Internet. Wir redigierten Texte und schrieben sie bei Bedarf und auf Kundenwunsch auch selbst. Wenn es sein musste, verfassten wir auch Traueransprachen für Beerdigungen. Unser Dienstleistungsangebot rund um Texte war groß. Einer evangelischen Pfarrerin, die sich selbst als ausgebrannt bezeichnete, hatten wir vor Jahren eine Weile die Sonntagspredigten geschrieben, weil ihr einfach nichts eingefallen war. Ich war fast von Anfang an dabei, seit mehr als zehn Jahren, aber über das Korrigieren war ich nie wirklich hinausgekommen. Alle hatten sich so an meine abschließende gründliche Durchsicht gewöhnt, dass sie sich keine große Mühe mehr hinsichtlich der Tipp- und sonstiger Fehler gaben. Ob ich selbst schreiben konnte, wusste ich inzwischen gar nicht mehr.

Wir sollten für Zuckers eigene Firma, die offenbar gut lief, Homepage-Texte lektorieren. Am Ende verfassten wir sie selbst, weil sich herausstellte, dass er gar nicht schreiben konnte. Kommaregeln beherrschte er natürlich sowieso nicht. Ich nannte ihn immer nur Zucker, als hätte er keinen Vornamen, im Büro, für mich selbst. Bis heute nannte ich ihn nur Zucker, und ich musste mir Mühe geben, um mich an seinen Vornamen zu erinnern. Das Gehirn sortiert ja klugerweise aus, was es sich merkt, und trennt Wichtiges von Unwichtigem.

Eines Tages lud Zucker mich zum Essen ein. Das war ungewöhnlich, vor allem, weil ich mich als Korrekturmaus eher im Hintergrund hielt. Für ihn hatte ich allerdings viel gearbeitet, auch selbst geschrieben, weil er es nicht konnte und seine Texte erbarmenswert klangen, und das wusste er. Alle zwei Tage schickte er Änderungen, Ergänzungen oder komplett neue Versionen. Ein anstrengender Kunde, der nicht leicht zufriedenzustellen war. Er wolle sich persönlich bei mir bedanken, sagte er. Ich wollte seine Einladung zuerst ablehnen, aber dann dachte ich: Warum eigentlich nicht? Mein Gehalt war lächerlich, und gegen eine Einladung zum Essen hatte ich nichts einzuwenden. Anfangs fand ich Zucker auch nett, ohne jedoch irgendein Interesse an ihm zu haben. Sexuelles sowieso nicht, aber auch sonst keins.

An seiner Frau, die ich einige Wochen später kennen-
lernte, hatte ich hingegen großes Interesse.

Frau Zucker. Sie war ungefähr in meinem Alter
und hinreißend schön. So schön, dass ich gar nicht
anders konnte, als sie anziehend zu finden, unge-
achtet der Tatsache, dass sie verheiratet und hete-
rosexuell war. Heterosexuelle Frauen waren gleichbedeutend mit Ärger und Kummer, weshalb ich sie
seit Jahren normalerweise mied. Eine Weile traf ich
beide gemeinsam, Zucker und Frau Zucker, zum
Weintrinken und Plaudern, zum Essen. Irgendwann besuchte sie mich allein, und so fing etwas
an, was insgesamt nur zwei, drei Monate dauerte.
Ich fand sie immer noch anziehend, aber gleichzeitig war sie mir nicht ganz geheuer, als würde etwas
Dunkles in ihr lauern, und außerdem fürchtete ich,
dass Zucker hinter unsere Affäre kommen könnte.
War es das überhaupt, eine Affäre? Frau Zucker
war das, was man vielleicht »heißblütig« nannte,
aber ich merkte, dass daran etwas nicht stimmte.
Als würde sie alles nur inszenieren. Jede Berührung.
Sich selbst. Als würde sie ein Theaterstück auffüh-
ren und hätte in jeder Sekunde ihr Publikum im
Kopf. Sie brauchte unendlich viel Aufmerksamkeit,
was mir bald zu viel wurde und auf die Nerven
ging. Bis dahin hatte ich angenommen, mir wäre
Aufmerksamkeit wichtig, aber dem war nicht so.
Aufmerksamkeit hatte ich nur in meiner Jugend
oft vermisst – natürlich nicht von meiner Mutter.
Frau Zuckers Avancen schmeichelten mir zwar ei-

nerseits, auch ihre Heißblut-Performance, aber ich wollte andererseits nichts von ihr, jedenfalls nichts, was über die Nachmittage und hin und wieder einen Abend, wenn er beruflich verreist war, hinausging. Sie sah das offenbar anders, denn sie begann, von Trennung – zuerst – und von Zusammenziehen – direkt danach – zu sprechen, was mich bedrängte. Ich wollte weder, dass Frau Zucker sich von ihrem Mann trennte, noch mit ihr zusammenleben. Und eines Tages geschah es, er bekam Wind davon. Damals war ich mir fast sicher, dass sie es darauf angelegt hatte. Inzwischen war er kein Kunde mehr bei uns, sein Auftrag war abgeschlossen. Zucker war nun nicht mehr nett. Er rief mich an und drohte mir, nach all den Jahren hatte ich längst vergessen, womit, er schickte mir hasserfüllte und außerordentlich schlecht geschriebene E-Mails mit lauter Fehlern, er schickte mir einen Umschlag mit Ohrwürmern und zerstörte mein Fahrrad im Hof. Das ging eine ganze Weile so, länger, als die Affäre mit seiner Frau gedauert hatte. Ich war beunruhigt, weil er meine Adresse kannte. Und irgendwann hörte es auf. Ich meldete mich nie wieder bei Frau Zucker und wusste auch nicht, was aus den beiden geworden war, vermutete aber, dass Frau Zucker nach wie vor sehr viel Aufmerksamkeit brauchte.

Ich hatte seit so vielen Jahren nichts mehr von ihm gehört und war inzwischen auch umgezogen. Zucker verfolgte mich nicht. Und wenn er mich nicht verfolgte, dann diese Person vor einigen Wochen.

Im Juli hatte ich Susanne besucht, eine Freundin, die in Zehlendorf wohnte, in einer dieser unvorstellbar grünen, idyllischen Straßen, mit Einfamilienhäusern und wenigen zweistöckigen Gebäuden. Es sah dort gar nicht aus wie in Berlin, sondern wie in einer ruhigen, friedlichen Kleinstadt. All diese kleinen Straßen in der Nähe des Dahlemer Wegs waren gesäumt von Zäunen und üppigen Hecken. Ich fuhr mit der S-Bahn zu ihr und musste anschließend noch ein ganzes Stück zu Fuß gehen.

Wie oft hatte ich es später verflucht, an diesem Tag, zu genau dieser Stunde, dort gewesen zu sein. Hätten wir nicht noch einen Wein mehr trinken können? Oder einen weniger? Sodass ich eine Stunde später oder eine Stunde früher bei ihr losgegangen wäre? Wahrscheinlich wäre ich dann niemandem begegnet. In Susannes Gegend sah man ohnehin kaum Leute auf der Straße, abgesehen von vereinzelten Hundebesitzern. Ich war zu geizig für ein Taxi von Zehlendorf bis Kreuzberg und wollte deswegen unbedingt die S-Bahn erwischen, nach Möglichkeit nicht die allerletzte. Bei Susanne hatte ich über die Trennung von Becky gejammert, über die Arbeit geklagt und vor allem über die vielen Besuche bei meiner Mutter. Das waren meine einzigen Probleme. Auch auf dem Rückweg ging ich die idyllische Straße mit den niedrigen, kleinen Häusern entlang. Ich hatte Susanne schon oft besucht und wusste, dass man um diese Zeit, halb zwölf, zwölf Uhr nachts, niemanden mehr draußen sah, nicht einmal Hundebesitzer.

Zumindest nicht, bis man in der Nähe der S-Bahn war. Ich ging zügig und stellte mich auf die einzigen Nachtschwärmer hier ein, die mir vielleicht über den Weg liefen, Katzen oder Füchse.

Ich kam an einer der vielen Kleingartensiedlungen vorbei, »Sonnenschein« oder »Abendruh«, wobei ich fand, Abendruh klang eher nach Altenheim. Bei Altenheim dachte ich gleich wieder an meine Mutter. Mir war ganz entfallen, wie die Kleingartensiedlung in meinem Ruhrgebietsheimatkaff hieß. Hatte sie überhaupt einen Namen? Ja, ganz bestimmt, sie hatten alle Namen.

Ich hörte Männerstimmen. Dann die Stimme einer Frau. Sie kamen aus der Kleingartensiedlung. So spät noch? Die Frau lachte zuerst, aber nicht lange, bald hörte sie sich hysterisch an, dann ängstlich. Der Weg, der in die Siedlung führte, war schnurgerade, jeder, der dort stand, hätte mich sofort gesehen. Sie konnten nicht weit vom Eingang entfernt sein. Ich blieb neben einer Hecke stehen und versuchte, etwas zu erkennen. Seit damals hatte ich keinen Fuß mehr in eine solche Siedlung gesetzt, und ich wollte es auch jetzt nicht tun. Der Wein bei Susanne hatte mich allerdings etwas mutiger gemacht. Die Bäume verschluckten fast das ganze Licht der Laternen. Ich war neugierig, was sich dort abspielte, und besorgt wegen der Frau. Kleingartensiedlungen stießen mich ab und zogen mich an. Orte der Spießigkeit, mit kitschigen Figuren und akkuraten Beeten. Das machte es damals ja so reizvoll. Ein geheimnisvoller, gefährlicher Ort inmitten der langweiligen Schrebergartensiedlung.

Die Neugier siegte. Vielleicht auch der bei Susanne getrunkene Wein. Ich trat näher an die Hecke beim Eingang, verbarg mich halb dahinter und spähte auf den Weg, der in die Siedlung führte.

Ich konnte undeutlich drei Gestalten erkennen. Zwei Männer und zwischen ihnen die Frau. Die Männer fassten an der Frau herum und standen viel zu nah bei ihr.

Sollte ich mein Handy herausholen und irgendwen anrufen? Die Polizei? Nein, damit machte ich mich höchstwahrscheinlich lächerlich. Sicher waren es drei Jugendliche mit Bierflaschen, die sich genauso wie wir damals die Siedlung ausgesucht hatten. Völlig harmlos. Sollte ich zu Susanne zurückgehen? Mit ihr als Verstärkung wiederkehren? Ich blieb hinter der Hecke und sah die Straße entlang, aber es war niemand unterwegs, den ich hätte ansprechen können. Ich hatte nicht einmal die Hälfte der Strecke zur S-Bahn absolviert. Mit dem Handy zu fotografieren oder zu filmen, hatte keinen Zweck, es war viel zu dunkel. Im Übrigen gehörte ich nicht zu den Personen, die immerzu alles in ihrer Umwelt fotografierten; wenn es mir überhaupt einfiel, war der besondere Moment meistens längst vorbei. Trotzdem zog ich mein Handy aus der Tasche, suchte die Kamerafunktion, trat einen Schritt von der Hecke weg, richtete das Handy auf den Weg in die Kleingartensiedlung und drückte auf den Auslöser. Einer der Männer drehte sich in diesem Moment zu mir um.

Ich entfernte mich schnell. Zuerst nahm ich den Weg zurück zu Susanne, diesmal auf der anderen Straßenseite. Aber ich wollte die S-Bahn nicht verpassen. Also machte ich mittendrin kehrt und passierte den Eingang der Siedlung »Sonnenschein« oder »Abendruh« zum zweiten Mal. Ich bezog wieder Stellung hinter einer Hecke und lauschte. Nichts. Ich hockte mich hin, damit man mich nicht so schnell sah, und warf erneut einen Blick auf den Weg, der in die Siedlung führte. Die Frau stand jetzt nicht mehr zwischen den beiden Männern, sondern lag auf dem Boden. Es sah so aus, als wäre einer der Männer im Begriff, sie zur Seite zu ziehen, in Richtung einer der Parzellen. Der zweite Mann half ihm dabei.

Mir fiel das Handy, das ich die ganze Zeit festgehalten hatte, aus der Hand und landete mit einem entsetzlich lauten Geräusch auf dem Pflaster. Das mussten sie gehört haben. Ich sprang auf und ging in Richtung S-Bahn. Ich würde niemanden anrufen. Das ist das Richtige, redete ich mir ein und wusste, dass es das Falsche war. Die Frau hatte zuerst gesagt »lasst mich los«. Oder hatte ich mich verhört? Und als sie auf dem Boden lag, hatte einer der Männer ihr den Mund zugehalten. Das schlechte Gewissen plagte mich zwar meistens wegen meiner Mutter, aber nicht ausschließlich. Ich erreichte eine etwas größere Straße und hörte jetzt Schritte hinter mir, die näher kamen. Hier waren zwar auch kaum Leute unterwegs, aber immerhin mehr als in den kleinen Straßen mit den kleinen Häusern, also hatten

Schritte nichts zu bedeuten. Ich ging schneller, wegen der S-Bahn, dachte ich, obwohl ich wusste, dass sie nicht der Grund war. Ich drehte mich um, aber nur ganz kurz. Sich umzudrehen wirkte so ängstlich. Ein Mann ging hinter mir, so schnell, dass ich selbst immer schneller werden musste, um nicht von ihm eingeholt zu werden, was mir nach dem Wein bei Susanne nicht ganz leichtfiel. Ich stolperte vor mich hin. Und zugleich fühlte ich mich so, als wäre ich schlagartig vollkommen nüchtern geworden. Hatte die Frau am Boden sich bewegt oder gewirkt wie eine leblose Puppe? Und hatte der eine Mann ihr wirklich den Mund zugehalten? Ich redete mir ein, dass ich es in der Dunkelheit, beim schwachen Schein der Laternen, gar nicht hatte erkennen können. Alles Mögliche raste auf Hochgeschwindigkeitsbahnen durch meinen Kopf, die Aufregung, das schlechte Gewissen, die Frage, was ich eigentlich gesehen hatte, und die andere Frage, ob der Mann hinter mir mich verfolgte. Natürlich wusste ich nicht, ob er zufällig denselben Weg hatte wie ich. Die Gesichter der drei Personen in der Kleingartensiedlung hatte ich nicht erkennen können.

Als ich etwas außer Atem den S-Bahnhof Sundgauer Straße erreichte, die Treppen nach unten hastete, auf dem Bahnsteig stand, mich umblickte und außer mir nur zwei andere Frauen sah, als ich auf den Zug wartete, der tatsächlich in drei Minuten kommen sollte, fiel mir auf, dass ich die ganze Zeit nur an mich dachte. Ich dachte an mich und nicht an die Frau in der Kleingartensiedlung, wie sie auf dem Boden lag, die Hand des Mannes auf ihrem Mund, den Satz »lasst mich in Ruhe«. Schäm dich, sagte das schlechte Gewissen, und trotzdem war ich unendlich erleichtert, als die Bahn kam, als ich einstieg und die Türen sich mit dem wohlvertrauten Warnsignal schlossen. S-Bahn. Sicherheit.

Im allerletzten Moment, kurz bevor die Türen sich komplett schlossen, quetschte sich ein Mann, den ich vorher nicht bemerkt hatte, durch den verbliebenen Spalt in meinen Waggon.

13
August

Ich hätte mir natürlich keine andere Tochter gewünscht. Aber meine Tochter anders. Manchmal zumindest.

Um sie habe ich mir immer viel mehr Sorgen als
um Egbert gemacht. Keine Ahnung, wieso. Vielleicht
sorgt man sich um Töchter und Nesthäkchen immer
mehr. Sie ist, wie heißt das, stabil heißt es nicht, aber
so ähnlich, labil, genau, sie ist labil. Ich wollte nie,
dass sie unglücklich ist. Und mit diesem Leben ist
man unglücklich. Das weiß ich. Das weiß jeder. Ich
wollte nie, dass etwas ist, was nicht sein soll. Das ist
das Wichtigste im Leben.

Mich hat es immer gefuchst, wie die Verwandten über ihre Kinder sprachen. Erst waren die ganzen
Bälger total gut in der Schule, was man von Elisabeth
nicht behaupten kann, dann haben sie ihr Studium
in der vorgesehenen Zeit abgeschlossen. Bei Elisabeth dachten Herbert und ich ja, sie wird nie fertig.
Die Enkelkinder, nicht zu vergessen. Wie sich das für
mich anfühlt, das ganze Gerede über die Enkel und
das erfolgreiche Leben der Kinder. Bei Elisabeth war
ja schnell klar, dass es mit Enkeln nichts wird, auch

wenn ich immer gehofft habe. Inzwischen ist der Zug wohl abgefahren. Sie ist schon sechsundvierzig. Und wie sich das anfühlt, der Verwandtschaft nichts über Elisabeths Leben sagen zu können.

Sie denkt immer noch, dass ich damals nicht mitbekommen habe, was sie so treibt. Sie hält mich für blöd, bis heute. Das sitzt tief. Dabei sprachen diese komischen Gedichte, oder was das gewesen sein soll, die ich in ihrem Zimmer gefunden habe, für sich. Schmutzkram. Und ihr Tagebuch, nicht zu vergessen.

Die paar Ohrfeigen ab und zu waren ja wohl nicht der Rede wert. Elisabeth hat mich aber auch so oft angelogen. Da kann das schon mal passieren. Tut sie bis heute, lügen, meine ich, aber jetzt kann man ja nichts mehr sagen. Sie ist ja erwachsen. Immer, wenn es um Schulnoten ging, log sie. Klassenarbeiten. Dabei kam am Ende bei den Zeugnissen doch sowieso alles raus. Sie hat sogar Herberts Unterschrift gefälscht, und zwar mehrfach. Das ist Urkundenfälschung, hat Herbert gesagt. Und als sie älter wurde, log sie mich an, wenn es darum ging, mit wem sie verabredet ist. Wo sie sich rumtreibt. Wie viel sie getrunken hat. Oder noch Schlimmeres. Ich machte mir immer Sorgen wegen Drogen, man hört ja so viel. Oder dass sie schwanger wird. Wer weiß, heute wäre ich wahrscheinlich froh, wäre sie es geworden. Lügen ist das Allerschlimmste. Lügen war viel schlimmer als eine Fünf in der Klassenarbeit, dass sie das einfach nicht kapierte. Lügen war Verrat an den

133

Eltern, die alles für sie taten. Eines Tages fing sie an,
immer später nach Hause zu kommen, da muss sie
ungefähr sechzehn gewesen sein, obwohl es natürlich festgesetzte Zeiten gab. Aber an die hielt sie sich
nicht. Manchmal denke ich, dass sie das nur getan
hat, um mich zu ärgern.

Und eines Mittags, Egbert wohnte längst nicht
mehr zu Hause, Herbert war bei der Arbeit, schlug
ich sie, weil herauskam, dass sie mich wieder angelogen hatte. Es gab Frikadellen, das weiß ich noch
wie heute, Kartoffeln und Erbsen und Möhren. Ein
einfaches, gutes Essen. Herbert mochte das sehr. Als
Nachtisch Zitronenpudding, zugegeben, der Rest
vom Sonntag. Den Pudding haben wir dann nicht
mehr gegessen. Jedenfalls nicht mittags. Ich aß den
Pudding viel später, am frühen Abend, kurz bevor
Herbert nach Hause kam, alles auf einmal, und er
schmeckte bitter und nach Tränen. Herbert wunderte sich beim Abendbrot darüber, warum ich keinen
Appetit habe.

Ich habe ihr eine Ohrfeige gegeben, mehr nicht.
Ich habe dabei die Augen geschlossen, weil ich es
selbst noch viel weniger ertragen konnte als Elisabeth, es tat mir nämlich auch weh, das sagte ich ihr
immer danach, also die paar Male, als Ohrfeigen
nötig waren, ich sagte, »es tut mir genauso weh wie
dir«, es tat mir sogar viel mehr weh, aber es ging ja
nicht anders; die Ohrfeige also, vielleicht waren es
auch zwei, das weiß ich heute nicht mehr so genau,
wegen dieser dreisten und zudem plumpen Lüge, die

bei den Frikadellen und Kartoffeln und Erbsen und
Möhren ans Licht gekommen war, am Ende kam
doch immer alles raus, hat sie das denn immer noch
nicht kapiert?, und ich habe gedacht, damit wäre es
erledigt und gut ist, ich würde den Abwasch machen
wie jeden Tag, Spülmaschine wollte ich nicht, dafür hatten wir auch gar kein Geld übrig, die Küche
aufräumen, Herd putzen, was man halt jeden Tag
so tun muss, später würden wir wieder miteinander
reden, die Ohrfeige, oder vielleicht waren es auch
zwei, war wie ein reinigendes Gewitter, wie so ein
schöner Sommerregen, den man ersehnt hat, aber
dann geschah etwas vollkommen Unvorhersehbares,
etwas, das noch nie da gewesen war. Elisabeth schlug
zurück, schlug mich!

Viel fester übrigens, möchte ich mal anmerken.
Wenn es ein Gerät gäbe, das messen kann, wie stark
ein Schlag ist, so was gibt es bestimmt, heute gibt es
ja alles, Autos, die von selbst fahren und so was, dann
hätte so ein Gerät festgestellt, dass Elisabeths Schlag
viel fester war. Mir kamen die Tränen. Ich habe mich
später entschuldigt, da war der Abwasch schon erledigt. Elisabeth nicht.

Wie gut, dass sie beim Geld vernünftig war und
wir uns deswegen keine Sorgen machen mussten.
Obwohl ich mich ja heute noch manchmal frage, wo
eigentlich die hundert Mark abgeblieben sind. Ob sie
doch … nein, meine Kinder stehlen nicht. Schon gar
nicht bestehlen sie ihre Eltern. Sie rauben ihnen nur
die letzten Nerven, hätte Herbert gesagt. Seltsam ist

es allerdings schon. Ich war mir doch ganz sicher gewesen, dass in meinem Nachttisch dreihundert Mark gelegen haben, nicht nur zweihundert. Na ja, sie heute danach zu fragen, wäre wohl ein bisschen albern.

14
Juli. Ein Jahr zuvor

Dass er sie gefunden hatte, war ein totaler Zufall gewesen. Das Wort – *gefunden* – war falsch, denn Martin hatte sie ja gar nicht gesucht. Mehr noch, er war davon ausgegangen, ihr nie wieder im Leben zu begegnen.

Und dann das. Aus heiterem Himmel. Aber wahrscheinlich passierten die meisten Dinge im Leben ganz überraschend.

Er dachte manchmal an sie. Und wenn er an sie dachte, verortete er sie irgendwo im Ruhrgebiet, nicht allzu weit weg von ihrem gemeinsamen Heimatort, als würden andere Menschen im Erwachsenenalter nicht wegziehen, nur er. Fast so, als ginge sie immer noch zur Schule. Nur sie – und neben ihr vielleicht noch zwei, drei andere –, er nicht, er war ja erwachsen. Als würde sich die Zeit für Leute, die man vor Jahrzehnten kannte, nicht vorwärtsbewegen, als wären sie im Damals erstarrt, forever young.

Natürlich hatte sich in den vielen Jahren, die seit ihrer Schulzeit vergangen waren, auch ihr Charakter nicht verändert. Zumindest in seiner Vorstellung nicht. In seiner Vorstellung war sie noch dieselbe wie früher. Schlechter Charakter, keine Falten.

Es lag etwas mehr als ein Jahr zurück. Vor einem Jahr war Martin noch regelmäßig wie ein ganz normaler Mensch nach draußen gegangen. Heute wäre ihm das gar nicht mehr möglich. Er war mit der U-Bahn zur Arbeit gefahren, damals hatte er noch Arbeit, hatte abends Kinos und Kneipen aufgesucht. Allerdings hatte er sich schon zu dieser Zeit, wenn er ehrlich war, am wohlsten in seiner Fünfzig-Quadratmeter-Wohnung im Quergebäude gefühlt. Heute wäre es vollkommen undenkbar, ihr aus spontan erwachter – genau genommen alter, niemals erloschener – Neugier zu folgen, heute würde er das alles nicht aushalten, die Menschen, die Autos, die Stimmen, das Draußen.

Eines Tages, es war ein gewöhnlicher Tag, Martin wollte nach der Arbeit unterwegs einkaufen, sah er sie. Mitten im Menschengewühl auf der Friedrichstraße. Fast wie eine Erscheinung. Er glotzte sie an, konnte es gar nicht verhindern, mitten auf dem Gehweg, eine Straßenbahn fuhr kreischend vorbei, aber sie bemerkte ihn nicht – warum wunderte ihn das nicht? – und war längst weitergegangen, als er immer noch ungläubig vor dem Eingang einer Drogerie stand. Das Wort Epiphanie kam ihm in den Sinn. Als Jugendlicher hatte er ein paar Mal an Gesprächsrunden der örtlichen Baptisten teilgenommen, eine Art Jugendkreis, weil er dachte, vielleicht wäre das etwas für ihn, eine Art Heimat, aber es stieß ihn ab, dass alle ständig erzählten, sie hätten »Gott gesehen«, und Gott habe sich in etwas ganz Alltäglichem gezeigt, in einer schönen Wolke oder einem Regenbogen oder umherwirbelndem Herbstlaub. Auf der Friedrichstraße, als die zweite Straßenbahn vorbeifuhr und es leicht zu regnen begann, hatte er ganz sicher nicht Gott gesehen. Aber sie. Nach so vielen Jahren. Und er stellte sich kurz vor, wie er von dieser besonderen Erscheinung im Baptisten-Jugendkreis berichten würde. Damals hatte er nie gewagt, den Mund aufzumachen.

Er verzichtete auf seinen Einkauf und folgte ihr. Er hatte Mühe, sie nicht aus den Augen zu verlieren, Rushhour, außerdem die üblichen Berlintouristen, ein einziges Geschiebe und Gedrängel. Sie war in forschem Schritt unterwegs und hatte etliche Meter Vorsprung – die Zeitspanne, als er stehen geblieben war, an den Jugendkreis der Baptisten und göttliche Erscheinungen gedacht und gezögert hatte. Kurz nach dem Schreckmoment, dem schönen Schreckmoment, beherrschte ihn nur noch ein einziger Gedanke, dass er ihr folgen musste, sie nicht aus den Augen verlieren durfte, knapp dreißig Jahre aus den Augen verloren waren lange genug. Zuerst überlegte er sogar, sie einzuholen, am Arm zu packen und anzusprechen. Hallo. Du erkennst mich nicht, oder? Habe ich auch nicht erwartet. Ja, es ist lange her. Wie klein doch die Welt ist, dass ich dir hier zufällig über den Weg laufe.

Er dachte einen Augenblick, sie wollte zu Dussmann, aber sie ging weiter, an Dussmann vorbei. Schließlich betrat sie eine Lindner-Filiale und hielt sich dort geschlagene zehn Minuten auf. Das erinnerte Martin daran, dass er noch einkaufen musste. Er stand vor Lindner herum, dachte an den teuren Vanillequark, den er sehr mochte, und fragte sich, ob er nicht besser wieder zurückgehen sollte. Einkaufen. Dann nach Hause fahren, zu seiner Sicherheit auf fünfzig Quadratmetern. Möglicherweise hatte er sich getäuscht und sie war es gar nicht. Ein solcher Irrtum wäre nach fast dreißig Jahren nicht auszuschließen. Die Epiphanie büßte jetzt ein wenig von ihrer Strahlkraft ein. Vielleicht war das irgendeine x-beliebige Frau, die ihr ähnlich sah. Oder die derjenigen ähnlich sah, die er sich heute vorstellte. Er konnte sie nur durch das Schaufenster von hinten sehen, während sie vor der Theke stand und auf dieses und jenes zeigte. Von hinten war er sich nicht mehr so sicher. Er hatte doch jahrelang nicht an sie gedacht. Oder zumindest nicht mehr so oft. Wieso sollte sie ihm an einem gewöhnlichen Tag auf der Friedrichstraße begegnen? Sie musste genauso gealtert sein wie alle anderen auch, natürlich musste sie das, vielleicht wäre sie heute nicht mehr wiederzuerkennen, und die Frau dort an der Theke bei Lindner erinnerte entfernt daran, wie sie heute in seiner Vorstellung aussehen könnte, nur eine Vorstellung, kein realer Mensch. Vielleicht war sie total fett geworden. Oder hatte sich sonst wie verändert. Wahrscheinlich war sie fett geworden und saß mit einer Schar ungezogener Kinder im Teenageralter in einem Haus im Ruhrgebiet.

Und während Martin all das in Erwägung zog, wurde sie jenseits der Schaufensterscheibe endlich fertig. Hinter Glas, wie passend. Er konnte sie zwar sehen, sie stand nur ein paar Meter von ihm entfernt, aber sie war trotzdem unerreichbar. Der Lindner-Mitarbeiter packte ihre Einkäufe zusammen und kassierte. Sie drehte sich um und verließ das Geschäft. Jetzt zweifelte Martin nicht länger. Sie war es. Sie war es ganz sicher.

Sie bemerkte ihn immer noch nicht. Er hatte die ganze Zeit vor Lindner herumgelungert, und nun ging sie achtlos an ihm vorbei. Martin folgte ihr mühelos, als hätte er so etwas schon oft gemacht. Die Farbe ihrer Jacke hatte sich in seine Netzhaut eingebrannt, ebenso die Form ihres Hinterkopfes. Er wäre gut für Observationen, dachte er mit dem Anflug von Stolz. Seinen Einkauf hatte er inzwischen fast vergessen. Einkaufen konnte er immer noch später. Oder morgen. Das Einzige, was jetzt zählte, war, sie nicht aus den Augen zu verlieren.

Sie ging wieder an Dussmann vorbei, in Richtung S-Bahn. Martin folgte ihr, noch immer stolz auf sein offenkundiges Talent, jemandem unbemerkt nachzugehen. Allerdings hatte sie ihn ja vor Jahrzehnten kaum wahrgenommen, warum sollte sich daran etwas geändert haben? Doch dann fiel ihm ein, dass sie möglicherweise eine Touristin war. Berlin war voller Touristen, das ganze Jahr über. Dann würde er sie durch die halbe Stadt begleiten, um am Ende vor irgendeinem Hotel zu stehen. Sie würde mit ihrem

Ehemann den Abend verbringen, sie hatte ganz sicher einen Ehemann, und wäre übermorgen wieder abgereist, Richtung Westen. Zu ihren Kindern im Teenageralter und dem Einfamilienhaus. Aber kaufte man als Touristin Berge von Essen im Feinkostgeschäft ein?

Kurz vor dem Aufgang zur S-Bahn beschleunigte sie ihren Schritt, und Martin musste sich rüpelhaft durch eine Menschenmenge quetschen, um sie nicht zu verlieren. Er sah sich schon die Treppe zur S-Bahn hinaufeilen, die Rolltreppe war meistens defekt, aber vielleicht fuhr sie ja auch mit einem Regionalzug, vielleicht lag ihr Einfamilienhaus gar nicht im Ruhrgebiet, sondern in Brandenburg, es gab so viele Möglichkeiten, er durfte sie nicht verlieren, würde er auch in einen Regionalzug steigen und die Stadt verlassen, bloß um sie nicht zu verlieren? Ja, das würde er. Aber dann bemerkte er die Jacke, den Hinterkopf, er hatte sie sich gut eingeprägt, wie sie nicht nach oben ging, sondern nach unten zur U-Bahn.

Damals hatte Martin noch eine Monatskarte für die BVG besessen. Er hatte noch am Leben teilgenommen. Sie hatte es sehr eilig, gefolgt von ihm, und er befürchtete schon, dass unten gerade die U-Bahn einfuhr, dass sich, sosehr er sich auch beeilte, die Türen vor ihm schlossen, weil er es nicht mehr rechtzeitig schaffte, sie innen, hinter Glas, er außen. Er würde sie niemals wiederfinden. Es war eine einmalige Gelegenheit, das wusste er. Es hätte natürlich auch keinen Zweck, die nächste Bahn zu nehmen, weil er ja nicht wusste, wo sie ausstieg.

Doch er hatte Glück. Laut Anzeige dauerte es noch zwei Minuten bis zur nächsten Bahn, in beide Richtungen. Sie stand auf dem Bahnsteig herum und blickte nach unten auf die Gleise. Vielleicht suchte sie die U-Bahn-Mäuse, die an der gut besuchten Station Friedrichstraße lebten. Wenn sie eine Touristin war, wusste sie aber sicher nichts von ihrer Existenz. Falls die U-Bahn-Mäuse nicht bereits in den Reiseführern erwähnt wurden. Martin beobachtete ihr flinkes Hin- und Herhuschen immer, wenn er auf die Bahn wartete. Damals, als er noch regelmäßig das Haus verlassen hatte und mit der U-Bahn gefahren war. Als er noch kein lebender Toter wurde. Sie stand auf der Seite Richtung Alt-Mariendorf. Martin drehte sich von ihr weg, obwohl er fest davon überzeugt war, dass sie ihn gar nicht zur Kenntnis nahm, vorhin auf der Friedrichstraße nicht, hier unten genauso wenig, wahrscheinlich nicht einmal, wenn er ihr in der U-Bahn gegenübersäße. Früher erst recht nicht. Es hatte sich nichts geändert, er war Luft für sie. War das nicht ungeheuer komisch, obwohl es gleichzeitig sehr traurig war, auch nach Jahrzehnten hatte sich nicht das Geringste geändert. Eine Weile, ziemlich lange sogar, hatte Martin tatsächlich angenommen, er würde ein anderer Mensch werden, indem er vom Ruhrgebiet nach Berlin zog, einfach von selbst, weil sich sein Wohnort so entscheidend geändert hatte, und wäre er erst ein anderer Mensch,

würde auch seine Umwelt ihn ganz anders wahrneh-
men als damals.

Martin starrte auf die wechselnde Werbung an
der Wand, die einem hier unten aufgedrängt wurde.
Zwischendurch sah er immer wieder zu ihr. Vorsichtig, ohne den Kopf auffällig zu drehen. Die Werbung
wurde schließlich von der Mitteilung »Achtung, Zug
fährt ein!« unterbrochen. Martin musste darauf achten, im selben Wagen zu landen wie sie. Es war aber
auch immer so verdammt voll an dieser Station. Um
im selben Wagen zu landen wie sie, schubste er jemanden rüde zur Seite. »He, spinnst du?«, sagte der
Jemand ziemlich laut. »Entschuldigung«, murmelte
Martin. Hoffentlich hatte sie es nicht gehört und
wurde dadurch auf ihn aufmerksam. Bis hierhin war
doch alles so glattgegangen. Martin fand das Heimliche viel reizvoller, dass er sie verfolgte, ohne dass sie
es merkte, dass sie nichts ahnte, ihn nicht erkannte.
Er aber sie.

Geschafft. Er war im selben Wagen wie sie. Natürlich hatte er keine Ahnung, wohin und wie weit
sie fuhr, ob sie möglicherweise irgendwo umstieg
und diese ganze Aktion ihn Stunden kosten würde.
Die ganze Aktion fand er völlig normal. Oder vielleicht doch nicht, denn im Stillen sagte er sich immer wieder: Was ich hier tue, ist ganz normal. Was
ich hier tue, ist ganz normal. Als wäre er selbst doch
nicht restlos davon überzeugt. Wenn sein Bruder ihn
so sähe, würde er sagen: *Du musst wohl Frauen verfolgen, weil du keine abkriegst, Brüderchen.* Martin war

hungrig, musste einkaufen, sehnte sich nach seinen friedlichen fünfzig Quadratmetern, und gleichzeitig war er so aufgekratzt wie seit Jahren nicht mehr, als hätte man ihm Adrenalin direkt injiziert.

Vorsichtshalber stellte er sich auf eine lange Fahrt mit Umsteigen ein. Er hielt sie immer noch für eine Touristin. An den üblichen Umsteigebahnhöfen, Stadtmitte, Hallesches Tor, gab er besonders Acht auf sie, damit sie ihm nicht entwischte. Sie stieg nicht aus. Aber kurz darauf, am Mehringdamm. Er beeilte sich hinterherzukommen. Hier verkehrten zwei U-Bahnlinien. Er durfte sie nicht verlieren.

Aber sie machte keine Anstalten, in die U7 zu wechseln. Den forschen Schritt hatte sie immer noch. Also doch keine Touristin? Touristen gingen weniger entschieden, schlenderten, als hätten sie alle Zeit der Welt. Sie ging die Treppen nach oben. Er folgte ihr. Sie ging zielstrebig, als wäre ihr der Weg vertraut. Sie hatte weder einen Blick für den hässlichen, stark befahrenen Mehringdamm noch für das eigentümliche Kreuzberger Finanzamt, das aussah wie der Ritterburg-Traum kleiner Jungen. Martin folgte ihr. Er wusste nicht wirklich, warum er das tat, was er sich davon erhoffte, und redete sich beharrlich weiter ein, wie normal das Ganze doch sei, dass jeder an seiner Stelle sich genauso verhielte. Er hatte noch nicht eingekauft, zu Hause kaum etwas zu essen, er sollte umkehren.

Doch er hatte damit angefangen und musste es jetzt auch zu Ende bringen. Wie immer das Ende aussah. Es ließ ihn nicht los. Sie ließ ihn nicht los. Er wäre ihr durch die halbe Stadt gefolgt. Oder sogar durch die ganze.

Sie ging nach wie vor zielstrebig und drehte sich kein einziges Mal um. Wozu auch? Andererseits, wurde nicht immer behauptet, man würde spüren, wenn einem jemand auf den Fersen war? Sie gehörte offenbar nicht zu der Sorte. Das passte zu ihr. Empfindungslos. In Gedanken immer nur bei sich selbst.

Allmählich bezweifelte er immer mehr, dass sie eine Touristin war. Touristen gingen viel langsamer und blickten dauernd auf einen Stadtplan. Es gab noch die Möglichkeit, dass sie jemanden besuchte. Zum Essen. Mit mitgebrachten Lindner-Salaten als Vorspeise. Das wäre ungünstig für ihn. Martin war davon besessen, in Erfahrung zu bringen, wo sie wohnte. Und dann in den nächsten Wochen schauen, was er mit dieser wertvollen Information anfing. Hoffentlich führte sie ihn ahnungslos zu sich nach Hause. Er hegte keinerlei Zweifel mehr daran, dass es sich um sie handelte. Sie ging genauso wie vor Jahrzehnten. Vor Jahrzehnten, gestand er sich ein, hatte er es toll gefunden, wie sie ging. Sie war es. Eindeutig. Er hatte sie nicht gesucht, aber überraschend gefunden. Sie war ihm sozusagen vor die Füße gefallen. Wenn einem etwas vor die Füße fiel, griff man zu, sofern es sich lohnte. Das, was wichtig war, fand man wahrscheinlich immer auf diese Weise – überraschend, wenn man nicht damit rechnete und vor allem nicht danach gesucht hatte.

In der Schulzeit hatte sie ihn nicht beachtet. Sie hatte nicht einmal »Hallo« zu ihm gesagt, wenn er ihr irgendwo zufällig begegnete. Das hatte er bis heute nicht vergessen. Er spürte den Schmerz immer noch, mal mehr, mal weniger, aber immer ganz deutlich.

Sie bog in eine Straße ein und gleich darauf wieder in eine andere. Martin ließ sie nicht aus den Augen. Schließlich blieb sie vor einem Haus stehen. Er hielt gebührenden Abstand, so war er schon die ganze Zeit verfahren, und sah, dass sie einen Schlüssel aus der Tasche zog.

Er wartete einen Moment, bis er sicher sein konnte, dass sie im Haus verschwunden war, dann näherte er sich langsam, erreichte den Eingang und sah auf die Klingelschilder.

Sie trug immer noch ihren Namen. Neben der Klingel stand nur ihr Name, kein anderer. Es ging fast zu einfach. So einfach, dass er dachte, das kann gar nicht die Wirklichkeit sein, die wirkliche Wirklichkeit, wenn es so einfach ist. Nach mehr als fünfundzwanzig, fast dreißig Jahren, in denen er sie nie richtig vergessen hatte, wusste er plötzlich, wo sie wohnte.

15
September

Ich dachte lange darüber nach, aber ich wusste einfach nicht, ob ich in der Kleingartensiedlung namens »Sonnenschein« oder »Abendruh« nach dem Besuch bei Susanne etwas Gefährliches oder sogar Kriminelles gesehen hatte. Wahrscheinlich waren es nur angetrunkene Jugendliche gewesen, die gab es sicher auch in Zehlendorf, und ich machte mir Gedanken wegen gar nichts. Die Stimmen allerdings hatten nicht nach Teenagern geklungen. Und auch nicht nach jugendlichem Kräftemessen oder einem Spiel. Den Mann, der mir zur S-Bahn gefolgt und im letzten Moment in den Zug gesprungen war, schätzte ich auf um die vierzig.

Danach las ich regelmäßig Zeitung, besonders den Berlinteil, informierte mich im Internet und fragte ab und zu auch Susanne, ob in Zehlendorf in der Nähe des Dahlemer Wegs etwas passiert sei. Ich fand nichts. Keine Frau, der Gewalt angetan wurde. Keine tote Frau in der Kleingartensiedlung Sonnenschein und auch keine verschwundene Frau. Dass ich nichts las und nichts hörte, bestärkte mich darin, nicht zufällig Zeugin eines Verbrechens geworden zu sein.

Aber wieso, wenn nichts passiert war, fühlte ich mich seit jener Nacht verfolgt? Warum sah ich seitdem überall Männer, die mich unauffällig von der Seite musterten, die mir folgten, nicht nur in Kreuzberg, in der U-Bahn und auf dem Weg ins Büro, sondern auch im Zug von Nordrhein-Westfalen nach Berlin?

In mir steckte nicht die Spur von krimineller Energie, entweder, weil ich so gesetzestreu war oder weil ich viel zu viel Angst hatte. Eine kurze Affäre mit Frau Zucker war sicher nicht als kriminell zu bezeichnen. Und da ich mich so wenig damit auskannte, wusste ich auch nicht, ob ich eine kriminelle Handlung überhaupt als solche erkennen würde. In meiner Jugend hatte ich mit einer temporären Freundin – nicht Nicole, Nicole hatte keine Zeit für mich, was mich verärgerte und kränkte – nachts angetrunken Mercedes-Sterne von Autos gebrochen, was aber alle taten, die sich für links hielten, denn ein Benz war ein verhasstes Bonzenauto. Es war eine Mercedes-Stern-Phase, wie es auch Vanilleteephasen, Amnesty-International-Phasen und Lyrikphasen gab, die ungefähr ein halbes Jahr andauerte, länger nicht. Die Bonzentrophäen musste ich in meinem Zimmer vor meiner Mutter verstecken, statt sie stolz wie ein Hirschgeweih zu präsentieren. Mit eben dieser temporären Freundin war ich auch tagsüber ein paar Mal durch verschiedene Boutiquen gestreift, wir schafften es sogar bis nach Düsseldorf, wo ich mir in der Umkleidekabine todesmutig, aber mit schlotternden Knien ein Oberteil unter meinen Pullover gezogen hatte, ein anderes Mal eine Jeans unter die eigene Jeans, sodass ich wie eine Presswurst aussah, was meinem Selbstwertgefühl nicht guttat. Die temporäre Freundin kicherte die ganze Zeit. Ich weiß nicht mehr, ob ich in sie verliebt war, wahrscheinlich schon, ich war in viele verliebt, am meisten aber in Nicole. In jedem Fall wollte ich sie mit meinem Mut und meiner Unerschrockenheit beeindrucken. Es war noch vor der Zeit, als Plastikteile an der Kleidung befestigt waren, die an der Tür des Ladens lautes Piepsen auslösten. Ich hatte die Sachen nicht einmal gemocht und so gut wie nie getragen, nur ein paar Mal heimlich, bevor ich sie nach ganz hinten in meinen Kleiderschrank gestopft hatte, immer voller Angst vor der Entdeckung durch meine herumschnüffelnde Mutter. Meine Mutter, die über alles im Leben ihrer heranwachsenden Tochter bestens informiert war, zumindest glaubte sie das, ihr Wunschtraum und ihr Idealbild war eine gläserne Tochter, hätte zu wissen verlangt, was für unbekannte Kleidungsstücke das waren und woher sie stammten.

Nicht zu vergessen – einmal, mit fünfzehn oder sechzehn, hatte ich meiner Mutter Geld gestohlen. Hundert Mark. Ein Vermögen. Diese hundert Mark stellten wahrscheinlich das schlimmste all meiner Vergehen dar. Ich hatte es meiner Mutter nie gebeichtet, Protestanten beichten ja ohnehin nicht, zumindest nicht vor einem Pfarrer. Beichten vor den Eltern, speziell der Mutter, war durchaus vorgesehen.

Ein paar Mal hatte ich Hasch geraucht, im Schuppen und auch woanders. Eine ältere Schülerin verkaufte es auf dem Schulhof. Das kam mir ungeheuer verboten vor. Unter anderem dafür verwendete ich die gestohlenen hundert Mark. Die ältere Schülerin, die immer durchblicken ließ, eine Art Wohltäterin zu sein, verdiente sich mit ihrer Kleindealerei ein gutes Zubrot.

Manchmal dachte ich darüber nach, meiner Mutter heute jene hundert Mark zurückzuzahlen, aber abgesehen von der Umrechnung in Euro wären nach dreißig Jahren eine Menge Zinsen angefallen.

Als ich vor einigen Wochen davon überzeugt war, dass der Mann mich verfolgte, verließ ich an der Yorckstraße die S-Bahn, wechselte in die U7 und fuhr bis Möckernbrücke. An der Möckernbrücke rannte ich die Rolltreppe nach oben zur U1. Dort nahm ich die Bahn Richtung Warschauer Straße. Ich stieg jedoch nicht am Halleschen Tor um, was eigentlich mein Weg gewesen wäre, sondern blieb in der U1 bis Kottbusser Tor. Dort war es um jede Tages- und Nachtzeit bevölkert. Am Kottbusser Tor fuhr ich nach unten und musste nicht lange auf die U8 warten. Mit der U8 fuhr ich bis Hermannplatz. Beim Umsteigen am Hermannplatz hatte ich nicht so viel Glück. Es schien mir zu gefährlich, zehn Minuten auf dem Bahnsteig zu stehen. Gleichzeitig wusste ich nicht, ob ich mich überhaupt in einer gefährlichen Situation befand. Ich hatte Susanne besucht und mit ihr Wein getrunken, jetzt war ich auf dem

Heimweg. Ganz alltäglich. Da ich eine gefährliche
Situation aber auch nicht ausschloss, entschied ich
mich kurzerhand, vom Hermannplatz zu Fuß nach
Hause zu gehen, statt auf die U-Bahn zu warten. Ich
war bereits einen riesigen Umweg gefahren. Unterwegs wechselte ich dauernd die Straßenseite, schlug
Haken, ging in die Seitenstraßen. Inzwischen war
ich vollkommen nüchtern, als hätte ich den Wein
bei Susanne nie getrunken. Auf der Hasenheide sah
ich mich ununterbrochen um, konnte den Mann aus
der S-Bahn aber nirgends entdecken. Hätte ich ihn
überhaupt erkannt? Ich war in meinem Heimatkiez,
und langsam fiel die Angst von mir ab. Ich hatte den
Mann erfolgreich abgeschüttelt. Falls er überhaupt
hinter mir her gewesen war.

16
Anfang September

Meist hatte mich nicht nur das schlechte Gewissen auf Schritt und Tritt begleitet – es war schon früh, sehr früh in mir installiert worden –, sondern auch Angst. Angst vor Strafen bei schlechten Schulnoten. Angst, dass meine Mutter hinter mein Begehren kommen könnte, das ich mir selbst nicht eingestand, wenn sie in meinem Zimmer herumschnüffelte, während ich in der Schule war. Natürlich bestritt sie es, sie halte nur mein Zimmer sauber, was ja auch notwendig sei. »Wie es da schon wieder aussieht!« Das Wort »Schlampe« gehörte nicht zum Wortschatz meiner Mutter, aber wenn sie ehrlich gewesen wäre, hätte sie es sicher nur zu gern benutzt. Angst vor Ohrfeigen, wenn sie mich beim Lügen ertappte. Die Eltern anzulügen war das Allerschlimmste, eine Todsünde. Und später hatte ich Angst davor, von ihnen niedergemacht zu werden. Nie deutlich. Es waren diese kleinen Äußerungen, die jedes Mal fielen, wenn ich sie sah. Warum ich für so einen miesen Job so lange studiert hätte. Das Geschreibsel anderer Leute zu korrigieren, bei ihnen klang es so, als würde ich Klos putzen. Nicht zu vergessen, der öde

Vaterwitz. Nach all den Jahren hätte er eigentlich an mir abprallen müssen. Er kam regelmäßig beim Mittagessen, wenn ich meine Eltern besuchte. »Na, mal wieder richtig satt essen? Ha ha«, sagte mein Vater, und obwohl ich ihn schon mein ganzes Leben kannte, wusste ich immer noch nicht, ob es provozierend oder freundlich-neckend gemeint war. Als hätte ich mit Mitte zwanzig, mit dreißig, immer noch nicht kochen gelernt. Egbert wurde das nie gefragt. Er hatte auch eine Frau, die für ihn kochte.

Nach dem Tod meines Vaters übernahm meine Mutter etliches von seiner Denkweise. Falls nicht alles. Bald konnte ich nicht mehr unterscheiden, was ursprünglich eine Vater- und was eine Mutterformulierung war. Mein toter Vater sprach aus meiner Mutter. Hatte ich sie wochenlang nicht angerufen – ich verschob es immer auf den nächsten Tag und dann auf den wiederum nächsten, und das schlechte Gewissen mitsamt seinen Äußerungen wuchs ins Unermessliche – und meldete mich endlich bei ihr, lautete ihre Begrüßung: »Ach, hört man von dir auch mal wieder was?« Genau das hatte mein Vater auch immer gesagt. Vielleicht waren meine Eltern im Laufe der Jahre so symbiotisch geworden, dass die Herkunft einer Formulierung nicht mehr zu bestimmen war. Vielleicht verwendete meine Mutter ja auch seine Sätze, weil es sich dann so anfühlte, als wäre er noch da.

Ich hatte immer noch Angst, auch nach dem Tod meines Vaters. Seit geraumer Zeit jedoch nicht mehr vor den unterschwelligen Vorwürfen oder Kommentaren zu meiner Arbeit, sondern vor etwas anderem. Ich hatte Angst davor, was ich in dem Haus in Wattenscheid vorfinden würde. Angst vor dem Verfall meiner Mutter. Angst vor ihren Augen, die manchmal gar nicht mütterlich liebend aussahen, sondern vielmehr so, als könnte sie mich nicht leiden. Vielleicht war es ja auch so, vielleicht sprach in diesen Momenten, diesem kurzen Aufblitzen, die Wahrheit aus ihren Augen – bis meine Mutter sich wieder zusammenriss.

Es war wieder so weit, ein Wochenende in Wattenscheid stand mir bevor. Ich packte schnell und routiniert, was mir leicht von der Hand ging, weil ich es so oft tat. Bevor ich meine Wohnung verließ, goss ich noch die Pflanzen. Für den Kaktus nur ein paar Tropfen. Ich betrachtete ihn liebevoll. Vor Jahren, an einem dunklen, sehr trüben Wintertag, als ich Trost suchte, hatte ich ihn bei Ikea gekauft. Es hieß ja, Kakteen wüchsen langsam bis gar nicht, aber auf diesen traf das nicht zu. Er wuchs beständig, geradezu unheimlich. Auch einen Umzug und seinen neuen Standort hatte er gut überstanden. Er machte mir Freude und erinnerte mich an nichts. Nur an einen Kaktus.

Die Zugfahrt verlief ohne nennenswerte Vorkommnisse. Seit Neuestem stellte ich sogar eine gewisse Erleichterung fest, wenn ich nach Nordrhein-Westfalen fuhr, bepackt mit neuen Produkten aus dem Sanitätshaus, denn dort kannte mich niemand mehr, abgesehen von meiner Mutter, und vor allem verfolgte mich keiner auf der Straße. Wurde ich denn in Berlin verfolgt? Ja, ich war mir inzwischen ganz sicher. Ich hatte es eines Vormittags kurz bei der Arbeit erwähnt, mit einem nervösen Lachen, um dem Ganzen das Gewicht zu nehmen. An diesem Morgen fühlte ich mich in der U-Bahn verfolgt. Dieses Gefühl hatte ich inzwischen dauernd. Ein Mann stieg dort ein, wo ich auch einstieg, in denselben Wagen wie ich, was an sich in einer Millionenstadt natürlich nichts Ungewöhnliches war. Er ließ mich nicht aus den Augen. Die ganze etwa fünfzehnminütige Fahrt sah ich nicht in seine Richtung, spürte aber, dass er mich anstarrte. Er verließ die U-Bahn an derselben Station wie ich. Ich erkannte die Jacke, als ich mich halb umdrehte, und hörte seine Schritte hinter mir. Als ich unser Textbüro betrat, war ich nassgeschwitzt. Meine Kollegen zeigten sich einerseits zwar besorgt, andererseits schienen sie mich aber auch nicht ernst zu nehmen. Ja ja, klar, du wirst verfolgt, schienen sie zu denken, wer sollte dich denn verfolgen? Und warum? Danach hatte Annette, die im selben Raum saß wie ich, wieder den Arbeitsplan mit einem Edding auf mehrere Blätter geschrieben. Wer für welchen Auftrag zuständig war, wann die Aufträge abgegeben werden mussten. Annette verwendete dafür immer einen schwarzen Edding. Ich mochte den Geruch dieser Filzstifte nicht, er verursachte Übelkeit bei mir, und es fühlte sich so an, als würde sie »Abgabe Website« nicht auf Papier schreiben, son-

dern auf meine Haut, und als wären »Abgabe« und
»Website« schlimme Worte. Und außerdem fiel mir
bei Annettes Edding immer Kafka ein. Ich wollte im
Büro nicht ständig an Franz Kafkas ungemütlichen,
verstörenden Kosmos erinnert werden, auch wenn er
zweifelsohne besser schrieb als all unsere Kunden zusammen.

Bei der letzten Rückfahrt von Nordrhein-Westfalen nach Berlin, als der Zug im Gewitter auf freier
Strecke liegen geblieben war, hatte der eigenartige
Mann, den ich die ganze Zeit durch meinen Wagen
hatte gehen sehen, tatsächlich ganz in meiner Nähe
gestanden. Wie sich herausstellte, konnten viele Fahrgäste, die, wie ich, zuerst mutig und vorschnell nach
draußen gesprungen waren, anschließend nicht mehr
aus eigener Kraft zurück in den Zug klettern. Der
Abstand zwischen Boden und Treppe war einfach zu
groß, und wir alle hatten uns maßlos überschätzt.
Die Zugbegleiter, die am liebsten geflucht hätten,
das sah man ihnen an, es sich aber verkniffen, waren
gezwungen, eine Notausstiegsleiter zu holen, die sich
im Bordbistro befand. Über diese Leiter waren dann
nach und nach alle Passagiere zurück in den Zug gestiegen. Nur ich hatte den Moment verpasst, ich war
in Gedanken gewesen wie ein verträumtes Kind, das
nichts mehr von seiner Umwelt wahrnimmt. Ich hatte mich so weit vom Zug entfernt und in die andere
Richtung geblickt, zu dem Feld und den Saatkrähen,
dass ich vom Einsatz der Notausstiegsleiter nichts
mitbekommen hatte. Es hätte nicht viel gefehlt,

157

und der Zug wäre tatsächlich ohne mich losgefahren. Ohne mich und ohne den Angstschweiß-Mann. Ein Zugbegleiter hatte uns dann schließlich gesehen, mich und den Mann, und laut gerufen. Wir kamen gleichzeitig bei der Tür an, oben stand der wartende Zugbegleiter, und der Mann hatte mich rüde zur Seite gedrängt und war vor mir in den Zug geklettert. Ich handelte mir eine Standpauke des Zugbegleiters ein – der Mann war bereits irgendwo verschwunden – und musste zugeben, dass sie berechtigt war.

Hätte ich vor zehn oder zwanzig Jahren gedacht, dass ich eines Tages die vollgepissten Einlagen klaglos wegräumen würde, die meine Mutter oben im Badezimmer sammelte? Nein. Vor zwanzig Jahren litt ich darunter, vielleicht noch mehr als heute, jedes Weihnachten zu meinen Eltern nach Wattenscheid fahren zu müssen. Mit Mitte zwanzig kam ich mir unendlich erwachsen vor, bei meinen Eltern dann aber jedes Mal wie ein Kind. Ein Kind ohne Liebesbeziehung. Als wäre ich, bis heute, dauerhaft in der Fünfzehn-Sechzehn-Schleife gefangen. In dieser abscheulichen Umgebung. Dieser Ödnis. Es war noch genauso trostlos wie vor dreißig Jahren. Heute vielleicht sogar noch trister, weil alles so heruntergekommen und abgewirtschaftet aussah. Vor zwanzig Jahren fand ich meine Eltern »schon älter« und hielt mich selbst für unsterblich.

Der Gestank der Einlagen nahm mir den Atem. Meine Mutter brauchte so lange, um die Treppe hinunter ins Erdgeschoss zu bewältigen und von dort nach draußen zur Mülltonne zu gehen, außerdem brauchte sie ihre Hände, um sich am Geländer abzustützen, und sie fand, es müsse sich lohnen, wenn sie diesen mühsamen Weg auf sich nahm. Doch nicht für eine einzige Einlage. Es mussten schon mindestens drei sein. Oder vier. Oder noch mehr. Irgendwann vergaß sie sie einfach, und bald darauf kam ja auch ich nach Wattenscheid.

»Ich kann doch nicht für jede einzeln extra nach unten gehen«, sagte meine Mutter, während ich das Würgen unterdrücken musste, »ich bin alt. Ich kann nicht mehr so schnell.«

Sonst war sie nicht alt. Zumindest dann nicht, wenn ich das betreute Wohnen ansprach.

Ich hatte unendlich viele Weihnachten bei meinen Eltern verbracht, alle, um genau zu sein, auch nach dem Tod meines Vaters fuhr ich jedes Jahr spätestens am vierundzwanzigsten zu ihr, nach dem Tod meines Vaters erst recht. Ich war eine gute Tochter. Ich konnte meine Mutter, die, selbst wenn sie jemand eingeladen hätte, bei niemandem die Feiertage verbringen wollte, weil entweder nicht gut gekocht wurde oder die Wohnungen so unordentlich waren, doch nicht allein lassen. Ich war sechsundvierzig und hatte kein einziges Weihnachten so verbracht, wie ich es mir gewünscht hätte. Was für eine niederschmetternde Erkenntnis. Früher war ich das Kind gewesen, das regelmäßig gefragt wurde, wann es endlich mit seinem Studium fertig sei. Später das Kind, das gefragt wurde, ob es sich nicht endlich einen anständigen Job suchen wolle. Nach meinen Liebesbeziehungen wurde ich nie gefragt. Sie wurden totgeschwiegen, existierten nicht. Wenn wir es nicht aussprechen, wenn wir es niemals benennen, wenn wir keine von *denen* kennenlernen, dann gibt es das auch nicht. Ich führte schon so lange mein eigenes Leben – aber nicht Weihnachten. Eigentlich nie, wenn ich meine Eltern besuchte. Mein Bruder Egbert erschien meistens am zweiten Feiertag mittags mit seiner Frau und fuhr vor der Abendessenszeit wieder zurück, er hatte es ja auch weit bis nach Kulmbach. Zurück ließ er mich mit den gemeinsamen Eltern, später mit der gemeinsamen Mutter, dem Fernsehprogramm, dem ganzen Essen, das mich schon lange nicht mehr in Verzückung geraten ließ wie in der Kindheit und das sich außerdem von Jahr zu Jahr mehr reduzierte, und der drückenden, schweren Sprachlosigkeit, die auf dem Haus lastete.

Wie kam ich jetzt im September auf Weihnachten? Weil es in ein paar Wochen, die rasend schnell vergehen würden, schon wieder vor der Tür stand. Weihnachten war eigentlich dauernd. Natürlich würde ich auch dieses Jahr die Feiertage bei meiner Mutter verbringen. Gute Tochter, brave Tochter, ich lasse dich nicht allein. Natürlich lasse ich dich nicht allein. Meine Mutter hatte allerdings auch nie angezweifelt, dass ich diese Tage mit ihr verbringen würde, ich tat es doch schon seit meiner Geburt ohne eine einzige Unterbrechung.

Warum hießen die Einlagen überhaupt Einlagen? Was für ein neutrales Wort. Und warum waren die Frauen in der Fernsehwerbung, die sie benötigten und glücklich waren, seit sie sie benutzten, ungefähr erst in meinem Alter? Sie sprachen vom Lachen, Niesen und Husten und suggerierten damit, dass es sich nur um wenige verlorene Tropfen handelte und nicht um wahre Sturzbäche.

Die vollgepissten Einlagen, sechs an der Zahl, begrüßten mich, als ich das Badezimmer im ersten Stock betrat. Mir drehte sich kurz der Magen um, aber ich widerstand, ich würde mich nicht übergeben müssen, ich würde jetzt die Pissdinger zusammensammeln, mich dabei gemahnen, durch den Mund zu atmen, ich würde sie ohne ein Wort nach unten in den Müll bringen. Diesmal würde ich meine Mutter nicht anschreien, warum sie es nicht selbst erledigt hatte, warum sie gewartet hatte, gewartet und gesammelt, bis es sich endlich lohnte. Für mich. Ob Tante Hedi die Pissdinger wegräumte, wenn sie meine Mutter besuchte?

Ich war so an sie gewöhnt, dass ich gar nicht wusste, ob ich sie mochte. Von lieben ganz zu schweigen. Mochte man automatisch jemanden, den man liebte? Hatte ich mir diese Fragen je gestellt? Vermutlich nicht.

Und als ich sie mir jetzt stellte, mag ich meine Mutter?, als ich merkte, dass ich sie nicht beantworten konnte, zumindest nicht sofort, krampfte sich etwas in mir zusammen. Ein Klumpen im Bauch, leichter Magenschmerz, oder war es weiter oben? Ich wusste natürlich, dass es in keinem meiner Organe stattfand. Es war das schlechte Gewissen. Ich stand unten vor dem Haus und warf die unappetitliche Fracht in den Müll. Fantasien kamen auf, als ich die Mülltonne schloss, unmögliche, undenkbare, ungeheuerliche Fantasien: einfach nie wiederzukommen. Dieses Wochenende wäre das letzte Mal. Meine Mutter sich selbst zu überlassen in ihrer abgedunkelten Kleinbürgerhölle. Sie wollte hier ja nicht weg, das wiederholte sie immer wieder. Sie mit ihrem Gemecker und ihrer Missgunst allein lassen. Dann wäre ich endlich frei.

Eine Nachbarin ging vorbei, blickte zu mir und sah schnell wieder weg. Sie grüßte mich nicht. Erstaunlich, hier überhaupt jemanden auf der Straße zu sehen.

Ich sagte meiner Mutter Bescheid, dass ich für sie einkaufen ginge. Ein friedliches Wochenende, dachte ich, diesmal ein friedliches Wochenende. Vielleicht war es ja das letzte. Meine Mutter gab mir ihre Einkaufsliste, und ich zog mit Rucksack und zwei zusätzlichen Taschen los. Ich fuhr mit dem Bus. Eine kleine Weltreise. Kein Wunder, dass sie diesen Weg nicht mehr bewältigen konnte. Der Bus war überraschend voll – hier mied man öffentliche Verkehrsmitteln nach Möglichkeit, zumindest, wenn man nicht alt, nicht unter achtzehn und nicht vom Leben abgehängt war, und schließlich gab es ja auch alle paar Meter eine Autobahnauffahrt –, lauter Schüler, die am Freitagnachmittag schon in Wochenendstimmung waren. Zwei von ihnen trugen T-Shirts mit der

Aufschrift »Woanders is' auch scheiße«.

Wussten sie denn nicht, dass sie sich vor allem langweilen würden? Ein Wochenende im Alter von fünfzehn konnte sich unendlich ziehen. Ich hatte die Begegnung einige Wochen zuvor in Essen-Steele noch nicht vergessen und bemühte mich, ihnen aus dem Weg zu gehen.

Die Schüler kreischten im hinteren Teil des Busses, ich hatte den Platz direkt hinter dem Fahrer ergattert, auf dem es mit meinem Rucksack und den zwei Taschen ziemlich eng war. Ich konnte den Fahrer nicht sehen, sondern blickte auf eine Trennwand zwischen ihm und mir. Direkt vor meinen Augen ein Plakat, das mit einem bemüht flotten Spruch vom Schwarzfahren abriet. In der durchsichtigen Plastikscheibe, unter der das Plakat befestigt war und die wie ein Spiegel wirkte, konnte ich die Jugendlichen hinten erkennen. Ich war froh über meinen Platz. Dann bemerkte ich in der Spiegelfläche neben den Schülern, einer alten Frau und einer jungen Frau mit Kinderwagen noch einen Mann um die vierzig, der einige Reihen hinter mir saß. Er trug eine abgewetzte Jacke und sah starr geradeaus. Auf meinen Hinterkopf. Mir war die Vorstellung unangenehm, dass sich unsere Augen in der spiegelnden Fläche begegnen könnten, und so wandte ich den Blick ab und sah seitlich aus dem Fenster. Als ich aussteigen musste, beeilte ich mich. Erst beim Discounter wagte ich es, mich umzudrehen. Der Mann aus dem Bus mit der abgewetzten Jacke war nirgends zu sehen.

Ich erledigte die Einkäufe für meine Mutter so schnell es ging, Rucksack und Taschen wurden schwerer und schwerer, und so entschied ich mich, für den Rückweg ein Taxi zu nehmen und nicht den Bus. Ich nannte dem Fahrer die Bäckerei, nicht die Adresse meiner Mutter. So konnte ich noch Kuchen kaufen, und außerdem würde meine Mutter nichts davon mitbekommen, dass ich mit dem Taxi gekommen war. Ich konnte sie hören: Mit dem Taxi? Was für eine Verschwendung! War das denn unbedingt nötig? Du hast wohl zu viel Geld!

Meine Mutter saß in der Küche, ihre Medikamente vor sich ausgebreitet. Ich räumte die Einkäufe in den Kühlschrank und in die Küchenschränke. Sie meckerte ein bisschen daran herum – ich wollte doch das und nicht jenes, ich habe dir doch extra gesagt, dafür musst du zu Aldi gehen, nicht zu Netto, aber na ja, wenn es nicht anders geht –, war dann aber erstaunlich schnell ruhig. Ich kochte Kaffee, deckte den kleinen Tisch in der Küche und packte den mitgebrachten Kuchen aus.

Wir aßen den Kuchen. Ich mochte meinen Kaffee nach einer halben Tasse nicht mehr, was meine Mutter bemerkte.

»Du trinkst doch sonst so viel Kaffee«, sagte sie.

»Jetzt im Moment nicht.«

»Bist du etwa krank oder so?«, sagte sie. »Das hätte mir gerade noch gefehlt!«

Danach wollte meine Mutter sich ein wenig ausruhen, was mir nur recht war. Erleichtert, der dunklen Höhle eine Weile zu entfliehen, setzte ich mich in den Garten, es war jetzt im September noch immer recht warm. Hierfür musste ich extra einen Gartenstuhl aus der Garage holen, würde ihn anschließend auch wieder zurückstellen müssen. Oder auch nicht. War es noch nötig, ihn zurückzustellen? Auf meinem einsamen Gartenstuhl tat ich nichts, saß einfach da. Ich dachte noch nicht einmal etwas. Und als ich nichts dachte, sah ich eine Blaumeise, vielleicht dieselbe wie vor ein paar Wochen, die von Ast zu Ast sprang. Armes Tier, dachte ich, dass du in Wattenscheid wohnst, im Garten meiner Mutter. Ihr Anblick machte mich eigenartig ruhig, fast tiefenentspannt, und bestätigte mich in meinem Vorhaben, das langsam heranwuchs. Die Blaumeise, hier, an diesem Ort, musste ein Zeichen sein.

Etwas später, nachdem ich den Stuhl wieder in die Garage getragen hatte und die dunkle Höhle betrat, kündigte ich an, in einer halben Stunde sei es so weit.

Ich freute mich nicht auf das, was mir bevorstand. Reiß dich zusammen, dachte ich. Wenn ich so alt bin, werde ich auch froh sein, wenn mir jemand dabei hilft. Wenn ich so alt bin, wird mir meine Tochter nicht dabei helfen, weil ich keine habe.

Ich musste mich jedes Mal überwinden. Meine Mutter hingegen, so meine Befürchtung, genoss es. Sie betrachtete es als besonderen Moment zwischen uns. Endlich beste Freundinnen, so etwas in der Art. In meiner Jugend war sie eine Weile davon beseelt gewesen, dass Mütter und Töchter auch gute Freundinnen sein können. Beste Freundinnen sogar. Ich hatte nie in Erfahrung gebracht, wie sie eigentlich darauf kam. Kein Mädchen, das ich kannte, hatte die Mutter zur besten Freundin, und auch in unserer Verwandtschaft gab es das nicht. Mutter war Mutter war Mutter, keine Freundin. Sie musste es in einer Illustrierten gelesen haben. Oder im Fernsehen gehört. Und für gut befunden haben. Das will ich auch.

Manchmal fragte ich mich, ob sie mich anschwindelte, wenn sie behauptete, sie fürchte sich davor, in der Dusche auszurutschen, und benutze sie deswegen nur selten. Wie wusch sie sich denn sonst? Immer nur am Waschbecken? Abgesehen von den uringetränkten Einlagen und mit Ausnahme der Momente, wenn sie zu viel Zucker gegessen hatte, stank meine Mutter nie. Ich hatte ihr schon vor Monaten einen stabilen Duschhocker im Kreuzberger Sanitätshaus gekauft und ihn mit dem Zug transportiert, damit sie es allein bewerkstelligen konnte, aber sie bestand jedes Mal darauf, dass ich ihr half.

Da unten wusch ich sie übrigens nicht. Sie war ja kein Pflegefall, nur schlecht zu Fuß und nicht mehr allzu beweglich.

Ich ließ Wasser in die Wanne. Aus der Küche holte ich ein kleines tragbares Radio, als würde musikalische Untermalung alles schöner machen. Ohne dass meine Mutter es sah. Sie hätte sich mit ihrem hasserfüllten Blick ereifert, dass alles an seinem angestammten Platz zu stehen habe, die Gartenstühle in der Garage, das Radio in der Küche. Wozu denn ein Radio im Bad, hätte sie gesagt, was soll das denn, das haben wir noch nie gemacht. Meine Familie war nicht besonders musikalisch. Konnte man mit sechsundvierzig eigentlich noch Cellospielen lernen? Vermutlich nicht. Ich fand einen Sender mit klassischer Musik, während das Wasser in die Wanne plätscherte, und hörte schon das Gemecker meiner Mutter, was das denn für ein Gekreische sei. So sprach sie gewöhnlich über Soprane. Kurz überlegte ich, ob ich Kerzen im Badezimmer anzünden sollte, sie würden alles in ein unwirkliches, schmeichelndes Licht tauchen, doch das wäre eindeutig zu viel. Ich dachte an Becky und daran, dass wir am Anfang öfter zusammen gebadet hatten, obwohl es für zwei erwachsene Körper in der Wanne ziemlich eng war. Mit Musik, Kerzenlicht und Sekt. Ich vermisste Becky, mehr, als mir lieb war. Ich überlegte, ob ich sie anrufen sollte, wenn ich zurück in Berlin war. Nein, man taute keine tote Beziehung wieder auf, so wie meine Mutter Kuchen mit Rosinen.

Als meine Mutter im Badezimmer erschien, hatte ich das Radio längst wieder ausgeschaltet und hinter einem Stapel Einlagen versteckt. Es würde ihr auffallen. Musik und Kerzen und all das würden ihr auffallen. Sie würde sofort misstrauisch werden, vorübergehend würde sich wieder diese tiefe Abneigung in ihren Augen zeigen, und sie sollte doch ganz arglos sein. Arglos und entspannt. So ganz konnte ich mich von der Idee des Radios aber nicht verabschieden. Vielleicht Schlagermusik? WDR 4? Oder was war hierzulande der Sender mit scheußlicher Schlagermusik? Früher zumindest hatte sie das manchmal beim Bügeln gehört, das musste noch in meiner Schulzeit gewesen sein.

Meine Mutter sah erstaunt auf die volle Wanne. Im ganzen Bad duftete es nach muskelentspannendem Öl, bei dem ich mich wunderte, dass es überhaupt noch zu einem Duft imstande war, die Flasche stand hier sicher schon seit Jahrzehnten. Meine Mutter hatte mit der Dusche gerechnet, wie immer, die Mutterwaschung fand immer in der Dusche statt.

Sie sah nicht nur erstaunt aus, sondern auch abwehrend. Gleich würde sie anfangen zu meckern.

»Ich dachte, heute nehmen wir die Wanne, nicht die Dusche«, sagte ich schnell, um ihr zuvorzukommen. »Mal was anderes. Dann kann ich dir viel besser den Rücken waschen. Ich helfe dir auch hinein.«

»Rücken waschen« zog. Eindeutig die richtigen Worte. Misstrauen und Abwehr verschwanden aus ihrem Gesicht. Als meine Eltern sich nach dem Auszug ihrer Kinder den Traum vom eigenen Haus erfüllt hatten, legten sie Wert darauf, in ihrem Badezimmer beides zur Verfügung zu haben, Dusche und Badewanne. Damals waren farbige Sanitäreinrichtungen modern gewesen. Waschbecken, Klo, Wanne und Duschwanne in Blau. Ob ich für den Rest meines Lebens dieses Blau vor Augen haben würde?

»Ja, wenn du meinst«, sagte meine Mutter, noch ein wenig vorsichtig. Aber sie war tatsächlich gefügig und meckerte nicht. Schwer seufzend zog sie sich selbst aus – ich nahm an, das schwere Seufzen war der nonverbale Vorwurf, denn ganz ohne Vorwurf ging es einfach nicht – und legte ihre Kleidung, Schicht für Schicht, auf einen Hocker. Einerseits konnte ich ihr dabei nicht zusehen – keine Tochter will ihre Mutter nackt sehen, will die Unterhose ihrer Mutter sehen –, andererseits sah ich fast zwanghaft hin, weil sie mir plötzlich leidtat und weil sie mich unendlich rührte in ihrer vierundachtzigjährigen Gebrechlichkeit. Ihr faltiger Körper. Die Narbe an ihrer Hüfte. Ich musste in diesem Moment sogar die Tränen unterdrücken und mich zur Seite drehen, damit meine Mutter es nicht bemerkte. Ihr Körper war geschrumpft und erinnerte nur noch entfernt an die kräftige Frau von damals, die mir manchmal Ohrfeigen verpasst hatte.

Beim Kuchen hatte sie dauernd gefurzt. Nichts Neues für mich, ich wusste, dass sie Zucker nicht mehr gut vertrug. Warum brachte ich ihr immer Kuchen mit, wenn ich es doch wusste? Kein Kuchen mehr, ermahnte ich mich – bis mir einfiel, dass ich es mir nicht mehr merken musste. Die Frage, ob Kuchen oder nicht, Blähungen oder keine, würde sich nach heute Abend nicht mehr stellen.

Meine Mutter zog sich aus, und mein Blutdruck stieg spürbar an. Es würde jetzt geschehen. Jetzt gleich. Ich sah all das faltige Fleisch, die Flecken auf ihrer Haut, und sie tat mir so leid. Sie in die Wanne zu bugsieren, war schwieriger als gedacht. Gut, dass sie in den letzten Jahren dünner geworden war, das machte es leichter. Ich musste anfangen zu lachen, weil ich darüber nachdachte, wie es wäre, ausgerechnet jetzt einen Bandscheibenvorfall zu erleiden, und meine Mutter fragte giftig: »Was ist denn so lustig?«

»Nichts.«

Der viele Zucker des Kuchens richtete noch immer Unheil in ihren Gedärmen an, aber weder sie noch ich kommentierten es. Ich war zwar versucht, aber dann dachte ich: Das muss jetzt auch nicht mehr sein.

Endlich hatte ich meine Mutter in der Badewanne. Unbeschadet. Die Musik, die mir jetzt fehlte, hatte ich mir mehr für mich selbst gewünscht als für sie. Sie drehte den Kopf zur Seite und blickte zu dem Stapel Einlagen, hinter dem sich etwas verbarg.

»Was ist denn da?«, fragte sie und zeigte darauf.

Ich gestand ihr, das Küchenradio mit nach oben genommen zu haben, und zu meiner Verblüffung meckerte sie nicht. Jedenfalls nicht sofort.

»Du hast das Radio nach oben geholt?«, sagte sie verwundert.

Ich begann mit der Mutterwaschung, so wie immer. Abgesehen davon, dass ich jetzt vor der Badewanne kniete, die schlaffen Brüste meiner Mutter direkt vor Augen.

»Das mit dem Radio kapiere ich nicht«, sagte meine Mutter. Sie sagte es ungefähr so, wie sie auch nicht *kapierte*, warum ich keine bessere Stelle hatte. Eindeutig ein Wort meines Vaters. »Hättest du das nicht in der Küche stehen lassen können?«, sagte sie. »Wo es hingehört?«

Die Dämpfe des heißen Badewassers stiegen mir ins Gesicht, als ich mich über meine Mutter beugte. »Ich bringe das Radio gleich wieder nach unten«, sagte ich. Das würde nicht mehr nötig sein, aber sie sollte es ruhig glauben. Ich hatte angefangen zu schwitzen, mein Herz raste, und das Adrenalin schoss in jeden noch so entlegenen Winkel meines Körpers. Ich war wach. So wach wie noch nie in meinem Leben. Meine Mutter meckerte ein bisschen vor sich hin, ich hörte gar nicht richtig zu, ging dann zu meinem Vater über und den gemeinsamen Urlauben mit ihm, Geschichten, die ich schon hunderte Male gehört hatte. Mir war so schwindelig, als säße ich selbst in zu heißem Badewasser. War das Wasser zu heiß und ich würde sie damit zur Strecke bringen? Nein, meine Mutter schien sich pudelwohl zu fühlen. Ich dachte an ihre Ohrfeigen, ihre Engstirnigkeit, ich dachte an all diese Sätze, egal ob sie von ihr oder von meinem Vater stammten, ich dachte an ihr Gesicht, wenn ich ihr von einer neuen Freundin erzählte, zuletzt von Becky, und dass ich in diesem Gesicht nur Desinteresse und auch leichten Ekel gesehen hatte. War ich nicht viel zu alt, um mich über solche Dinge zu ärgern? Nein, dafür war man nie zu alt.

»Unter den Armen«, befahl meine Mutter.

Ich seifte den Waschlappen ein und wusch sie wie gewünscht unter den Armen. Gute Tochter. Brave Tochter. Bei der Mutterwaschung benutzte ich immer einen Waschlappen, weil er mehr Distanz zu ihr bedeutete.

Musik wäre schön, dachte ich. Irgendetwas Würdevolles, Erhabenes.

Mochte ich meine Mutter? Hasste ich sie vielleicht? Im Moment tat sie mir leid. Mir war schwindelig. Es musste jetzt passieren. Jetzt. Ich wusch ihr die Haare. Meine Mutter genoss es und sagte, die Badewanne sei vielleicht doch keine schlechte Idee. Das könnten wir in Zukunft immer so machen. Es wird kein *in Zukunft* mehr geben, dachte ich. »Wann kommst du denn das nächste Mal?«, fragte meine Mutter. »Bleibst du da auch wieder nur so kurz? Deine Arbeit wird doch nicht so wichtig sein, dass du nicht mal wegbleiben kannst.« Ich fragte mich, ob es mir leichter fiele, wenn ich meine Mutter mit Gummihandschuhen waschen würde und ob es sie wohl sehr kränken würde. Aber auch das war überflüssig. Diese Frage würde sich nicht mehr stellen. Ich sah ihren alten Körper und fragte mich, ob ich noch Angst vor ihr hatte, so wie früher.

Mir war schwindelig von dem ganzen Adrenalin. Es musste bald geschehen. Wenn es jetzt nicht geschah, wann dann? In absehbarer Zeit würde sie quengeln, dass es nun genug sei. Ich malte es mir aus. An ihrer Kopfseite knien, so wie jetzt, und ihren Kopf unter Wasser drücken. Festhalten, immer weiter festhalten, nicht loslassen. Der Überlebensinstinkt war mächtig und wohnte jedem Geschöpf inne, einer Stubenfliege, einem Löwenzahn, mir und auch meiner Mutter, das musste ich bedenken. Vielleicht anders. Vielleicht von der anderen Seite, der Fußseite. Ich würde vorgeben, ihre Unterschenkel und Füße waschen zu wollen. Dann würde ich blitzartig ihre Füße nach oben reißen und am besten mit der anderen Hand ihren Kopf nach unten drücken, falls das noch nötig war. Ihrer Hüfte würde es bestimmt wehtun, wenn ich so abrupt und so ruckartig ihre Beine nach oben zog, sie hatte immer etwas von einem Neunzig-Grad-Winkel erzählt, aber das war nicht zu ändern. Es ging am einfachsten. Es versprach den schnellsten und sichersten Erfolg. Egbert würde sicher sehr trauern. Aber er kümmerte sich ja sowieso selten um unsere Mutter.

Ich erhob mich ein wenig, immer noch auf den Knien, und legte die Hände auf ihre Schultern. Ihre Schultern hatten noch die Ausmaße von früher, sahen aber trotzdem kleiner aus, weil Fleisch und Muskeln drum herum eingefallen waren. Ich wollte testen, wie leicht oder wie schwer es ging. Aber wie, ohne dass sie es merkte? Mein Blutdruck stieg und stieg und bewegte sich wahrscheinlich in einem besorgniserregenden Bereich, aber das schlechte Gewissen blieb stumm. Ich würde es tun. Heute. Jetzt. Hier.

Dann sagte sie etwas, irgendetwas Banales über das Abendessen, und das brachte mich kurz aus dem Konzept. Mir erschien meine jetzige Position unvorteilhaft. Ich hatte gelesen oder in einem Krimi im Fernsehen gesehen, dass es am besten ging, wenn man am Fußende stand und die Füße und Beine der in der

Wanne befindlichen Person nach oben zog, womit sie natürlich nicht rechnete, wir waren ja Familie, und dass sie sich dann durch nichts mehr retten konnte, sie kam einfach nicht mehr nach oben, an die Luft.

»Ich wasche dir mal die Füße«, sagte ich, erhob mich und trat an das andere Ende der Badewanne.

»Meinst du denn, das ist nötig, so lange, wie ich hier schon drin liege?«

Aber Füße waschen, das sah ich ihr an, fand sie auch gut. Obwohl wir evangelisch waren, faszinierte es sie, wenn der Papst Leuten die Füße wusch.

Und dann tat ich es. Ich umfasste beide Fuß-knöchel meiner Mutter, die seit einigen Jahren an-geschwollen waren, mir war unerträglich heiß, der Schweiß lief mir sogar von der Stirn in die Augen und brannte, aber ich hatte keine Zeit, ihn fortzu-wischen, ich hob ihre Füße ein Stück hoch, sie sagte »das tut mir jetzt langsam aber weh«, nicht laut und giftig, sondern leise, fast bittend – sollte es das Letzte sein, was ich von meiner Mutter hörte, das tut mir jetzt langsam weh? –, ich achtete nicht darauf, ich hatte mich aufgerichtet, kniete nicht mehr, sondern stand über ihr, ich stand, damit ich auch genug Kraft hatte.

Ich hielt ihre angeschwollenen Fußgelenke noch immer umfasst und zog ihre Beine nach oben. Es ging viel leichter, als ich vorher gedacht hatte. Dabei sah ich ihr ins Gesicht, obwohl ich mir vorgenom-men hatte, genau das zu vermeiden, ich hatte mir eingeschärft, nur ihre Füße im Blick zu behalten und nichts weiter, alles andere auszublenden. Sie sah mich direkt an, und das war unangenehm und zugleich seltsam intim. In ihren Augen erkannte ich zuerst Verwunderung, dann Ärger und Wut und Empörung und schließlich Entsetzen. Vielleicht auch alles zusammen. Panik erkannte ich nicht. Noch nicht. Ich musste wegsehen, meinen Blick einzig auf die Füße richten, denn von aufkommender Panik wollte ich auf gar keinen Fall etwas mitbekommen. Das hätte womöglich alles ins Wanken gebracht. Ich machte weiter. Nicht aufhören. Nicht aufhören, das hatte ich mir ja vorgenommen. Nicht hinsehen. Stur wegsehen. Sie wollte mit den Beinen strampeln, ich spürte es, was aber unmöglich war, denn ich hielt ihre Fußgelenke ganz fest. Sie machte Schaufelbewegungen mit ihren Armen, sodass Wasser aus der Wanne auf den Boden schwappte. Das hasste sie. Sie hasste überschwemmte Badezimmer und Unordnung. Nicht aufhören. Ich umfasste ihre Knöchel noch fester, inzwischen schwitzte ich am ganzen Körper, es gab wohl keine Stelle, an der ich nicht schwitzte. Es würde nicht mehr lange dauern. So lange konnte es doch nicht mehr dauern.

17
Juni. Damals

Ich sitze in meinem Zimmer und höre meine Mutter in der Küche. Wir sind ganz allein in der Wohnung. Nur sie und ich. Ich will nicht hier sein. Meine Mutter klopft brutal auf die Koteletts, die es gleich zum Mittagessen geben wird. Bei uns gibt es ziemlich oft Koteletts. Oder Frikadellen. In jedem Schlag höre ich die unterdrückte Wut meiner Mutter, und ich denke, dass sie wahrscheinlich lieber auf etwas anderes einschlagen würde.

Das Mittagessen bringen wir größtenteils schweigend hinter uns. Schweigen können wir gut in meiner Familie. Meine Mutter versucht manchmal, es mit ihren Fragen zu durchbrechen, auf die ich so kurz und ausweichend wie möglich antworte. Nach dem Mittagessen verziehe ich mich wieder in mein Zimmer. Ich schließe die Tür. Ich sollte mich um meine Hausaufgaben kümmern, öffne wahllos Schulbücher, verteile sie auf meinem Mädchenzimmerschreibtisch, aber ich bin nicht bei der Sache. Ich bin auf dem Sprung. Ich lasse eine halbe Stunde vergehen, blicke auf irgendwelche Mitochondrien im Biologiebuch und daneben im Erdkundebuch auf eine Grafik von

Sedimenten, die zeigt, wo sich die Kohle befindet. Im Ruhrgebiet nimmt man gern Kohle durch. Glückauf. Meine Mutter rumort in der Küche. Nachdem eine Stunde vergangen ist, lange genug, wie ich finde, ziehe ich mir Schuhe und Jacke an.

Meine Mutter wischt energisch über die Arbeitsplatte, bestimmt nicht zum ersten Mal. Sie legt großen Wert auf Sauberkeit. »Wohin gehst du?«, fragt sie.

»Raus.«

»Hast du nichts für die Schule zu tun?«

»Schon erledigt.« Mitochondrien und Steinkohlesedimente habe ich auf meinem Schreibtisch liegen lassen, falls sie während meiner Abwesenheit in mein Zimmer geht. Ganz sicher wird sie in mein Zimmer gehen und herumschnüffeln, das tut sie immer.

»Wo treibst du dich eigentlich immer rum? Das würde ich ja gerne mal wissen. Du erzählst gar nichts.«

Ich eile nach draußen, und draußen umfängt mich die Freiheit, auch wenn ich überall nur die hässliche Nachkriegsarchitektur meines Ruhrgebietsheimatkaffs sehe. Ich fahre mit dem Bus und mache mich anschließend auf die 1,5 Kilometer lange letzte Etappe zum Schuppen. Den Weg kenne ich inzwischen auswendig. Ich käme nicht auf die Idee, dort einfach so aufzukreuzen, das würde ich nicht wagen. Aber Nicole hat mich heute in der Schule gefragt, ob ich nicht auch kommen wolle. Wenn Nicole mich das fragt, muss ich nicht lange überlegen. Ich muss keine Sekunde überlegen.

Ich rechne zurück: diesmal hat es kein Dreivierteljahr gedauert, bis ich wieder das Paradies betrete, sondern nur zwei Wochen. Bedeutet das nicht, dass ich endlich dazugehöre? Ich bin zuversichtlich. Vielleicht war das Rummachen mit dem nicht besonders beliebten Jungen vor zwei Wochen ja eine Art Test. Und ich habe ihn bestanden. Wenn er mir in der Schule begegnet, sieht er so aus, als wollte er etwas sagen, aber ich drehe mich immer schnell von ihm weg.

Beim letzten Mal hat meine Mutter misstrauisch an mir geschnuppert, als ich nach Hause kam, aber nichts gesagt. Wahrscheinlich hat sie das Bier gerochen. So wie ich sie kenne, hat sie meinem Vater nichts davon erzählt.

Mit Herzklopfen öffne ich die verzogene Tür des Schuppens und kann zunächst gar nichts erkennen, weil es drinnen so dunkel wie immer ist. Dann, als meine Augen sich daran gewöhnt haben, sehe ich Nicole, drei ältere Jungen und ein anderes Mädchen aus meiner Klasse. Ich setze mich auf den Fußboden. Alle lachen über irgendetwas, doch ich weiß nicht, worüber, kann nur hoffen, dass nicht ich der Anlass bin. Bald reicht einer der Jungen einen Joint herum. Gott sei Dank bin ich nicht als Erste an der Reihe, sodass ich beobachten kann, wie die anderen damit umgehen. Ich versuche, es genauso zu machen, was mir einigermaßen gelingt, obwohl ich weiß, dass mir jetzt alle auf die Hände blicken. Ich atme den heißen Rauch ein, der nach seltsamen Blättern schmeckt, und muss augenblicklich husten.

Warum bin ich an diesem dunklen Ort, wenn ich Angst habe und mich unwohl fühle? Weil ich dazugehören will. Weil Nicole hier ist. Weil ich so erwachsen sein will, wie die anderen wirken. Weil das Unwohlsein sicher irgendwann aufhört. Weil meine Mutter, die davon nichts wissen darf, es hassen würde. Manchmal muss ich mich richtig beherrschen, um ihr nichts zu erzählen, um nicht stolz und auch herablassend damit herauszuplatzen.

Der kleine Knirps taucht wieder auf, den ich hier vor zwei Wochen schon gesehen habe. Er ist eine Klasse unter mir, also ein Kleinkind. Ich weiß nicht einmal seinen Namen, und es hält auch niemand für nötig, ihn zu nennen. Er spricht nicht und sieht niemandem in die Augen. Er setzt sich in die hinterste Ecke des Schuppens, dort, wo der Boden am schmutzigsten ist, weil woanders kein Platz mehr ist und weil ihn offenkundig auch niemand an seiner Seite haben will, denn alle rücken dicht zusammen und wollen ihn nicht zwischen sich lassen. Niemand redet mit ihm, aber das fällt nicht weiter auf, weil ja auch er nicht spricht.

Weil ich seinen Namen nicht weiß und mich auch nicht dafür interessiere, nenne ich ihn insgeheim »Kellerassel«, denn an ein solches Tier erinnert er mich, wie er im dunkelsten Winkel des ohnehin dunklen Schuppens sitzt. Ein Tier, das das Licht scheut und im Verborgenen lebt. Ich hatte schon immer ein gutes Gespür für Außenseiter. Ich erkenne es weniger an ihnen selbst, sondern mehr an den Gesichtern der anderen. Wie sie ein Lachen nur schwer unterdrücken können. Und irgendwann gar nicht mehr versuchen, es zu unterdrücken. Oder wie sie ihn komplett missachten, als wäre er gar nicht da. Missachtung ist mindestens genauso schlimm wie Spott und Beleidigungen.

Ein Junge fängt an, die Kellerassel mit leeren Bierdosen zu bewerfen. Die Kellerassel lässt es sich gefallen. Sie sollte mir leidtun, das ist mir bewusst, gerade mir sollte sie leidtun, denn ich weiß, wie sie sich fühlt. Zumindest kann ich es mir denken. Aber sie tut mir nicht leid. Ich bin keine Kellerassel. Wenn ich den Jungen eine Klasse unter mir da sitzen sehe, macht er mich sogar wütend. Ich weiß nicht, wie er überhaupt hierhin gekommen ist, aber es ist doch eindeutig, dass niemand etwas mit ihm zu tun haben will. Im Vergleich zu ihm fühle ich mich als eine Etablierte, und ich genieße dieses Gefühl. Ich lache wie die anderen, wenn eine Dose auf ihm landet, und weiß, dass ich Mitleid haben sollte, aber nicht allzu lange, dann vergesse ich es. Es fühlt sich einfach zu gut an. Ein Gefühl tiefer Befriedigung.

Ich stehe auf, schwanke ein bisschen von dem Altbier, das ich getrunken habe, sicher auch von dem Hasch, und setze mich neben Nicole. Ich flüstere »Kellerassel« in ihr Ohr und deute auf den Jungen in der dunklen Ecke. Nicole prustet vor Lachen, und ich platze fast vor Stolz, weil sie originell findet, was ich sage. Jetzt wird alles gut, denke ich. Für mich. Für die Kellerassel sicher nicht.

18
Anfang September

Ich konnte niemanden ermorden. Auch nicht meine Mutter. Ich tötete doch nicht einmal Fliegen.

Meine Mutter sagte: »Bist du verrückt geworden? Willst du mich umbringen?« Aber erst viel später und auch nur ein einziges Mal. Anfangs war sie sprachlos.

Mir lag ein »Ja« auf der Zunge, ja! Genau das will ich!

Stattdessen sagte ich etwas von »bin ausgerutscht«, »es war nass vor der Wanne«, »o je, du hast sicher einen Riesenschreck bekommen«. Ich konnte sie dabei nicht ansehen.

Das war's. Dieser Moment war unwiederbringlich verloren. Der Moment, kurz bevor sich etwas Gewaltiges veränderte. Bevor ich eine Grenze überschritt. Eine unaussprechliche Grenze. Er würde nicht wiederkommen.

Ich wusch meine Mutter mit dem Waschlappen zu Ende, war dabei betont sanft, vergaß sogar, mich zu ekeln, half ihr anschließend wie die perfekte Altenpflegerin aus der Badewanne und beim Abtrocknen. Ich cremte ihr den Rücken ein. Freiwillig, ohne dass sie mich darum bat. Anziehen wollte sie sich allein. Sie schlug meine Hand weg und sagte schroff: »Lass das. Ich bin doch kein Pflegefall.«

Ich war eine Weile wie betäubt. Einerseits davon, was ich zu tun beabsichtigt hatte, allen Ernstes zu tun beabsichtigt hatte, wie mir klar wurde, andererseits deswegen, weil es mir kläglich misslungen war.

Für den Rest des Tages sah meine Mutter mich mit diesem Blick an, in dem keine Zuneigung lag, was ich ihr nicht verdenken konnte. Sie sah mich so an, als wüsste sie Bescheid. Ohne es jedoch auszusprechen. Als könnte sie tatsächlich meine Gedanken lesen, wie das schlechte Gewissen immer behauptete. Und ich oft befürchtete. Abends bereitete ich in der Küche etwas zu essen zu. Wir aßen zusammen vor dem Fernseher. Meine Mutter beäugte misstrauisch, was auf dem Teller lag, bevor sie es in den Mund schob. Sie war schweigsamer als sonst, meckerte auch kaum über das Fernsehprogramm und sah mich zwischendurch immer wieder von der Seite an. Ich spürte ihren Blick auf mir. Wenn meine Mutter nicht mehr da wäre, wenn es mir bei der Mutterwaschung nicht misslungen wäre, wohin würde dann eigentlich mein schlechtes Gewissen entschwinden? Oder mein Über-Ich? Oder war beides fest mit mir verwachsen?

Wir sprachen nicht darüber. Die offizielle Version lautete, dass ich wegen einer Pfütze vor der Badewanne ausgerutscht war, und dabei würde es bleiben. Meine Familie war schon immer gut darin gewesen, Dinge unter den Teppich zu kehren und nie wieder zu erwähnen.

Ich schlief in dieser Nacht eigenartigerweise sehr gut. Keine Träume, kein schlechtes Gewissen. Als ich am nächsten Morgen in die Küche kam, war meine Mutter dort bereits mit ihren Medikamenten beschäftigt. Die Rollos vor den Fenstern waren wie meistens heruntergelassen, die böse Sonne hätte ja hereinscheinen können. Ich hatte es endgültig aufgegeben, mich mit meiner Mutter über ihr Grottenolm-Dasein zu streiten und dass sie auch mich dazu verdammte. Da ich aber etwas vom Tag sehen wollte, vom Himmel und den Wolken, selbst vom Himmel über Wattenscheid, nahm ich meine Tasse Tee und ging auf die Terrasse. Ich überlegte, ob es sich lohnte, für eine Tasse Tee wieder den Gartenstuhl aus der Garage zu holen, als ich sah, dass sich dort jemand zu schaffen machte. Natürlich dachte ich im ersten Moment, es wäre derjenige, der mich seit einigen Wochen verfolgte, jetzt war er sogar bis nach Wattenscheid in den Garten meiner Mutter gekommen, aber wieso sollte diese Person auffällig und gut sichtbar mit Gartengeräten hantieren? Morgens, am helllichten Tag, wenn sie befürchten musste, entdeckt zu werden?

Die Person hatte mir den Rücken zugewandt. Sie war schmal. Relativ groß. Nicht ganz riesig, aber groß. Kurze Haare. Sportliche Kleidung, aber keine glänzende Jogginghose. Das musste Willi oder Rudi sein, den ich mir allerdings ganz anders vorgestellt hatte. Meine Mutter hatte gar nicht erwähnt, dass er heute käme. Vielleicht wusste sie es nicht und er erschien immer unangemeldet? Das konnte ich mir nicht vorstellen. Vielleicht war sie noch zu sehr mit ihrem Badewannenschrecken von gestern beschäftigt und hatte vergessen, es mir zu sagen.

Willi oder Rudi bewegte sich sehr geschmeidig und sah gar nicht nach einem schmerbäuchigen älteren Mann aus. Ich ging langsam näher. Willi oder Rudi hörte mich und drehte sich um.

»Guten Morgen«, sagte ich. »Elisabeth Ebel. Die Tochter von Frau Ebel.«

»Ja, das habe ich mir schon gedacht.« Willi oder Rudi sprach nur ganz wenig Ruhrgebietsdialekt und streckte mir die Hand hin. Kräftige, aber kleine Hand. »Ich bin Rudolfine. Rudi. Die Gartenhilfe Ihrer Mutter.«

Rudolfine. Kein Wilhelm oder Rudolf. Ich fing an zu lachen und fragte Rudolfine, ob sie einen Kaffee wolle.

Sie wirkte überrascht und zögerte einen Moment, bevor sie antwortete. »Ja, gerne. Mit Milch, bitte.«

Ich ging zurück ins Haus, kochte Kaffee, füllte eine Tasse für Rudolfine und gab Milch dazu. Meine Mutter unterbrach das Sortieren ihrer Medikamente.

»Ich will so früh keinen Kaffee«, sagte sie. »Das weißt du doch. Meine Pumpe!«

»Der ist nicht für dich, sondern für deine Gartenhilfe.«

»Ach, Rudi ist gekommen? Der kommt heute aber spät. Der kriegt nie bei mir Kaffee. Kann sich doch eine Thermoskanne mitbringen, wenn er unbedingt Kaffee trinken will.«

»Dann ist heute die Ausnahme«, sagte ich.

»Dass der mir nicht ins Haus kommt! Wehe, du lässt den ins Haus! Ich will hier keine fremden Leute! Und der schleppt bestimmt Dreck rein! Und nachher denkt er, er kriegt hier immer Kaffee!«

Meine Mutter klang so, als würde sie über eine streunende Katze reden, der man auf keinen Fall Futter hinstellen durfte, weil man sie dann nicht mehr loswurde.

»Wie bezahlst du Rudi eigentlich?«, fragte ich.

»Wie, wie ich den bezahle? Was meinst du? Einmal im Monat. So viel macht der ja auch nicht. Und ich könnte das besser, ich bin nicht mit allem zufrieden, was er macht. Aber das geht ja jetzt alles nicht mehr so gut. Ich gebe ihm draußen sein Geld. Dann kann ich auch gleich gucken, ob der vielleicht Gartenwerkzeug geklaut hat. Man muss heute ja so aufpassen.«

Ich brachte Rudolfine den Kaffee. Hatte meine Mutter diese junge androgyne Frau immer aus so großer Entfernung gesehen oder war sie tatsächlich so naiv, wenn sie dachte, sie sei ein Er?

»Ich hoffe, meine Mutter ist nicht allzu unfreundlich zu Ihnen.«

»Geht schon«, sagte Rudolfine. »Hier draußen bekomme ich ja nicht viel von ihr mit. Sie gibt mir Anweisungen, und das mache ich dann. Auch wenn ich nicht immer ihrer Meinung bin.«

»Manchmal könnte ich sie umbringen«, sagte ich.

Rudolfine lachte.

»Meine Mutter hält Sie übrigens für einen Mann.«

»Passiert mir öfter«, sagte sie. »Ist aber ganz praktisch. Ich habe das Gefühl, Männern traut sie mehr zu.«

»Wie ist meine Mutter eigentlich an Sie gekommen?«

»Annonce in der Gratiszeitung, die am Wochenende immer im Briefkasten liegt.«

Nachdem Rudolfine ihren Kaffee getrunken hatte, nahm ich ihre Tasse und ließ sie ihre Arbeit machen.

Ich klärte meine Mutter nicht darüber auf, dass Rudi eine Frau war, denn wahrscheinlich hatte sie recht, und Männern traute sie mehr zu. Nach etwa zwei Stunden war sie so lautlos verschwunden, wie sie gekommen war, meine Mutter bat mich nachzusehen, ob sie – er – auch keine Gartengeräte hatte mitgehen lassen, und danach verbrachten wir einen ungewöhnlich friedlichen Tag miteinander. Wir benahmen uns so wie zwei Leute nach einem heftigen Streit, wenn sie am liebsten alles rückgängig gemacht hätten, was sie gesagt hatten, und den anderen übertrieben höflich und zuvorkommend behandelten. Ich wartete darauf, dass meine Mutter die Badewanne ansprechen würde. Die Geschichte mit der Pfütze und dem Ausrutschen war einfach zu unglaubwürdig. Doch sie sagte nichts. Es war so, als wäre nichts passiert. Und je länger es anhielt, desto mehr glaubte ich selbst, dass gar nichts passiert war. Ein Rest Buße-tun-Wollen steckte aber immer noch in mir, und so hörte ich ihrem üblichen Gemecker zu, ohne sie ein einziges Mal zu unterbrechen. Ich brachte klaglos neu hinzugekommene Pissdinger nach unten, mit Gummihandschuhen, und stopfte sie in den Müll. Anschließend putzte ich fast drei Stunden das Haus, wofür sich meine Mutter sogar bedankte, allerdings nicht, ohne mich zu kritisieren. En détail wies sie darauf hin, dass ich zu flüchtig putzte und die falschen Lappen benutzte. Sie würde viel genauer, kräftiger – oder wahlweise vorsichtiger wischen. »Mit wem hast du vorhin eigentlich telefoniert?«, fragte sie. »Sicher mit so einer *Bekannten* von dir.« Sie würde ja besser auf die Teppiche achten, um Gottes willen nicht gegen den Strich saugen, die Teppiche!, du hast vergessen, vor der Haustür zu fegen, wie es da aussieht, die Haustür ist doch die Visitenkarte des Hauses. Weißt du das etwa nicht?

19
Mitte September

Direkt nach der Rückkehr von meiner Mutter erhielt ich morgens eine eigenartige E-Mail an meine Arbeitsadresse. Ich kannte den Absender nicht, einer dieser albernen Fantasienamen. Zuerst dachte ich, es wäre ein Kunde, ein neuer Auftrag. Obwohl Kunden sich für gewöhnlich mit seriösen Absendern an uns wandten.

Die E-Mail war nicht direkt beunruhigend, eher verwirrend und völlig unverständlich. Kein Name darunter, kein Gruß und auch keine Aufforderung zu antworten. Bei den zahlreichen Fehlern in einem so kurzen Text musste ich sofort an Zucker denken, den ich doch längst vergessen hatte, denn es entsprach ganz seinem Stil. Aber das war gar nicht möglich. Zucker würde mir keine E-Mails schicken. Ich löschte die Nachricht und fragte mich anschließend, ob ich durch das Öffnen unserem Büro-Netzwerk möglicherweise einen Virus, einen Trojaner oder Ähnliches eingehandelt hatte. Dann vergaß ich sie wieder.

Becky hatte mich angerufen, als ich in Wattenscheid gewesen war. Sie fragte, ob ich Lust auf eine Verabredung hätte, und schlug Essengehen vor. Natürlich sagte ich ja. Meiner Mutter entging meine gute Laune nach diesem Telefonat nicht, für das ich mich in den Garten zurückgezogen hatte, aber außer einer kurzen Frage kommentierte sie es nicht weiter. Wattenscheid und die Grottenolmhöhle ertrug ich gleich viel besser. Nur noch ein Abend, dachte ich, dann fahre ich wieder zurück.

Ich war aufgeregt. Ich hatte seit vielen Wochen nicht mehr mit Becky gesprochen. Vor lauter Aufregung erzählte ich ihr – flüsternd im Garten – von meiner Absicht am Vortag, meine Mutter umzubringen. Becky hielt es für einen Scherz und lachte.

Meine Mutter konnte mir unmöglich die Lüge glauben, ich sei vor der Badewanne ausgerutscht. Aber vielleicht wollte sie es unbedingt glauben, weil eine Tochter, die ihr nach dem Leben trachtete, undenkbar war. Außerhalb jeder Vorstellungskraft. Monströs.

Becky und ich waren in Kreuzberg ganz in meiner Nähe verabredet, ein Fußweg von etwa zehn Minuten. Als ich losging, dämmerte es. Ich hatte das Gefühl, dass jemand hinter mir herging, was ja nichts Neues war. Rund um die Bergmannstraße wimmelte es meistens von Touristen. Ich konnte nicht jede Person, die in dieselbe Richtung ging wie ich, bezichtigen, mich zu verfolgen. Mich draußen umzublicken, war inzwischen zur Selbstverständlichkeit geworden, zur zweiten Natur, als wäre ich ein überängstliches Fluchttier, immer auf der Hut. Das war paranoid. Und war es nicht auch auf sonderbare, verschrobene Weise total eingebildet? Acht Wochen war nichts passiert. Nach so langer Zeit würde auch nichts mehr passieren. Wenn es jemand auf mich abgesehen hätte, wäre es schon geschehen. Ich wusste nicht mehr genau, wie viel Zeit seit der Nacht in Zehlendorf vergangen war, weil ich mich weigerte, darüber Buch zu führen. Wenn ich anfinge, es mir zu notieren – heute von Mann verfolgt; morgens seltsame E-Mail erhalten; in der U-Bahn stieg Mann zusammen mit mir ein und verließ U-Bahn an derselben Station wie ich; heute mindestens drei Mal verdächtige Blicke auf der Straße –, wäre das der erste Schritt ins Verrücktwerden.

Ich betrat das Restaurant, suchte nach Becky, die noch nicht da war, wählte einen Tisch und spürte die Aufregung, sie gleich wiederzusehen. An meinen vermeintlichen Verfolger dachte ich nicht mehr. Erhoffte ich mir, dass Becky und ich wieder zusammenkamen? Oder wie war meine Aufregung zu erklären? Zumindest eines erhoffte ich mir ganz sicher: Vertrautheit. Ich bestellte ein Bier und bat um zwei Speisekarten.

Becky war der erste und einzige Mensch, dem ich von damals erzählt hatte. Vom Schuppen in der Schrebergartensiedlung. Es war ganz am Anfang unserer Beziehung. Wir waren essen gegangen – sogar in genau dem Lokal, in dem wir jetzt, Jahre später, verabredet waren –, hatten eine Menge Wein getrunken und zu Hause noch weitergemacht. Wir hatten Musik aus unserer Jugend gehört, ein bisschen in

Beckys Wohnzimmer getanzt und fast bis morgens geredet. Wir waren in dieser Stimmung gewesen, unser gesamtes Leben vor der anderen zu offenbaren. Und so erzählte ich ihr von meiner Verlassenheit als Jugendliche, von meiner Sehnsucht nach Zugehörigkeit. Davon, wie schlecht mich Nicole meistens behandelte. Einen Monat behandelte sie mich gut, dann mindestens vier Monate schlecht. Ich ertrug die vier Monate wegen des einen guten. Oder sie beachtete mich einfach nicht. Nicht beachtet zu werden, war mindestens ebenso kränkend wie Zurückweisung, wenn nicht noch schlimmer.

Meine Geschichte mit Nicole war lang, unendlich lang. Zumindest kam sie mir in diesem Alter so vor. Über die Jahre hinweg war es ein Spiel von Anlocken und Zurückweisen gewesen. Nicole lockte oder wies zurück, je nach Stimmung und Bedürfnis, es war ihr Spiel, und sie allein bestimmte die Regeln. Irgendwann nahmen die Zurückweisungen überhand. Nicole hatte fast nie Zeit für mich. Sie traf sich dauernd mit verschiedenen Jungen – sie wechselte häufig ihre Freunde, die dann jeweils für circa drei Monate die »große Liebe« waren – und gab sich nicht einmal mehr die Mühe, genervt die Augen zu verdrehen, wenn ich sie am Ende des Unterrichts fragte, ob wir uns treffen sollten.

»Keine Zeit«, hieß es dann immer.

Eines Tages hörte ich, wie sie zu ihrem aktuellen Freund auf dem Schulhof sagte: »Die fette Kuh soll mich endlich in Ruhe lassen.«

Fette Kuh. So fühlte ich mich zwar oft, genannt hatte mich bisher aber noch niemand so. Nicole sagte es ausgerechnet an einem Tag, an dem ich morgens vor dem Spiegel im Bad recht zufrieden mit mir gewesen war. Mich sogar hübsch fand. »Und dann hat die doch neulich echt versucht, mich zu küssen«, sagte Nicole zu ihrem aktuellen Freund. »Total ekelhaft.«

Neulich war enorm übertrieben, es lag schon einige Wochen zurück. Und außerdem stimmte es nicht. Nicht ich hatte Nicole geküsst, das hätte ich nie gewagt, sondern sie mich.

Oh, ich hätte sie umbringen können!

Ich erzählte Becky von meiner Traurigkeit und meiner chronischen Melancholie. Und vom Schuppen. Wir saßen auf Beckys Sofa, ihre Arme um mich, mein Kopf an ihrer Brust. Ich erzählte ihr, was ich getan hatte. Ich sprach ganz leise. Verstand sie mich überhaupt? Becky streichelte mir über den Kopf. Mittendrin fing sie an zu lachen und sagte: »Aber du doch nicht!«

Aber du doch nicht. Wieso nicht? Was machte sie da so sicher?

Am nächsten Morgen sprachen wir nicht mehr darüber. Wir sprachen nie wieder darüber, in all den Jahren nicht. Mein Geheimnis hielt ich bei Becky für gut bewahrt. Irgendwann allerdings kamen mir Zweifel, ob sie sich überhaupt noch daran erinnerte. Ob ich vielleicht zu leise geredet hatte. Ob wir beide zu betrunken gewesen waren. Ob sie überhaupt verstanden hatte, was ich in dieser Nacht sagte, wirklich verstanden. Und schließlich sperrte ich das Geheimnis endgültig in eine Abstellkammer meines Gedächtnisses. Ich vergaß es.

Becky begrüßte mich mit einem Kuss auf den Mund wie früher. Wir bestellten das Essen und plauderten höflich miteinander, hangelten uns an Ereignissen und Menschen aus dem Leben der anderen entlang, die uns noch von früher bekannt waren. Das Gespräch wurde von Minute zu Minute mühsamer. Wir lachten sehr wohlwollend über die Witze der anderen, ich sah sie an, während ich lachte, und ich dachte: Sie ist mir vollkommen fremd, ich sitze hier mit einer Fremden. Wie schnell das doch ging. Es hatte nur ein paar Monate gedauert, bis sie mir fremd war. Fremd und gleichzeitig immer noch vertraut. Fremd-vertraut. Doch das Fremde überwog bei Weitem. Ich hatte mir vorgenommen, ihr von den letzten Wochen zu erzählen, von der Nacht in Zehlendorf und dass ich mich seitdem verfolgt fühlte, aber ich brachte nichts davon über die Lippen. Nach dem Essen räumte der Kellner unsere Teller ab. Vielleicht sollten wir das Lokal wechseln und noch woanders ein Bier trinken? Unter dem Tisch warf ich verstohlen einen Blick auf die Uhr. Erst halb zehn. Ich wusste gar nicht, ob ich noch ein Bier mit ihr trinken wollte. Früher hatten wir oft die halbe Nacht geredet, es hatte uns auch nie an Themen gemangelt. Heute war es plötzlich zäh und quälend und anstrengend. Wir verlangten die Rechnung, der Kellner kam, der, wie ich fand, insbesondere mich ausgesprochen kühl behandelte, indem er mich links liegen ließ und nur Becky ansah.

Er fragte: »Zusammen?«

»Nein, getrennt«, sagte Becky.

Kürzer und treffender hätte man es nicht ausdrücken können.

Vor dem Lokal am Marheinekeplatz schloss Becky ihr Rad auf.

»Na dann«, sagte sie, »bis bald.« Sie wirkte erleichtert.

»Ja, bis bald.«

Ich sah meiner Ex-Freundin noch einen Augenblick hinterher, wie sie erst langsam, dann immer schneller davonradelte. Ihr Rücklicht funktionierte nicht. Ich war mit einer Fremden essen gegangen, einer Fremd-Vertrauten, und ich hatte mit keiner Silbe erwähnt, was mich seit Wochen beschäftigte. Und nicht nur Becky war mir fremd, auch das Restaurant, obwohl ich es kannte, der Marheinekeplatz, obwohl ich hier in der Nähe wohnte.

Erst halb zehn. Ich wollte noch nicht nach Hause und schlug den Weg zum Mehringdamm ein. Ich war noch nie allein in der Bar gewesen und fürchtete mich ein wenig davor. Würden mich alle bedauern, weil ich keine Gesellschaft hatte? Genau genommen wusste ich gar nicht, wie man sich allein in einer Bar benahm, aber vielleicht wurde es Zeit, das herauszufinden.

Die Bar war etwa zur Hälfte gefüllt, wovon den Großteil eine Schar junger spanischer Touristen ausmachte. Ich setzte mich an einen freien Tisch, blätterte erst durch die Siegessäule, dann durch den Tagesspiegel und entspannte mich. Niemand sah mich mitleidig an, und vor allem erschien mir keiner hier verdächtig. Kein auffällig unauffälliger Mann war kurz nach mir eingetreten. Eine Frau saß wie ich allein vor ihrem Bier, ihr Smartphone vor sich auf dem Tisch. Sie kam mir bekannt vor, aber mir fiel nicht ein, woher. Und während ich noch darüber nachdachte und so tat, als würde ich lesen, stand sie auf, ihr nun leeres Glas in der Hand, trat an meinen Tisch und fragte mich, ob ich auch noch eins wolle.

Das war der Anfang. Ganz einfach. Ich wollte noch ein Bier, und nachdem der Kellner es uns gebracht hatte – sie hatte sich inzwischen an meinen Tisch gesetzt –, fiel mir endlich ein, warum ich sie zu kennen glaubte: Sie hatte Ähnlichkeit mit Rudi. Rudolfine, dieses Wesen, mit dem ich in Wattenscheid im Garten meiner Mutter am allerwenigsten gerechnet hätte.

Das Gespräch war flüssiger und wesentlich anregender als das zuvor mit Becky. Die Frau, die mich an Rudolfine erinnerte, war mir einerseits zwar noch fremder als Becky, andererseits weniger fremd. Ich erkannte die Zeichen noch. Als sich zwischen uns etwas anzubahnen begann, entschied ich mich, sie zu mir nach Hause einzuladen. Die spanische Touristengruppe verließ die Bar, die wenigen anderen Gäste waren schon vorher gegangen, und wir waren die Letzten. Wir zahlten und schlenderten langsam zu meiner Straße. Ausnahmsweise sah ich mich unterwegs nicht um, achtete nicht auf Schritte hinter uns und hatte das erste Mal seit Wochen nicht das Gefühl, dass mich jemand verfolgte. Ich hatte noch nie eine völlig Fremde mit nach Hause genommen und fragte mich, ob das so klug war. Vielleicht würde sie mich ausrauben? Aber das waren typische Gedanken meiner Mutter, nicht meine.

Wir tranken noch ein letztes Bier auf meinem Sofa, ganz so wie damals mit Becky, abgesehen davon, dass ich diesmal keine Geheimnisse aus meiner Vergangenheit erzählte. Aber ich erwähnte, dass ich mich seit einiger Zeit verfolgt glaubte, das, was ich so dringend Becky hatte anvertrauen wollen. Die Frau, die mich an Rudolfine erinnerte, hörte mir zu und sagte nicht, dass ich mir das bestimmt nur einbildete. Sie glaubte mir. Das reichte mir schon. Kürzlich wollte ich noch meine Mutter ertränken und diese unaussprechliche Grenze überschreiten, jetzt saß ich mit einer Frau, die ich erst seit ein paar Stunden kannte, auf meinem Sofa und strich über ihre Schlüsselbeine.

Ich wachte mitten in der Nacht auf. Vielleicht war es auch schon Morgen? Ich nahm nicht wahr, ob es draußen dunkel war oder bereits dämmerte. Ich hatte am Abend eindeutig zu viel Bier getrunken. Die Vögel sangen noch nicht, es musste also Nacht sein. Mein Schlafzimmer lag zum Hof. Niemand brachte seinen Müll weg oder schloss sein Fahrrad an oder warf Flaschen in die Altglastonne. Kein Geräusch aus dem Haus. Es war tatsächlich ganz still in der lauten

Stadt. Fast beängstigend, als hätte das ganze Leben aufgehört, als wäre das Leben gestorben. Jetzt hörte ich doch etwas. Atmen. Neben mir lag ein fremdes, atmendes Wesen. Richtig, die Bar. Hat sich an meinen Tisch gesetzt. Rudolfine. Nein, nicht Rudolfine, hat mich bloß an sie erinnert.

Ich schlief wieder ein. Wachte erneut auf. Zumindest dachte ich, ich würde aufwachen. Diesmal wusste ich noch weniger, wie spät es war, wo ich mich befand, wer da in meinem Bett lag und warum. Wattenscheid, ich musste in Wattenscheid sein. Das dunkle Haus. Die Höhle. Der Geruch. Ich sagte enorm laut, ich schrie regelrecht: »Du darfst nicht alles vollpissen! Das muss aufhören! Wenn du so weitermachst, ist nicht mal betreutes Wohnen eine Option! Dann musst du ins Pflegeheim! Ich kann deine Pisse nicht mehr riechen!«

Die fremde Person in meinem Bett wurde von meinem Geschrei wach. Sie sagte völlig erbost: »Ich bin nicht deine Mutter!«

Am nächsten Morgen erzählte mir meine Bekanntschaft aus der Bar, ich hätte im Schlaf in vollständigen Sätzen und sehr deutlich gesprochen, weshalb sie zuerst gar nicht verstand, dass ich keineswegs wach war, sondern in Wahrheit noch schlief und dass ich außerdem nicht sie meinte. Nachts auf dem Sofa hatte ich ihr nicht nur erzählt, dass ich mich verfolgt glaubte, sondern auch von den ständigen Besuchen bei meiner Mutter, und so konnte sie eins und eins zusammenzählen.

Sie nahm es mir nicht übel. Zumindest behauptete sie das. Allerdings wirkte sie nicht mehr so zugetan wie am Abend. Wir tranken noch einen Tee zusammen, frühstücken wollte sie nicht, was mir sehr recht war. Wir fragten beide nicht nach einem Wiedersehen.

20
Dritter August

Martin, der in seiner selbstgewählten Isolationshaft lebte und seit fast einem Jahr nur noch in seiner Wohnung hockte, musste diesen sicheren Ort im Hinterhof verlassen und zum Bahnhof fahren.

Es fiel ihm leichter als erwartet. Zumindest wurde er nicht sofort schweißnass und panisch, als er auf die Straße trat. Aber er ging ja auch noch einkaufen, sagte er sich, hatte mit Oliver gesprochen, er war nicht vollständig von der Welt um ihn herum abgehängt. Es war noch ganz früh, wurde gerade erst hell. Martin hatte mit einem Taxi zum Bahnhof geliebäugelt, aber wieder Abstand davon genommen. Ihm war bewusst, dass er sein verbliebenes Geld zusammenhalten musste. Ob er wohl etwas von seinem Vater erbte? Aber seine Eltern hatten bestimmt ein Berliner Testament gemacht, sodass seiner Mutter alles zufiel. Er wusste es nicht. Und als ihm aufging, dass er es nicht wusste, merkte er, wie wenig er seit Jahren mit ihnen geredet hatte, mit seinem toten Vater, seiner Mutter.

Doch Martin schloss die Möglichkeit einer kleinen Erbschaft nicht ganz aus, und dieser Gedanke machte ihn vorübergehend so beschwingt, dass er die Fahrt mit öffentlichen Verkehrsmitteln auf sich nahm. Nachdem er in der Nacht zuvor stundenlang seine Wohnung aufgeräumt und geputzt hatte, wollte er eine Fahrkarte online buchen, entschied sich dann aber dagegen. Er würde sie am Schalter kaufen. Mit einer Bahnangestellten reden. Anfangen. Er musste endlich anfangen. Er hatte Olivers Worte noch im Ohr: »Dein Kopf ist dein Gefängnis.« Und diese unumgängliche Reise nach Westen würde er zum Anlass nehmen, endlich anzufangen. Heute war Tag eins seines neuen Lebens. Er hatte sich doch auch überwunden und Oliver angerufen, worauf er sehr stolz war.

Der Fahrkartenkauf am Schalter gestaltete sich leicht. Sogar der Hauptbahnhof machte Martin nichts aus. Im Zug wurde es dann etwas schwieriger, und Martin befürchtete, in den nächsten Stunden eine Panikattacke zu erleiden.

Doch nichts dergleichen geschah. Martin entspannte sich sogar. Die anderen Fahrgäste ließen ihn in Ruhe. Wahrscheinlich strahlte er etwas aus, das ihnen zu verstehen gab: Sprich mich bloß nicht an! Die Fahrt verlief ruhig, und Martin dachte, dass er an diesem Tag eins seines neuen Lebens schon eine ganze Menge geschafft hatte, lauter Dinge, die er vor einer Woche nicht für möglich gehalten hätte. Vor ihm lagen allerdings noch Familie und Beerdigung, der eigentliche Zweck seiner Reise. Die Beerdigung selbst machte ihm keine Angst, aber das Zusammentreffen mit seiner Familie umso mehr. Er sollte am besten nur von einem Schritt zum nächsten denken und nicht so weit im Voraus. Dauernd begutachtete er seine Kleidung. In Berlin-Spandau, in Branden-burg, Sachsen-Anhalt, Niedersachsen, an der Porta Westfalica. Die schwarze Jeans war ziemlich verwa-schen. Eigentlich war sie gar nicht mehr schwarz. Aber eine andere schwarze Hose besaß er nicht. Das weiße Hemd hatte er nachts nach dem Putzen seiner Wohnung extra noch einmal gebügelt. Gegen eins, halb zwei, seine Wohnung war blitzblank sauber, hatte er beschlossen, in dieser Nacht nicht zu schla-fen. Angeblich sollte das ja glücklich machen – oder zumindest weniger unglücklich. Er hatte Kaffee ge-kocht und auf das Glück gewartet. Draußen, im be-drohlichen Draußen, war es noch dunkel gewesen, als die Vögel zu singen begannen.

Martins Jackett war unübersehbar alt. Zehn Jah-re? Oder noch älter? Aber es musste reichen. Aner-kennenswert war doch, dass er sich Mühe gab. Dass er überhaupt kam.

Er würde seine Familie weiter in dem Glauben lassen, dass er einer geheimnisvollen freiberuflichen Tätigkeit nachging. Dass er seine Stelle vor einem Jahr selbst gekündigt hatte. Seine Mutter interessierte sich sowieso nicht für ihn und würde wahrscheinlich gar nicht nachfragen. Seine Schwester interessierte sich für nichts anderes als für ihre beiden pubertierenden Töchter. Doch sein Bruder würde hellhörig werden, Martin konnte es sich lebhaft vorstellen: *Ach erzähl*

*doch keine Märchen, Mama glaubt dir das vielleicht,
aber ich nicht. Du siehst total abgerissen aus, Brüderchen.*

Sein Bruder, so ernüchternd und bitter es auch
war, hatte Martin sein Leben lang seine Unzuläng-
lichkeiten vor Augen geführt, kalt, fast grausam, statt
die Rolle des beschützenden großen Bruders einzu-
nehmen.

Seine Mutter war alt geworden. Das fiel Martin
als Erstes auf. War das ganz plötzlich passiert, ausge-
löst durch den Tod ihres Mannes, oder hatte er sie
einfach so lange nicht mehr gesehen?

»Du siehst nicht gut aus.« Damit begrüßte sie
ihn. Offenbar meinte sie weder seine auffällige Blässe
noch seine sichtbare Müdigkeit, sie meinte es überhaupt nicht mütterlich und fürsorglich, denn mit
abschätzigen Blicken auf seine Erscheinung fuhr sie
fort: »Hättest du dir für die Beerdigung deines Vaters
nicht was Anständiges anziehen können?«

Das Haus, in dem Martin aufgewachsen war, war
auch alt geworden. Immerhin ging seine Rechnung
auf – dadurch, dass er nicht geschlafen hatte, fühlte
er sich wie hinter Watte, als gäbe es zwischen ihm
und der Welt einen Puffer.

Sie brachten das Begräbnis seines Vaters hinter
sich. Alle um Martin herum weinten, nur er nicht.
Die meisten Verwandten waren gekommen, außerdem etliche Leute, die er nicht kannte. Nachbarn?
Ehemalige Arbeitskollegen seines Vaters? Seine Mutter ließ ihn links liegen. So schlimm fand Martin
seine Kleidung gar nicht. Sah doch anständig aus,

203

halbwegs zumindest, und dem Anlass angemessen. Nach dem Begräbnis wurde den anderen Verwandten, die auf diesem Friedhof lagen, kollektiv ein kurzer Besuch abgestattet, auch hier flossen Tränen. Vor Schlafmangel schwankte Martin leicht. Dann ging es zum Leichenschmaus in ein Lokal ganz in der Nähe. Suppe, belegte Brötchen, Kuchen. Martins Mutter redete die ganze Zeit und heulte genauso viel. Martins Schwester ebenso. Und ihr Mann, aber er heulte nicht. Martins Bruder war ja ohnehin nie still. Er schwafelte selbstgefällig vor sich hin, und alle bewunderten ihn dafür. Warum bloß besaß er diese Anziehungskraft, mit der er alle entzückte, die Martin aber zum Kotzen fand? Ich bin ganz aus der Art geschlagen, dachte Martin. Er selbst schwieg und sagte nur etwas, wenn er direkt angesprochen wurde. Den pubertierenden Töchtern seiner Schwester war anzumerken, wie unwohl sie sich fühlten. Zum ersten Mal seit der Todesnachricht vermisste Martin seinen Vater, aber nicht, weil er ihn wirklich vermisst hätte, sondern weil er so an ihn gewöhnt war. Wie er seine Beerdigung wohl gefunden hätte? Wahrscheinlich ganz gut, auch die Ansprache des Pfarrers.

Martin hatte den Eindruck, dass seine Nichten, die am äußersten Rand eines Tisches saßen, ihn die ganze Zeit anstarrten und über ihn lachten. Ihnen war langweilig, das ganze Zeremoniell missfiel ihnen, und vor allem mussten sie sich beherrschen, nicht heimlich doch ihre Smartphones hervorzukramen, was ihnen Martins Schwester und Schwager untersagt hatten. Und weil ihnen langweilig war, hatten sie ihn ins Visier genommen. Es war eindeutig und gar nicht so anders als früher in der Schule. Martin hörte das Getuschel und Gezischel von der Seite, das mühsam unterdrückte Kichern, und immer, wenn er den Kopf zu ihnen drehte, sahen sie schnell weg und bekamen rote Gesichter. Lachten sie über seine Kleidung? Oder über ihn insgesamt? Er konnte es sich nicht leisten, Geld für neue Kleidung auszugeben. Das wiederum konnte er natürlich nicht vor seiner Familie zugeben, die er ja im Glauben ließ, er gehe dieser geheimnisvollen, gut bezahlten freiberuflichen Tätigkeit nach. Bislang hatte ihn noch niemand danach gefragt. Genau genommen saß Martin ohnehin abseits. Er saß zwar mittendrin, neben seiner Schwester, aber trotzdem weit weg. Die Müdigkeit meldete sich schubweise; nach der Suppe, spätestens nach dem ersten Brötchen, mit Lachs, dachte er, dass er sich am liebsten zum Schlafen in eine Ecke des Lokals legen würde, zum Beispiel dahinten neben den Wassernapf für Hunde. Wahrscheinlich wäre er sofort eingeschlafen. Aber die Müdigkeit gefiel ihm. Sie rettete ihn. Stumpfte ihn ab. Nach wie vor nahm er alles um sich herum wie durch Watte wahr, gedämpft, die alt gewordenen Gesichter ringsum viel weiter entfernt, als sie eigentlich waren, das Durcheinander der Stimmen ein Gemurmel aus der Ferne, gar nicht bedrohlich, eher wie ein gluckernder Bach.

Dann war Musik zu hören, und Martin zuckte zusammen. Vivaldi. Vier Jahreszeiten. Natürlich der

Sommer, jetzt war August. Nie wäre in seiner Familie im Sommer der Winter gespielt worden oder im Frühling der Herbst. Seine Mutter warf ihm einen strengen Blick zu, der sagte: Sei jetzt bloß ruhig! Eigentlich hatten sie es sich abgewöhnt. Schon seit Jahrzehnten. Ein Relikt aus der Vergangenheit. Martin konnte jede Note auswendig, nicht nur vom Sommer, sondern auch von Herbst, Frühling und Winter.

»Euer Vater hätte es so gewollt«, sagte seine Mutter an ihre drei Kinder gewandt.

Es kam Martin aus den Ohren raus. Konnte das wirklich noch irgendwer aus seiner Familie ertragen?

Er hatte das starke, fast unwiderstehliche Bedürfnis, diesen Ort sofort zu verlassen, allein zu sein, in den nächsten Zug zu steigen, endlich wieder die Sicherheit seiner fünfzig Quadratmeter Hinterhof, aber er war auch stolz auf sich. Er hatte Oliver angerufen. Er war zum Bahnhof gefahren, sogar mit der U-Bahn, und in den verdammten Zug gestiegen. Und hier war er die ganze Zeit von Menschen umgeben, seiner Schwester, die ihn allerdings nicht besonders beachtete, seinem Schwager, der ihn noch nie zur Kenntnis genommen hatte, seinem Bruder, der an ihm herummäkelte wie eh und je, seiner Mutter, den anderen Verwandten. Er hatte die Prüfung bestanden. Und es war wirklich eine harte Prüfung gewesen, war es immer noch, bis jetzt, und würde noch andauern. Sein neues Leben begann.

21
Oktober. Damals

Seit dem letzten Mal sind drei Monate vergangen. Es hat also viel länger gedauert, als ich gehofft habe. Erst gab es Zeugnisse. Überragend waren meine Noten nicht, wie ich zugeben muss. Meine Mutter sagte, sie sei enttäuscht von mir. Das sagt sie gern und oft. Danach große Ferien. Ich bin mit meinen Eltern in ein ödes Nest an der Nordsee gefahren, und ich schwöre, das war das letzte Mal. Nie wieder Urlaub mit ihnen. Schön allerdings waren meine Spaziergänge allein am Strand. Ich konnte nachdenken, viel klarer als zu Hause, als würde mir die blaugraue See oder der Wind oder beides zusammen die Gedanken direkt zutreiben. Sie flüsterten mir ein, wie man sich seine Probleme am besten vom Hals schafft. *Konsequent*, heulte der Wind. *Radikal*, grollte das Meer. *Ja! Radikal! Ja! Radikal! Ja! Radikal!*, kreischten die Möwen.

Am Strand, in meinen Gedanken, ging das ganz leicht, doch zu Hause sieht es anders aus.

Es ist Samstag, mein Vater sitzt im Wohnzimmer und liest die WAZ, wofür er immer sehr lange braucht, meine Mutter räumt die Küche auf. Ich teile ihr nur mit, dass ich weggehe, nichts weiter. Bevor sie etwas erwidern kann, bin ich schon draußen. Diesmal hat mich nicht Nicole eingeladen, zum Schuppen zu kommen, doch ich habe beschlossen, ihre Einladungen auch nicht mehr zu benötigen. Ich nehme das Fahrrad, nicht den Bus.

Jetzt im Oktober wird es nachts schon sehr frisch, und auch im Schuppen ist es merklich kälter geworden. Noch stört es nicht wirklich, und wenn sich so viele Jugendliche hier aufhalten wie an diesem Wochenende, heizt es sich allein dadurch auf. Auch der Apfelkorn, den ein Junge mitgebracht hat, trägt dazu bei. Der Schuppen sieht immer mehr aus wie eine Rumpelkammer, es kommt mir so vor, als wären seit dem letzten Mal noch weitere alte Möbel hinzugekommen.

Bei Nicole ist seit den Sommerferien Dominik angesagt. Sie hat nun gar keine Zeit mehr für mich und himmelt ihn auf eine Weise an, dass es peinlich ist. Er ist zwei Klassen über uns, und ich kenne ihn nur vom Sehen. Ich glaube, fast alle Mädchen von der Schule himmeln ihn an und würden Nicole insgeheim am liebsten umbringen, weil *sie* es geschafft hat. Nach den Ferien hat sie sich im Unterricht von mir weggesetzt. Bislang hatte wenigstens das immer eine Verbindung zwischen uns hergestellt, so unnahbar Nicole auch war, dass wir im Unterricht nebeneinander sitzen. Ich glaube, es liegt daran, dass ich keinen Freund habe. Noch nie einen hatte, um genau zu sein. Und dass sie mich deswegen gänzlich uninteressant findet. Ich glaube, die Kellerassel ist an mir interessiert, jedenfalls hat sie sich auf dem Schulhof ein paar Mal zu mir gesellt, ohne mir in die Augen sehen zu können, mit so einem unsteten Blick, immer haarscharf an meinen Augen vorbei, der mir fast ein bisschen unheimlich war. Eine Traube Mädchen aus meiner Klasse, allesamt blöde Kühe, brach daraufhin kollektiv in schallendes Gelächter aus. Ich bin vor Scham rot angelaufen und habe leise zu ihm gesagt, er soll sich verpissen.

Heute, an diesem kühlen, aber sonnigen Tag im Oktober – von der Sonne bekommt man im dämmerigen Schuppen natürlich nichts mit –, lässt sich Dominik herab und redet mit mir. Nicole wirft mir kleine Gift-Seitenblicke zu. Immerhin eine Reaktion von ihr. Dominik erzählt irgendetwas von zu Hause, macht sich über seine Eltern lustig, weil sie sich für vornehm halten. Er erwähnt das Mittagessen, das ihn morgen am Sonntag erwartet, holt die Flasche Apfelkorn und fordert mich auf, davon zu trinken. Man könnte die Flüssigkeit fast für Apfelsaft halten. Um mir keine Blöße zu geben, lange ich kräftig zu. Der Schnaps schmeckt widerlich und schießt mir heiß durch die Speiseröhre, aber das Gefühl, das er erzeugt, nachdem er im Magen angekommen ist, ist durchaus angenehm. Das Mittagessen am Sonntag ist eine Qual, sagt Dominik. Immer das Gleiche. An allen Sonntagen im Jahr. Vier Jahreszeiten. – Allerdings sagt er nicht vier Jahreszeiten, sondern *quattro stagioni*, was ich total affig finde, mich gleichzeitig aber auch so beeindruckt, dass ich nichts erwidern kann. Bislang habe ich das immer für Pizza gehalten, das würde auch zum Mittagessen passen. Redet Dominik über Pizza? Aber sonntags Pizza zu essen, ist doch nicht vornehm?

»Meinst du Pizza?«, sage ich und bin auch noch so blöd, den Belag hinterherzuschieben, stolz, dass ich ihn auswendig weiß: »Artischocken, Paprika, Pilze, Schinken.«

»Artischocken?«, sagt er. »Pizza?« Er sieht mich einen Moment verständnislos an und beginnt dann, kreischend zu lachen. »Nein, keine Pizza, Schätzchen. Keine Artischocken und Paprika. Dur und Moll. Drei Sätze. Vivaldi. Vivaldi, schon mal gehört?«

Er lacht immer noch, kann gar nicht mehr aufhören. Dass Vivaldi kein Pizzabäcker ist, weiß sogar ich. Mein Gesicht wird tiefrot und so heiß, als würde es gleich platzen. Sonntags beim Mittagessen, sagt Dominik, als er sich wieder beruhigt hat, hören sie in seiner Familie immer die *quattro stagioni*. Und zwar stets die entsprechende Jahreszeit, passend zum Datum. Dann steht er auf, klopft mir auf die Schulter und geht zu der alten fleckigen Matratze, wo Nicole auf ihn wartet. Ich bleibe in meiner Ecke auf dem schmutzstarrenden Fußboden sitzen. Ich bin immer noch rot im Gesicht, ich spüre es. Gut, dass man hier nicht so viel sieht. Dominik und Nicole knutschen erst eine Weile auf der Matratze, dann flüstern sie miteinander und lachen. Ich höre mehrfach das Wort »Pizza«. Es ist eindeutig, worüber sie lachen.

Ich habe mich wohl zu früh gefreut, gehöre doch nicht dazu. Die Flasche Apfelkorn kreist wieder. Inzwischen ist sie fast leer. Der Junge, der sie mitgebracht hat, ein Freund von Dominik, das weiß ich vom Schulhof, zieht eine zweite aus seinem Rucksack. Die Stimmung wandelt sich unmerklich. Alle werden immer lauter. Es riecht anders. Oder vielleicht riecht es gar nicht anders, sondern einer der vorhandenen Gerüche hat sich verstärkt. Erregung. Bösartige Erregung. Dominiks Freund, der den Schnaps mitgebracht hat, steht auf und setzt sich direkt vor mir auf den Fußboden. Er stößt mit seinen Beinen gegen meine Knie und ist so nah, dass es unangenehm ist. Ich will zurückweichen, doch dafür ist kein Platz, weil ich bereits direkt an der schimmeligen Wand sitze.

»Hier, trink«, sagt er aggressiv und setzt mir die volle Flasche an die Lippen. Als ich meine Lippen nicht wie befohlen öffne, drückt er mit der freien Hand mein Kinn nach oben und rammt mir den Flaschenhals brutal in den Mund, sodass ich schlucken muss, wenn ich verhindern will, dass alles auf meinen Pullover läuft, und ich denke an meine Mutter und was sie zu einem schnapsbesudelten Pullover sagen würde, selbst jetzt denke ich an meine Mutter.

Ich kann mir vorstellen, wie es aussieht, nicht nur brutal, sondern auch obszön, und die anderen finden das auch, denn jemand ruft laut: »Ja, los! Los, fick sie! Fick sie richtig durch!«

Er hört erst auf, als ich anfange zu husten und zu

spucken, und gönnt mir eine kurze Verschnaufpause. Eine sehr kurze. Dann wiederholt er das Ganze. Ich merke, wie jetzt doch etwas von der brennenden, apfelsaftfarbenen Flüssigkeit auf meinen Pullover tropft. Meine Mutter wird es riechen und sehen und mich umbringen. Im Hintergrund höre ich Gelächter. Der ganze Schuppen ist angefüllt mit hässlichem Gelächter. Dann bin ich von allen umringt. Sie stehen im Halbkreis hinter dem Jungen, der noch immer die Flasche in der Hand hält, und sehen auf mich herunter. Nicole steht ganz vorne. Was passiert jetzt? Wenn ich noch mehr davon trinken muss, werde ich kotzen. Nicole lacht am lautesten und legt zwischendurch, wie ein kleines Mädchen, das beschützt werden will, den Kopf auf Dominiks Schulter. Dominik nimmt seinem Freund die Flasche aus der Hand, die wieder die Runde macht. Sein Freund drückt meine Schultern nach unten, wobei ich mir den Kopf an der schimmeligen Wand stoße, und ich liege auf dem schmutzstarrenden Boden. Ungeschickt fummelt er an meinem Hosenknopf und dem Reißverschluss herum, schafft es schließlich, beides zu öffnen, und zieht mir mit einem Ruck die Jeans nach unten. Ich denke an die Schulhofquälereien, als ein paar ältere Jungen mich wochen-, wenn nicht monatelang in fast jeder Pause bedrängt haben. Ich dachte, diese Zeit wäre endgültig vorbei. Meine Beine sind weiß wie Maden und nicht ganz dünn, sie haben Ähnlichkeit mit Gewürzgurken aus dem Glas. Irgendjemand sagt »Fettarsch«, und alle lachen.

212

»Was hast du denn da an?«, sagt Dominiks Freund. Er meint meine Unterhose. »Die hat dir bestimmt deine Mutter gekauft, oder?«

Meine Unterhose hat mir tatsächlich meine Mutter ausgesucht und gekauft. Es ist ein peinliches Kleidungsstück aus weißer Baumwolle, hüfthoch und mit tiefem Beinausschnitt. Meine Mutter nennt es »Schlüpfer«. Ich liege auf dem Rücken, bin wie gelähmt. Ich befürchte das Schlimmste. Das Aller-schlimmste. Ich schließe die Augen. Wenn mich das Allerschlimmste erwartet, will ich es nicht auch noch sehen müssen. Und als ich kurz darauf die Augen wieder öffne, sehe ich direkt vor mir keine Schnaps-flasche mehr, sondern einen Edding. Schwarz. Sehr breit. Sie sitzen jetzt alle vor mir und neben mir, Nicole, ein anderes Mädchen, das ich schon immer bösartig fand, Dominik, Dominiks Freund und noch zwei weitere Jungen.

»Wer will zuerst?«, fragt Dominiks Freund.

Nicole nimmt ihm den Edding aus der Hand, öffnet die Kappe und schreibt etwas quer über mei-nen Oberschenkel. Später werde ich sehen, dass es sich um »schwule Sau« handelt. Im heruntergekom-menen Schuppen riecht es nach Schimmel. Nach Erde. Nach Schweiß, Alkohol und Angst. Der Angst-geruch kommt von mir selbst. Und es riecht nach Filzstift und bösartiger Erregung. Der Edding macht nun die Runde wie sonst die Joints, jeder will mal, sie bekritzeln meine Oberschenkel, die Waden, die Schienbeine, meinen Bauch. Und die weiße Baum-

213

wolle meiner peinlichen Unterhose. Ich weiß nicht, ob sie einfach nicht daran denken, mir die Unterhose auszuziehen, oder ob es doch ein Schritt zu viel für sie ist. Sie fassen alle an meinen nackten, weißen, zu dicken Beinen herum, von außen könnte es auch so aussehen wie eine Orgie. Ich denke an *In der Strafkolonie* von Franz Kafka, das haben wir neulich in Deutsch besprochen. In der Geschichte wird den Verurteilten das Gebot, gegen das sie verstoßen haben, blutig in den Körper geritzt, immer tiefer und ganz langsam, bis sie nach stundenlanger Qual am Ende tot sind.

»Ich bin ein großer Künstler«, sagt einer der Jungen. Dann haben sie plötzlich genug.

»Sollen wir noch was anderes mit ihr veranstalten?«, fragt jemand. »Was meint ihr?«

»Lasst gut sein.« Das ist Nicoles Stimme. »Guckt euch das Häufchen Elend doch mal an.«

Sie ziehen sich zurück, ich liege jetzt allein vor der Wand. Das Ganze hat nicht zwölf Stunden gedauert wie in Kafkas Strafkolonie, obwohl es mir mindestens genauso lang vorkam, und meine Haut ist nicht eingeritzt und blutig, sondern mit schwarzem Filzstift beschmiert, der sich nur schwer wieder entfernen lässt, wie ich aus Erfahrung weiß. Außerdem bin ich nicht tot. Obwohl tot sich wirklich nicht schlimmer anfühlen kann. Sie nehmen ihre Plätze ein, die alte Matratze, die klapprigen Stühle, und trinken weiter, als wäre ihnen das Spiel langweilig geworden. Mich beachten sie gar nicht mehr. Ich ziehe meine Jeans wieder an, nehme meinen Rucksack und verlasse den Schuppen. Ich denke, es ist das letzte Mal, dass ich hier bin, und weiß noch nicht, dass das nicht stimmt.

Draußen schiebe ich die verzogene Tür zu und renne los. Die Sonne ist verschwunden, es ist viel kühler geworden. Ich renne und renne, stolpere und stürze unterwegs, weil ich keinen Schnaps gewöhnt bin, und schürfe mir die Handflächen auf. Ich rappele mich hoch und renne weiter, bis zur Bushaltestelle. 1,5 Kilometer. Erst an der Bushaltestelle kommen mir die Tränen.

Im Bus fällt mir ein, dass ich mein Fahrrad vor dem Schuppen vergessen habe. Ich kann nicht zurück. Ich kann auf gar keinen Fall zurück.

Zu Hause habe ich Glück. So leise wie möglich schlüpfe ich in unsere Wohnung. Ohne meinen Eltern zu begegnen, gehe ich ins Badezimmer, schließe mich ein und stelle mich unter die Dusche. Auf meinen Beinen steht nichts Überraschendes, soweit ich erkennen kann: Schwule Sau, Fotze, Schlampe, Bitch, Fettarsch. Und Pizza. Auf meinen Bauch hat jemand einen Penis gemalt. Wahrscheinlich der große Künstler. Ich dusche lange. Ewig. Ich versuche, den schwarzen Edding von meiner Haut zu schrubben, was nicht leicht ist, nehme die Nagelbürste zu Hilfe, bis meine Haut an den Beinen und am Bauch rot und wund ist. Zwischendurch hämmert meine Mutter energisch gegen die Tür, es klingt so, als würde sie Koteletts klopfen, und ruft, ich solle nicht so lange duschen, das warme Wasser koste schließlich Geld.

Aber ich habe wieder Glück. Als ich aus dem Badezimmer komme, lässt sie mich in Ruhe, betrachtet mich nur misstrauisch. Meine Unterhose stopfe ich unter mein Kopfkissen, ich muss sie demnächst unbemerkt wegwerfen.

»Was hast du eigentlich so lange im Bad gemacht?«, fragt meine Mutter nach dem Abendessen, das mein Vater, sie und ich größtenteils schweigend vor dem Fernseher zu uns genommen haben.

»Nichts.«

»Wie, nichts?«

»Kann man hier nie seine Ruhe haben, ohne dass du alles kontrollieren musst?«

Später kann ich nicht einschlafen. Was ist mit meinem Fahrrad? Soll ich meiner Mutter sagen, es ist mir gestohlen worden? Ich höre sie schon, wie sie sagt: »So gehst du mit den Sachen um, für die dein Vater lange arbeiten muss.« Dass Nicole mich nicht liebt, okay, das ist wohl so und ich muss mich damit abfinden. Obwohl, ein kleines bisschen könnte sie mich doch lieben. Aber dass sie dabei mitmacht? Ich weiß nicht, wie ich ihr morgen unter die Augen treten soll. Ich weiß nicht, wie ich es schaffen soll, jemals wieder zur Schule zu gehen.

22
Mitte September

Eines Tages stand sie vor meiner Wohnungstür. Ich war gerade von der Arbeit nach Hause gekommen und kochte mir einen Tee. Hätte mir das jemand noch vor Kurzem prophezeit, aus dir wird bald eine Grün- und Kräuterteetrinkerin, ich hätte ihm nicht geglaubt.

»Die Haustür unten war offen«, sagte sie.

Als spielte das eine Rolle.

Sie musste sich mir nicht vorstellen. Sie hatte sich nicht verändert.

Ich wohnte seit Jahren nicht mehr in der Wohnung von damals, in der wir uns meistens getroffen hatten, und hatte keinen Schimmer, woher sie meine heutige Adresse kannte. Ich fragte sie nicht danach. Auch das spielte keine Rolle.

»Willst du mich nicht reinlassen?«

»Doch, sicher.«

Ich trat beiseite und ließ sie in meine Wohnung, obwohl ich im selben Moment dachte, dass es ein Fehler war. Ein großer Fehler. Sie fragte nicht, ob sie sich die Schuhe ausziehen solle oder sonst etwas, was höfliche Gäste vielleicht gefragt hätten. Sie war überhaupt nicht unsicher, aber das war sie noch nie gewesen.

Ich war unsicher. In meiner eigenen Wohnung.

»Hast du meine Mail bekommen?«, fragte sie und sah dabei so aus, als wäre sie unendlich stolz auf ihre kryptische Nachricht.

Ich nickte.

»Das war nicht besonders nett, mir nicht zu antworten«, sagte sie.

Obwohl sie dabei lächelte, klang es wie eine Drohung. Ich kannte mich mit ihren Gesichtsausdrücken nicht mehr aus und auch nicht mit ihrem Humor, falls sie welchen besaß. Und auf einmal war ich mir ganz sicher, dass mich tatsächlich jemand seit Wochen verfolgte, dass es kein Hirngespinst war, sondern real, aber warum war ich immer so selbstverständlich von einem Mann ausgegangen? Seit einigen Wochen achtete ich fast krankhaft auf alle Männer, die mich draußen schräg ansahen oder bei denen ich mir einbildete, dass sie es taten. Es stand in gar keinem Zusammenhang mit Zehlendorf und der Kleingartenkolonie Sonnenschein. Mich verfolgte kein Mann. Sondern sie. Frau Zucker.

Mit lässiger Selbstverständlichkeit, um die ich sie ein wenig beneidete – sie erinnerte mich an Nicole aus meiner Jugend –, spazierte Frau Zucker durch meine Wohnung, als hätten wir uns erst gestern gesehen, als lägen nicht so viele Jahre dazwischen. Sie sah sich Buchrücken und CDs an. Sie sagte Dinge wie »ach, das kenne ich« oder »dass du *so was* liest«

oder »deinen Musikgeschmack fand ich ja schon immer seltsam«. In der Küche öffnete sie Schränke und meinen Kühlschrank, dessen Inhalt sie etwas abfällig kommentierte.

»Willst du mir nichts anbieten?«, fragte sie. »Oder muss ich mir selbst Kaffee kochen?«

Wie gewünscht kochte ich Kaffee für sie. »Ach je, du hast immer noch so eine alte Maschine«, sagte sie, als müsste man mich deswegen bemitleiden. Sie stand neben mir, viel zu nah, wie ich fand, ich spürte ihren Oberarm an meinem. Nachdem der Kaffee durchgelaufen war, holte ich eine Tasse aus dem Schrank und goss ihr ein. Ich wusste sogar noch, dass sie ihn mit Milch trank, und mit wie viel. Kein Zucker. Früher hatte sie immer total albern gesagt: »Ich bin ja schon Zucker.«

Ich reichte ihr die Tasse.

»Warme Milch wäre wohl zu viel verlangt«, sagte sie.

Ja, das wäre in der Tat zu viel verlangt, dachte ich. Was wollte sie hier? Nach all den Jahren? Ich sah, dass sie ihren Ehering nicht mehr trug. Das wunderte mich nicht, und gleichzeitig wunderte es mich doch.

Wollte sie unsere kurze Affäre wiederaufleben lassen? Das konnte ich mir nicht vorstellen. Und so benahm sie sich auch nicht. Sie war nicht charmant, sondern unterschwellig feindselig. Wollte sie über Zucker, ihren Mann, reden? Nach so langer Zeit?

Sie war unverändert schön. Und sie machte mir Angst. Ich wusste nicht, wie ich sie loswerden sollte, als gehörten Sätze wie »ich möchte, dass du jetzt gehst« nicht mehr zu meinem Repertoire. Ich war überhaupt recht einsilbig. Sie füllte mit ihrer Anwesenheit den ganzen Raum aus. Vom Kaffee nippte sie nur. Wahrscheinlich war es unter ihrer Würde, schnöden Filterkaffee zu trinken, noch dazu mit kalter, nicht aufgeschäumter Milch. Ich fühlte mich wie ein Häschen. Ich trank meinen Gute-Laune-Kräutertee, der mir keine gute Laune bereitete, und Frau Zucker fragte: »Kein Kaffee? Was ist denn mit dir los? Früher hast du andauernd Kaffee getrunken.«

Ich murmelte etwas davon, dass ich ihn nicht mehr so gut vertragen würde, und bat sie von der Küche ins Wohnzimmer, wobei »bitten« das falsche Wort war, so selbstverständlich, wie sie sich in meiner Wohnung bewegte.

Vor ein paar Tagen hatte ich Frau Zucker in der Kassenschlange im Biosupermarkt zu sehen geglaubt, als ich gerade den Laden betrat. Ich drehte mich noch einmal zu ihr um, und sie war verschwunden. Ich hatte sie seit so vielen Jahren nicht mehr gesehen, das letzte Mal vor der Zeit mit Becky, und die war auch längst vorbei. Ich legte wirklich keinen Wert auf Geister aus der Vergangenheit. Weder aus der ganz frühen noch aus der jüngeren.

Frau Zucker saß inzwischen auf meinem Sofa. Ich hatte sie nicht eingeladen, dort Platz zu nehmen, aber das war auch gar nicht nötig gewesen. Das Sofa war ganz neu. Hellgrau und sehr schön. Das teuerste Möbelstück meiner gesamten Wohnung. Als es geliefert wurde, hatte ich mir nicht vorgestellt, dass wenig später ausgerechnet Frau Zucker dort sitzen würde. Ich wollte nicht neben ihr sitzen und holte mir einen Stuhl.

Sie stellte den kaum angerührten Kaffee auf dem kleinen Tisch neben dem Sofa ab und sagte: »Ich glaube, ich will doch keinen Kaffee. Lieber einen Wein. Rot, wenn es keine Umstände macht.«

Folgsam trottete ich zurück in die Küche. Ich hatte tatsächlich zwei Flaschen Rotwein da. Aber ob sie ihren Ansprüchen genügen würden? Zucker und Frau Zucker hatten auf viel größerem Fuß gelebt als ich und es auch immer deutlich gezeigt. Ihrer Kleidung nach zu urteilen hatte sich daran nichts geändert. Wahrscheinlich parkte hier irgendwo in meiner Gegend ein schwarzer SUV, mit dem sie gekommen war. Sicher nicht mit der U-Bahn. Ich erinnerte mich sogar noch daran, dass Zucker und Frau Zucker immer Barolo tranken, der mir bis heute zu teuer war.

Ich stand in meiner Küche herum und ließ mir Zeit mit dem Öffnen des Rotweins. Von Aldi, das würde ihr nicht gefallen. Etwas Dunkles lauerte in ihr. Etwas Dunkles, das ich nie hatte benennen können und das sie wie eine Aura umgab. Damals hatte es mich instinktiv Abstand zu ihr halten lassen. Mit ihr zusammenzuleben, wie sie es sich eine Weile gewünscht hatte, wäre das Letzte gewesen, was ich wollte. Was wollte sie nach all den Jahren von mir? Warum saß sie auf meinem neuen Sofa? Und vor allem – warum schaffte ich es nicht, sie wieder loszuwerden? Und war in den letzten Wochen, als ich felsenfest davon überzeugt war, von mittelalten Männern in abgewetzten Jacken verfolgt zu werden, in Wahrheit immer sie hinter mir her gewesen?

»Oh, da ist mir wohl ein kleines Missgeschick passiert«, sagte Frau Zucker, als ich mit zwei Gläsern Rotwein ins Wohnzimmer kam. »Tut mir leid. Aber das kann man ja bestimmt reinigen lassen.«

Ich wusste zuerst nicht, wovon sie sprach. Bis ich es sah. Auf meinem neuen hellgrauen Sofa, dem teuersten Möbelstück meiner ganzen Wohnung, prangte ein hässlicher brauner Kaffeefleck. Die Tasse auf dem kleinen Tisch war leer.

Ich stellte die Rotweingläser ab und ging ins Badezimmer, um einen feuchten Lappen zu holen. Anschließend kniete ich vor dem Sofa und wischte verbissen an dem Kaffeefleck herum. Es fühlte sich nicht richtig an, vor Frau Zucker zu knien, außerdem hatte ich das Gefühl, dass das Herumwischen nicht das Geringste bewirkte. Sie machte keine Anstalten, mir behilflich zu sein.

Stattdessen sagte sie plötzlich: »Ich habe alte Korrespondenz von Thomas gefunden. Briefe und Mails.«

Thomas? Von wem sprach sie?

»Thomas hat ja alles aufbewahrt«, sagte sie. »Eigentlich interessiert mich seine Korrespondenz nicht besonders, aber in diesem Fall … die letzte Mail ist vom fünften Januar. Fünfter Januar, du weißt, in welchem Jahr, oder? Ja, das weißt du sehr gut. Ich habe

den Keller ausgemistet, weil ich demnächst umzie-
he, und so habe ich es erst jetzt gefunden. Er hat dir
wohl ziemlich oft geschrieben, oder?«

Sein Vorname war mir so wenig präsent, dass
ich erst einige Sekunden später darauf kam, wen sie
meinte. Zucker. Thomas Zucker, ihren Mann. Ja,
eine Weile hatte er mir oft geschrieben, aber auch das
lag schon etliche Jahre zurück. Ich hatte nicht damit
gerechnet, dass er seine hasserfüllten Briefe an mich
abgespeichert hatte, und bis vor Kurzem wäre es mir
auch noch egal gewesen.

»Und ihr wart verabredet«, sagte Frau Zucker.
»Ihr habt euch gesehen. Am fünften Januar. Klingelt's
da bei dir?«

Ich wollte nicht länger vor ihr knien und stand
auf. Ich wollte überhaupt nicht mehr mit ihr reden,
sie nicht in meiner Wohnung haben. Wegen des Kaf-
feeflecks auf meinem neuen Sofa hätte ich heulen
können. Er würde mich nun immer an sie erinnern.

»Ich will, dass du jetzt gehst«, sagte ich, klang
aber nicht besonders überzeugend.

»Was? Jetzt schon?« Frau Zucker griff nach einem
der Rotweingläser. »Ach komm, wir haben uns doch
ewig nicht gesehen. Es gibt so viel zu erzählen, findest du nicht? Und wir haben doch gerade erst angefangen. Komm, lass uns anstoßen.«

Widerwillig nahm ich das andere Glas. Ich hatte
es versucht, aber sie blieb einfach sitzen. Was sollte
ich noch tun? Sie nach draußen zerren? Würde mir
das überhaupt gelingen? Damals hatte sie Sport ge-

223

trieben. Das tat sie bestimmt immer noch. Die Polizei anrufen?

Sie stieß ihr Glas gegen meins, viel zu fest und zu laut. »Auf unser Wiedersehen«, sagte sie.

Sie war schon damals von einer unerschütterlichen Beharrlichkeit gewesen. Sie hatte mich ständig angerufen, wenn Zucker bei der Arbeit oder beruflich verreist war. Angeblich hatte sie sogar schon begonnen, nach einer gemeinsamen Wohnung für uns beide zu suchen, obwohl ich von Anfang an klargestellt hatte, dass es für mich nicht infrage kam. Immer, wenn ich dies äußerte, weinte sie zuerst, schrie dann und zerschlug zuletzt Gläser und Tassen in meiner damaligen Wohnung. Insofern wunderte mich der vergossene Kaffee nicht besonders. Mein schönes neues Sofa.

Sie trank ihr Glas in Windeseile aus und verlangte nach einem zweiten. Ich ging in die Küche, holte die Flasche und schenkte ihr nach.

»Du hättest mir ruhig sagen können, dass du mit Thomas verabredet warst«, sagte Frau Zucker. »Damals. Und auch noch an so einem merkwürdigen Ort. Ein S-Bahnhof. Ich meine, es war doch Januar. Es muss schon dunkel gewesen sein. Es war kalt, daran erinnere ich mich noch gut, unter null Grad. Nicht gerade ein gemütlicher Ort, würde ich meinen. Und wieso überhaupt S-Bahn, Thomas fuhr nie mit der S-Bahn. Fast wie in so einem alten Agentenfilm.« Sie lachte, trank auch das zweite Glas leer und schenkte sich selbst nach. Entweder hatte Aldiwein es nicht anders verdient, als schnell heruntergekippt

zu werden, oder sie war doch nervöser, als es den An-
schein hatte. »Man könnte ja fast denken, du hättest
was mit ihm gehabt und nicht mit mir«, sagte sie.
»Hattest du aber nicht, oder?«

Zucker und ich? Ich musste mich beherrschen,
um nicht laut zu lachen. Frau Zucker hielt ihren
Mann offenbar für unwiderstehlich. Ich hatte keine Lust, ihr erneut zu erzählen, dass ich schon früh
Frauen bevorzugte. Das hatten wir doch alles schon
hinter uns. Vor so vielen Jahren. Ich hatte keine Lust,
mit ihr zu reden, schon gar nicht über ihren Mann.
An Zucker hatte ich seit Jahren nicht mehr gedacht –
mit Ausnahme der letzten Wochen –, und dabei sollte es auch bleiben. Ich wollte, dass sie verschwand.
Aber sie schien es sich gerade gemütlich zu machen
und nicht daran zu denken.

Wir schwiegen eine Weile. Frau Zucker sah sich
wieder in meinem Wohnzimmer um. Ich verfolgte ihren Blick, an welchen Details er länger haften
blieb, unverfroren neugierig. Als würden ihre Augen
alles anfassen. Am besten putzte ich die Wohnung,
wenn sie gegangen war. Wenn sie endlich gegangen
war.

»Ich glaube, du willst gar nicht mit mir reden,
kann das sein?«, sagte Frau Zucker. »Na ja, wir haben
ja genug Zeit. Wir haben so viel Zeit. Muss ja nicht
heute sein. Ich habe dich im Visier, nur, dass du es
weißt.«

Sie griff nach der Weinflasche, und ich war mir
sicher, dass sie sich wieder nachschenken wollte. Ich

hatte meinen Wein kaum angerührt. Aber statt sich nachzuschenken, drehte Frau Zucker die halbvolle Flasche um, genau über meinem neuen hellgrauen Sofa. Es gluckerte, als die rote Flüssigkeit herauslief, und Frau Zucker lächelte mich gleichzeitig provozierend und verführerisch und diabolisch an. Alles auf einmal. Ich hätte es vielleicht noch aufhalten können, aber wer rechnete schon mit so etwas? Der Wein spritzte auf das Sofa und drang sofort in den Stoff ein. Frau Zucker hatte sich eine Stelle direkt neben dem Kaffeefleck ausgesucht.

Dann stellte sie die Flasche ganz ruhig zurück, stand auf, strich sich die Jacke glatt, die sie gar nicht ausgezogen hatte, und nahm ihre Tasche, die sehr groß war und überdies schwer zu sein schien, wie mir jetzt erst auffiel.

»Du musst mir kein Taxi rufen«, sagte sie, beugte sich über mich und strich mir ganz zart über die Wange. Diese Berührung versetzte mir einen kleinen elektrischen Schlag. »Bis bald, Honey.«

23
Mitte September

Einige Tage nach dem unverhofften und vor allem höchst unerfreulichen Besuch von Frau Zucker kam ich von der Arbeit nach Hause, in Gedanken ausnahmsweise nicht bei irgendwelchen Gestalten, die mich verfolgten, sondern bei meinem neuen Sofa. Es sah jetzt gar nicht mehr neu aus. Alle Hausfrauentricks, die ich angewendet hatte, nachdem Frau Zucker endlich gegangen war, hatten nichts genützt. Rotwein war Rotwein, und er verschwand einfach nicht, so viel Salz ich auch auf den Fleck schüttete. Genauso, wie manches andere im Leben offenbar nicht verschwand. Den braunen Kaffeefleck hatte ich durch meine Aktion mit dem Lappen bloß verwischt, er war weiterhin sichtbar.

Ich dachte an die beiden Flecken, das ruinierte Sofa, an Frau Zucker und schloss meine Wohnungstür auf. Sie war nur zugezogen. Ich schloss normalerweise zweimal ab, wenn ich die Wohnung verließ. Immer. Hatte ich es am Morgen vergessen? Ich konnte mich nicht mehr erinnern. Ganz ausschließen konnte ich es allerdings nicht, denn nach stundenlangem Wachliegen und anschließenden wirren Träumen von

Bahnhöfen und Schienen hatte ich verschlafen und überstürzt die Wohnung verlassen.

Als ich meine Wohnung betrat, sah alles so aus wie immer. Kaffee- und Rotweinfleck auf dem Sofa waren während meiner Abwesenheit leider nicht verschwunden. Oh, ich hasste Frau Zucker! Sie war ja schon damals seltsam gewesen. Ich ging durch alle Räume, denn ich wunderte mich immer noch über die nicht abgeschlossene Tür und meine Nachlässigkeit am Morgen, die gar nicht zu mir passte. Mein Bett war genauso ungemacht, wie ich es verlassen hatte. Bei seinem Anblick fiel mir sofort meine Mutter ein, als könnte sie alles sehen und überwachen, sogar in meiner Wohnung in Berlin. Für meine Mutter war ein ungemachtes Bett gleichbedeutend mit Verwahrlosung. Ich musste sie anrufen.

Du hast sie schon seit Tagen nicht angerufen! Sie könnte tot in ihrem Haus liegen, und du würdest gar nichts davon mitbekommen.

Ich rufe sie nachher an.

Muss ich dich denn immer erst daran erinnern?

Ich kochte mir meinen gesunden Tee und setzte mich damit vor den Fernseher. Später Mutter anrufen, nicht jetzt sofort. Aber heute ganz sicher. Oder vielleicht auch erst morgen? Reichte das nicht? Spätestens morgen. Und als ich meinen Tee trank, fiel mir auf, dass mein Notebook fehlte. Ich hatte es seit Tagen nicht eingeschaltet, wusste aber, dass ich es zuletzt auf dem Esstisch gesehen hatte. Ich ging wieder durch alle Räume, sogar ins Badezimmer, wo ich den

Computer sicher nicht aufbewahrte, zog Schubladen auf und öffnete Schränke, aber mein Notebook fehlte. Und gleich darauf bemerkte ich, dass auch meine Spiegelreflexkamera nicht an ihrem Platz war. Alles in meiner Wohnung sah so aus, wie ich es zurückgelassen hatte, nichts war zur Seite geschoben. Das Sofa wies diese zwei hässlichen Flecken auf, deren Umrisse sich mir bereits eingeprägt hatten. Ich nahm auch keinen fremden Geruch wahr. Als wäre außer mir selbst niemand hier gewesen. Aber wo waren Notebook und Kamera?

Ich suchte insgesamt mehrere Stunden. So groß war meine Wohnung allerdings nicht, dass ich etwas in einem entlegenen Winkel hätte übersehen können. Ich sah überall nach, sogar auf dem Kleiderschrank und unter dem Bett. Jemand musste das Notebook und die Kamera gestohlen haben. Stand das in Zusammenhang mit der nicht abgeschlossenen Tür? Die Spiegelreflexkamera war teuer und recht neu. Um das Notebook hingegen war es nicht schade, es war alt und langsam, seit geraumer Zeit streikte der Buchstabe E, ausgerechnet das E, und ich plante ohnehin, mir ein neues anzuschaffen. Dass jemand dieses alte Ding gestohlen hatte. Unangenehm war nur, dass ich darauf eine Art Tagebuch führte, das jetzt irgendein Dieb lesen konnte. Falls er Deutsch verstand. Aber vermutlich interessierte sich niemand für mein langweiliges Tagebuch und mein Gejammer wegen Becky.

Ich vertraute meinem digitalen Tagebuch eine Menge an, schon seit Jahren, las das Geschriebene danach jedoch nie. Als könnte es wahr werden, wenn ich es noch einmal las. Und wenn ich es nicht las, blieb alles dort, wohin es gehörte: unter Verschluss. Wie Gläser mit eingekochtem Obst im dunklen Keller.

Zuerst dachte ich an Diebesbanden aus Osteuropa, über die man immer in der Zeitung las. Dann dachte ich an Frau Zucker. Aber wie sollte sie in meine Wohnung gelangt sein? Ich konnte sie mir einfach nicht dabei vorstellen, wie sie vor meiner Wohnungstür stand und mit einer EC-Karte herumfummelte oder sonst einem Werkzeug, um das Schloss zu knacken. Das passte nicht zu ihr. Sie war es gewohnt, dass Hindernisse ohne ihr Zutun beseitigt wurden. Ich überwand die Hindernisse selbst.

Ich inspizierte meine Wohnungstür und das Schloss gründlich. Nichts. Keine Einbruchsspuren. Ich als Dieb hätte den alten Computer ignoriert und stattdessen das Tivoli-Radio mitgenommen oder das bisschen Schmuck, das ich besaß. Tivoli-Radio und Schmuck waren noch da. Hätten Notebook und Kamera nicht gefehlt, wäre mir gar nicht aufgefallen, dass jemand in meiner Wohnung gewesen war.

In der Küche suchte ich nach den Sachen aus dem Sanitätshaus, die ich neulich für meine Mutter gekauft hatte. Würde jemand eine Leselupe stehlen? Ein Blutdruckmessgerät? Gott sei Dank, alles noch da. Das Zeug war teuer gewesen.

Ich gab die Hoffnung immer noch nicht auf, suchte ein drittes, viertes, fünftes und sechstes Mal. Im Flur setzte ich mich erneut vor den kleinen

Schrank, eher ein Nachtkästchen, in dem ich Mützen und Schals aufbewahrte. Das Notebook hätte gar nicht hineingepasst. Neben den Mützen und Schals befanden sich hier auch meine Ersatzschlüssel.

Ich riss alles aus dem Schrank, weil mich plötzlich eine Ahnung überkam, Mützen, Schals und Handschuhe, an die ich mich kaum noch erinnerte. Ich sollte mal aufräumen. Wie sieht's denn hier aus?, hörte ich meine Mutter sagen. Oder war es das schlechte Gewissen? Manchmal konnte ich sie gar nicht unterscheiden. Und dann, als der gesamte Inhalt des Schrankes vor mir auf dem Boden lag, wurde mir klar, dass auch meine Ersatzschlüssel fehlten.

Frau Zucker. Frau Zucker musste sie entwendet haben. Aber war sie denn allein in meinem Flur gewesen? Und hatte sie dem kleinen Schrank überhaupt Beachtung geschenkt?

Ich würde am nächsten Tag zur Polizei gehen und Anzeige gegen Unbekannt erstatten. Vielleicht würde ich auch nicht zur Polizei gehen. Wenn ich ihnen erklärte, dass ich meine Tür nur zugezogen und nicht abgeschlossen vorgefunden hatte, würden sie mir eine Predigt halten und mich der Fahrlässigkeit bezichtigen. Wer wie ich Tag für Tag – und sogar nachts – vom schlechten Gewissen geplagt war, hatte keine Lust auf eine weitere Predigt. Doch, ich würde morgen zur Polizei und ausnahmsweise nicht arbeiten gehen. Es musste sein. Ich würde im Schreibbüro anrufen und sagen, dass ich krank sei. Das erste Mal seit Jahren. Ich hatte mich im Schreibbüro noch nie krankgemeldet. Und vielleicht war ich ja auch wirklich krank. Wie war sonst dieser Tee zu erklären, den ich neuerdings statt Kaffee trank? Sollte ich nicht auch mein Schloss austauschen lassen, sicherheitshalber? Aber das war so teuer. Die Tasche, die Frau Zucker bei sich getragen hatte, fiel mir ein. Sie war sehr modisch und sehr groß gewesen.

Eines zumindest konnte ich heute schon tun. Das schlechte Gewissen besänftigen. Ich rief meine Mutter an und fand bereits das heldenhaft, noch bevor ich ein Wort mit ihr gesprochen hatte. Es klingelte und klingelte. Ich wusste, wie schlecht sie zu Fuß war und wie lange sie manchmal brauchte, um zum Telefon zu gelangen, je nachdem, wo es lag. Es klingelte. Vielleicht entledigte sie sich gerade einer vollgepissten Einlage. Oder war im Garten, um Rudolfines Arbeit zu kontrollieren. Um diese Zeit? Inzwischen war es längst dunkel. Ich legte auf und wartete ein paar Minuten. Dann rief ich erneut an.

Sie könnte gestürzt sein, sagte das schlechte Gewissen. *Und jetzt hilflos im Haus liegen, ohne das Telefon erreichen zu können.*

Hilflos. Dieses Wort konnte ich nicht ausstehen. Es klingelte und klingelte. Und dann, endlich, meldete sich meine Mutter.

»Ach, hört man auch mal wieder was von dir?«, sagte sie. So begrüßte sie mich meistens, wie auch früher schon mein Vater. Mein Vater hatte auch gern, je nach Uhrzeit, gesagt: »Na, bist du auch schon wach?« Als wäre ich eine ewige Bummelstudentin.

Wir hatten nie über den Vorfall im Badezimmer in Wattenscheid gesprochen. Natürlich nicht, in meiner Familie redete man nicht miteinander. Und es handelte sich ja auch um gar keinen *Vorfall*. Ich war auf einer nassen Stelle vor der Wanne ausgerutscht, hatte versucht, mich festzuhalten, und dabei die Beine meiner Mutter versehentlich nach oben gezogen. Das war die offizielle Lesart. Eine andere gab es nicht.

Ich erzählte meiner Mutter nichts von dem Einbruch in meine Wohnung. Ich versicherte ihr, dass ich die neuen Sachen aus dem Sanitätshaus am nächsten Tag zur Post bringen würde. Erst zur Post, dann zur Polizei. Meine Mutter klagte, wie dringend sie die Sachen benötige. Die beleuchtete Leselupe, zwei Stachelbälle, rot und gelb, in unterschiedlichen Größen, eine Bandage fürs Handgelenk und das neue Blutdruckmessgerät, weil sie mit dem alten nicht zurechtkam, es sich von mir aber auch nicht erklären lassen wollte.

24
September

Früher habe ich ja gerne gebadet. Herbert nicht.
Der wollte immer duschen. Deswegen haben wir ja
auch Wert darauf gelegt, beides zu haben, Badewanne und Dusche. Wanne, Dusche, Waschbecken und
Klo in Blau. Das war damals todschick. So lange
kommt es mir eigentlich noch gar nicht vor. Aber
jetzt kriegen mich keine zehn Pferde mehr in die
Badewanne!

Ich rede viel mit Herbert, als wäre er noch da.
Aber für mich ist er auch noch da. Herbert würde
nicht wollen, dass ich ausziehe, er würde sagen, dass
ich mich mit Händen und Füßen dagegen wehren
soll. Warum soll ich denn ausziehen? Bloß weil ich
nicht mehr so gut gehen kann? Das ist doch kein
Grund. Ich bin noch fit. Total fit. Wenn ich mich
mit der fetten Hedi vergleiche oder mit der Nachbarin, die ihre Sinne nicht mehr beisammen hat. Fürs
Essen reicht's aber wohl noch. Elisabeth will über
mich bestimmen, mir mein Leben aus der Hand
nehmen. Neulich hat sie sogar gesagt, früher hätten
wir über sie bestimmt und jetzt sei sie dran. »Früher

wusstest du immer, was gut für mich ist«, hat sie gesagt. »Heute ist es umgekehrt.« Und sie besaß die Frechheit, mir ins Gesicht zu sagen, das sei oft gar nicht gut für sie gewesen. Woher wollte sie das in dem Alter denn wissen?

Am liebsten würde sie mich entmündigen lassen, auch wenn sie es nicht ausspricht. Egbert ist ja ganz anders. Er drängt mich nicht so. Egbert fühlte ich mich immer schon näher als ihr. Vielleicht ist das ja auch schwierig mit so einem Nachzügler. Wir haben unser Haus damals so schön eingerichtet. Kommt mir vor wie gestern, dabei haben Herbert und ich hier eine wirklich lange Zeit verbracht. Die schönste Zeit unseres Lebens, weil beide Kinder ausgezogen waren. Die schlimmste Zeit meines Lebens, weil beide Kinder ausgezogen waren.

Wenn ich ausziehe, lande ich gleich auf dem Friedhof. Das habe ich Elisabeth neulich auch klargemacht. Dass sie immer wieder davon anfangen muss!

Elisabeth hat mich oft enttäuscht, das muss man mal deutlich sagen. Ich weiß nicht, ob sie das mit Absicht gemacht hat. Man will ja keinem was unterstellen, schon gar nicht der eigenen Tochter. Und wir waren auch nie befreundet so wie andere Mütter mit ihren Töchtern. Warum andere Mütter, ich aber nicht? Elisabeth war mir eigentlich schon früh fremd. Fing wohl mit dieser Phase an. Pubertät. Aber die soll nicht bei allen so schlimm sein, das habe ich gehört. Nur Elisabeth musste ja mit allem übertreiben. Damals, als dieser arme Junge gestorben ist, war sie so in sich gekehrt. Ich habe mir richtig Sorgen um sie gemacht. Sie war überhaupt nicht bereit, mit mir zu reden. *Lass mich in Ruhe! Du verstehst mich sowieso nicht! Lass mich in Ruhe!* Das waren ihre Worte. Was anderes habe ich von ihr nicht gehört. Da muss man als Mutter schon ein dickes Fell haben. Und dann hat sie sich in ihrem Zimmer verkrochen. Und diese laute Musik! Ich habe die Hausarbeit erledigt wie jeden Tag, die macht sich ja nicht von selbst, und mich gefragt, was sie in ihrem Zimmer wohl treibt. Wenn sie in der Schule war, habe ich ihr Zimmer geputzt, musste ja sein, wie es da immer aussah, und beim Putzen habe ich geguckt, was da so rumliegt. Vielleicht war sie in ihn verliebt. In diesen armen Jungen. Diese Gedichte, oder was das sein sollte, klangen danach. Es heißt ja, er hat sich umgebracht. In der Zeit wagte ich schon gar nicht mehr, Elisabeth zu fragen, weil ich wusste, was kommt: *Lass mich in Ruhe!* Es war diese Zeit, in der sie bei allem, was ich sagte, die Augen verdreht hat. Macht sie heute noch. Auch bei allem, was Herbert gesagt hat, aber nicht so deutlich. Bei mir nahm sie sich immer viel mehr raus. Mit der kann ich's ja machen, hat sie bestimmt gedacht. Man konnte gar nicht hingucken. Ständig diese Augenverdreherei. Und das Gesicht, das sie zog. Als würden wir sie anekeln. Als würden ihre Eltern sie anekeln, das muss man sich mal vorstellen. Kein Respekt. Das hätte ich mir mal bei meiner Mutter erlauben sollen. Ich weiß gar nicht mehr, wie der arme Junge hieß, aber Herbert und ich kannten ihn auch nicht. Er war nie bei uns zu Hause. Was nicht heißt, dass Elisabeth sich nicht sonst wo mit ihm getroffen hat. Sie hat sich ja dauernd irgendwo rumgetrieben.

Vielleicht ist alles deshalb so gekommen? Weil sie unglücklich in diesen Jungen verliebt war, wie hieß er denn noch, ich komme nicht darauf, und sie das ganz aus der Bahn geworfen hat? Vielleicht ist sie deshalb so eine geworden. Das war's wohl mit Enkeln. Sie braucht ja schon eine Lesebrille. Ich habe ja auch nichts dagegen. Wenn es die Tochter von jemand anderem wäre und nicht meine.

Ich weiß nicht, was das im Badezimmer war. Meine Hüfte tat mir so weh, das kann sich keiner vorstellen. Ich glaube, Elisabeth ist vor der Wanne ausgerutscht, so wie sie gesagt hat. Was sollte es sonst gewesen sein? Darüber will ich gar nicht mit Egbert sprechen. Ist ja auch nichts passiert. Davon muss er nichts wissen. Und Hedi auch nicht. Vielleicht erzähle ich es Herbert.

Neulich wollte Elisabeth doch tatsächlich meine Schlüpfer zum Trocknen im Garten aufhängen. Sie hat ganz ekelhafte Sachen zu mir gesagt, die ich nicht wiederholen möchte. Mir kommen jetzt noch die Tränen, wenn ich daran denke. Das ging doch nicht, die Schlüpfer im Garten, wo jeder sie sehen kann. Dass sie das einfach nicht kapiert hat!

Manchmal frage ich mich, ob sie gar kein schlechtes Gewissen hat, wenn sie wieder mit dem betreuten Wohnen anfängt. Betreutes Wohnen, dann bin ich doch gleich tot. Früher habe ich gern gebadet. Aber jetzt kriegen mich keine zehn Pferde mehr in die Wanne. Oder aus unserem Haus. Auch nicht Elisabeth.

25
Ende September

Susanne wunderte sich darüber, dass ich sie dauernd fragte, ob in Zehlendorf etwas passiert sei, ob sie von ungewöhnlichen Vorfällen gehört habe. Die Begriffe »Gewalt« und »Verbrechen« vermied ich dabei.

»Was soll denn hier passiert sein?«, fragte sie. »Und seit wann interessierst du dich so für Zehlendorf? Willst du aus Kreuzberg weg?«

Sie fing an, sich einen Spaß daraus zu machen, mir hin und wieder kleine Mitteilungen zu schicken, in der Art von: »Gestern gab es einen Auffahrunfall auf dem Teltower Damm« oder »Auf dem Dahlemer Weg ist ein betrunkener Radfahrer gestürzt«.

Noch immer war jene Nacht in Zehlendorf vor einigen Wochen, als ich glaubte, zufällig Zeugin einer Gewalttat geworden zu sein, der einzige Grund, der mir einfiel, warum mich jemand verfolgen könnte. – Oder Frau Zucker? – Ich redete mir zwar immer ein, wie abwegig das war – hätte mich der Mann tatsächlich bis zur S-Bahn verfolgt, und noch weiter, bis zu mir nach Hause, wäre doch längst etwas passiert, noch in dieser Nacht, und nicht erst Wochen später –, aber es nützte nichts; das Gefühl, dass ich draußen beobachtet wurde, dass mir jemand auf den Fersen war, blieb. Frau Zucker? Ich ging weniger nach draußen, was gar nicht meinem Naturell entsprach, vor allem jetzt im Spätsommer nicht. Es war noch einmal schön geworden, richtig warm. Ich wollte mir nicht eingestehen, wie sehr mich die Angst im Griff hatte und dass sie mich manches Mal davon abhielt, die Wohnung zu verlassen. Natürlich fuhr ich jeden Tag zur Arbeit wie sonst auch, korrigierte Texte, passable Texte, oftmals schlechte, selten gute. Ohne es dem jeweiligen Auftraggeber zu sagen oder im Text zu markieren, änderte ich hin und wieder ein Wort, schrieb eine Formulierung um. Bislang hatte sich noch keiner deswegen beschwert. Wahrscheinlich fiel es gar nicht auf.

Irgendwann, sagte ich mir, würde ich die Bedrohung, von der ich nicht einmal sagen konnte, ob es eine konkrete, reale Bedrohung war oder ein Hirngespinst, vergessen. Noch in diesem Jahr. Im Herbst. Spätestens Weihnachten. Weihnachten müsste ich zu meiner Mutter nach Wattenscheid fahren wie jedes Jahr. Je länger nichts geschah, desto mehr würde sich die Bedrohung abschwächen, bis am Schluss nichts mehr von ihr übrig wäre. Im Herbst. Spätestens Weihnachten. Das musste doch aufhören. Bisher hatte ich jede Bedrohung in meinem Leben irgendwann vergessen, sogar recht schnell, das konnte ich gut. Ich konnte schnell und überdies gründlich vergessen. Nicht nur Bedrohliches, sondern auch Unangenehmes jeglicher Art. Aber tat das nicht jeder Mensch?

Meine Bekanntschaft aus der Bar sah ich nicht wieder. Sie meldete sich nicht bei mir, was ich ihr nicht verdenken konnte. Wer wurde schon gern bezichtigt, ins Bett uriniert zu haben? Da ich viel seltener als früher das Haus verließ und mich nicht mehr oft verabredete, ging ich auch eine ganze Weile nicht mehr in die Bar.

Als einer meiner Arbeitskollegen seinen Geburtstag feierte, musste ich am Wochenende meine Wohnung verlassen. Er war der Gründer unseres Text- und Schreibbüros, und ich konnte nicht absagen. Ausgesucht hatte er sich ein Lokal in Friedrichshain, also fuhr ich mit der U1 durch Kreuzberg, über die Oberbaumbrücke bis zur Warschauer Straße und ging von da zu Fuß. Für einen Abend in Friedrichshain fühlte ich mich längst viel zu alt. Aber immerhin war es hier samstags so voll auf den Straßen, dass ich in der Menge unterging.

Der Geburtstag verlief harmonisch, doch ich war nicht bei der Sache, hörte meinen Kollegen gar nicht richtig zu, was an dem Mann lag, der etwas abseits allein saß und unseren Tisch beobachtete. Er sah die ganze Zeit zu uns und versuchte nicht einmal, es zu verbergen. Meinen Kollegen schien es nicht aufzufallen, und ich wollte es ihnen gegenüber nicht erwähnen. Wahrscheinlich hätten sie mich für überspannt gehalten. Sie fanden mich in letzter Zeit sowieso seltsam, auch wenn sie es nicht sagten. Dieses Starren machte mich nervös, und so verabschiedete ich mich gegen elf mit der Begründung, ich hätte mir wohl eine Erkältung eingefangen. Alle wünschten mir gute Besserung. »Bis Montag.« – »Ja, bis Montag.«

Ich ging die Strecke zurück zur U-Bahnstation Warschauer Straße. Partyhungrige Berlintouristen bevölkerten die Straßen. Sie alle erschienen mir nicht älter als höchstens Mitte zwanzig. Die U-Bahn kam bald und war nur mäßig voll, was an der falschen Richtung lag. Alle strebten nach Friedrichshain. Ich setzte mich und schloss für einen Moment die Augen. Ich hatte so überzeugend die nahende Erkältung geschildert, dass ich mir nun Kopfschmerzen und ein Kratzen im Hals einbildete.

Ich öffnete die Augen erst wieder, als die U-Bahn bereits die Oberbaumbrücke passierte und ich etwas Warmes am Oberschenkel spürte. Zuerst dachte ich: Ein Hund. Oder ein Kind. Irgendein Wesen, das noch nichts über Distanz gelernt hatte. Dann sah ich, dass es ein Mann in meinem Alter war. Er saß so dicht neben mir, obwohl genügend Platz vorhanden war, dass sich sein Schenkel gegen meinen drückte. Automatisch rückte ich zur Seite. Auch das noch. Ich wollte eine friedliche Heimfahrt. Ich wollte nicht die ganze Zeit auf der Hut sein, das erschöpfte mich. Reichte es nicht schon, wie sehr meine Mutter mich erschöpfte? Ich drehte vorsichtig den Kopf. Der Mann sah ein bisschen abgerissen aus, soweit ich das von der Seite beurteilen konnte. Zu genau wollte ich ihn nicht betrachten, vor allem keinen Blickkontakt herstellen. Ihn bloß nicht ermuntern. Seltsamerweise hatte ich

242

in diesem Moment gar keine Angst. Ich brachte den Mann nicht mit meinem – eingebildeten oder realen – Verfolger in Verbindung, sondern war mir sicher, dass es sich um einen Verrückten oder zumindest Halbverrückten handelte. Um einen dieser Fälle, bei denen man den U-Bahnwagen wechseln sollte. Einer der Sorte, bei denen alle zur Seite blickten, auf ihr Handy, in ein Buch, und möglichst unbeteiligt taten, damit seine Aufmerksamkeit bloß nicht auf sie gelenkt wurde.

Dass ich von ihm abgerückt war, hatte zur Folge, dass er mir wieder näher kam und ich erneut seinen Schenkel an meinem spürte. Das war unangenehm. Vor allem unangenehm intim. Die U-Bahn fuhr durch Kreuzberg, erreichte das Kottbusser Tor, den Görlitzer Bahnhof. Sie kam mir unvorstellbar langsam vor, als würde sie im Kriechtempo fahren. Ich saß völlig verkrampft auf meinem Platz. Wenn ich jetzt aufstand, würde es diesen Mann wahrscheinlich nur zu weiteren Schritten anstacheln. Wie immer die aussahen. Prinzenstraße. Hallesches Tor. Inzwischen saß ich am äußersten Rand. Am Halleschen Tor fasste ich einen Plan. Als der Zug am Bahnhof Möckernbrücke hielt, alle Fahrgäste aus- und die neuen bereits eingestiegen waren, sprang ich von meinem Sitz und quetschte mich in letzter Sekunde durch die Türen. Rolltreppe nach unten. Nicht umdrehen. Ich musste eigentlich umsteigen und eine Station weiterfahren, entschloss mich aber, den Rest stattdessen zu Fuß zu gehen.

Ich ging sehr schnell. Nicht umdrehen. Nach Verlassen des U-Bahnhofs rannte ich. Nicht umdrehen! Ich rannte noch ein Stück, über rote Ampeln, ohne auf die Autos zu achten, und dann verlangsamte ich meinen Schritt, um wieder zu Atem zu kommen. Ich war Rennen nicht gewöhnt. Ich überlegte, ob ich nicht besser das Fahrrad genommen hätte. Ob ich mir doch ein Auto anschaffen sollte, was ich bisher immer für überflüssig gehalten hatte und für ökologisch verwerflich. Ich müsste dann nicht mehr ständig auf verdächtige Personen in U-Bahnen achten. Ich kam auf den irrigen Gedanken, das alles geschah wegen meiner Mutter. Als eine Art göttliche Strafe. Wegen der Badewanne. Weil ich »ausgerutscht« war, wie ich mir beharrlich einzureden versuchte. So lange, bis ich es eines Tages selbst glauben würde. Eines Tages, wenn sie vielleicht friedlich und an Altersschwäche starb und ich aufrichtig um sie trauerte.

Auf der Höhe der Blücherstraße, als sich mein Atem wieder normalisiert hatte, meldete sich das schlechte Gewissen zu Wort, das den ganzen Abend stumm geblieben war.

Heute schon an mich gedacht?

Ich denke jeden Tag an dich, du Zicke! Du Terroristin!

Na, na, bitte nicht in diesem Ton. Du musst übrigens deine Mutter anrufen.

Schon wieder? Nächste Woche reicht auch noch. Gleich am Montag.

244

Wenn du Montag sagst, wird es garantiert erst Donnerstag oder Freitag. Das kennen wir doch schon von dir. Am Wochenende ist deine Mutter besonders einsam.

Davon will ich gar nichts hören. Ich halte mir die Ohren zu, siehst du, und dann höre ich es nicht. Kannst du mich nicht endlich in Ruhe lassen?

Du wirst mich nicht los, das weißt du doch. Und dir die Ohren zuzuhalten, bringt gar nichts. Du hörst mich trotzdem.

Ich kann dich nicht leiden. Du machst mich krank. Und ich finde, wir sollten uns in Zukunft siezen.

Siezen? Dass ich nicht lache. Wie kommst du denn auf so was? Ich bin dir näher als irgendwer sonst. Wir sind uns näher als Liebende. Füreinander bestimmt. Hast du dein verachtenswertes, unaussprechliches Vorhaben eigentlich vergessen?

Natürlich hatte ich mein unaussprechliches Vorhaben nicht vergessen. Was ich im Badezimmer in Wattenscheid zu tun beabsichtigt, aber nicht zu Ende gebracht hatte. Aus Feigheit. Aus Mitleid. Weil ich zivilisiert und friedfertig war. – Ich konnte den Grund gar nicht benennen, der mich davon abgehalten hatte, diese Grenze zu überschreiten. Das altvertraute Stechen unter dem linken Schulterblatt setzte ein, als ich in die dunkle Baruther Straße einbog, links der Friedhof, rechts eine Kindertagesstätte, und auf einmal war ich so entsetzt über das, was ich im Badezimmer meiner Mutter mit ihr hatte tun wollen, so fassungslos, dass mir die Tränen kamen. Und gleich darauf stieg eine gewaltige Übelkeit in mir auf. Sie überrollte mich. Sie kam so schnell, dass ich mich auf der Straße übergab. Das Essen aus dem Lokal in Friedrichshain platschte spritzend auf den Boden, ich würgte und spuckte und hustete und heulte noch mehr. Ein junges Paar mit Bierflaschen in der Hand kam mir entgegen. Sie machten einen Bogen um mich und sahen mich voller Ekel an.

Ich kramte ein Taschentuch hervor und wischte mir den Mund ab. Ich wollte nichts anderes als sofort nach Hause, ohne weiteren Menschen zu begegnen. Ich wollte ins Bett. Ich wollte das schlechte Gewissen nicht mehr in meinem Kopf hören. Es sollte endlich Ruhe geben. Eilig ging ich weiter, bis plötzlich jemand von hinten brutal an meinem Arm riss und mich so zum Stehenbleiben zwang.

Ich drehte mich um. Vor mir stand der Mann aus der U-Bahn, mit dessen Oberschenkel ich bereits Bekanntschaft gemacht hatte. Er hatte ein eigentümliches Funkeln in den Augen, lächelte und hielt noch immer meinen Arm fest umklammert.

»Hallo Lissi«, sagte er. »Geht's dir nicht gut?«

26
Ende September

Nach der Beerdigung seines Vaters Anfang August hatte Martin zwei Nächte in dem Haus verbracht, das genauso alt geworden war wie seine Mutter.

Dann fuhr er wieder zurück. Zwei Nächte reichten, fand er. »Die Arbeit ruft«, begründete er seine frühe Abreise. Offenbar war er jetzt schon so weit gesundet, dass er problemlos lügen, anderen etwas vormachen konnte, das, was Leute andauernd taten.

»Was du arbeitest, habe ich ja sowieso nicht verstanden«, sagte seine Mutter, und er klärte sie auch nicht darüber auf. »Kauf dir mal was Neues zum Anziehen«, sagte sie auch noch und drückte ihm zweihundert Euro in die Hand, ein Hunderter, zwei Fünfziger. Er wollte sie erst nicht annehmen, aber ihm war klar, wie gut er sie gebrauchen konnte. Seine Mutter machte nicht den Eindruck, als wäre sie allzu traurig über seine Abreise, und sie sagte auch nicht »bis zum nächsten Mal« oder »komm bald wieder«.

In den Zug zurück nach Berlin zu steigen, fiel ihm schon viel leichter. Wie es aussah, wurde es jetzt von Tag zu Tag besser. Er erinnerte sich an Olivers

Worte: *Dein Kopf ist dein Gefängnis.* »Du hast eine ausgewachsene Sozialphobie«, hatte er auch noch gesagt.

Sie sprachen nie über Martins Bruder. Er nicht, seine Schwester nicht, und auch Martins jetzt toter Vater hatte es nie getan. Nur seine Mutter hielt sich nicht an die unausgesprochene Abmachung. Sie sprach über Dominik. Ständig. Bis heute. Und Martin zog dabei immer den Kürzeren.

Eigentlich hatte er Dominiks Tod gar nicht so schlecht gefunden. Wahrscheinlich war er damals aber auch zu jung gewesen, um den Tod und seine Endgültigkeit zu begreifen. Damals, mit fünfzehn, fand Martin, dass ein großes Theater darum gemacht wurde, alle Verwandten kamen, sogar die, mit denen die Familie kaum etwas zu tun hatte, krochen aus ihren Ecken hervor, und die Frauen, all die Tanten und angeheirateten Tanten und die Cousinen wetteiferten darum, wer am ausgiebigsten weinte. Martins Mutter blieb die uneingeschränkte Siegerin, sosehr sich die anderen auch anstrengten.

»Du weinst ja gar nicht«, zischte seine Mutter ihm bei Dominiks Beerdigung zu, »wieso weinst du nicht um deinen Bruder?«

Es klang so wie: Los, gib dir Mühe, warum bist du eine einzige Enttäuschung?

Dominik war schon immer der beliebtere Sohn gewesen, es war so, als hätte Martin neben ihm gar keinen Platz gehabt. Und nun hätte er endlich Platz. Hätte Platz haben sollen. Bis er erkennen musste, dass Dominik nach seinem Tod mitnichten tot war. Im Gegenteil. Er war lebendiger als je zuvor. Er wurde immer größer und größer, füllte jeden Platz, das ganze elterliche Haus mit seiner drückenden Anwesenheit.

In der Folgezeit trauerte seine Mutter hauptberuflich um ihren Erstgeborenen. Sie schien Martin nach Dominiks Tod zu verachten, als würde sein Tod in ihr etwas entfesseln, das wahrscheinlich schon immer dort gelauert hatte. Martin störte. Martin erinnerte sie permanent an den, den sie verloren hatte, so schweigsam er auch morgens am Küchentisch saß, so unsichtbar er sich zu machen versuchte.

Martins Bruder Dominik war gerade achtzehn geworden. Das ganze Leben hätte ihm offengestanden, wie seine Mutter immer betonte. Ein junger Mann von achtzehn Jahren, das typische Geschlecht und das klassische Alter für einen Suizid, den niemand verstand. In den Köpfen vieler war Suizid eine Schande, aber Martins Familie war nicht so fromm, in Dominik den gottlosen Selbstmörder zu sehen. Eine Schande für die Angehörigen war es dennoch, weil die Tat von ihrem Versagen sprach. Deswegen war es kein Suizid, durfte keiner sein. Es war ein Unfall. Ein schrecklicher Unfall. Nur Martin wusste, dass es weder das eine noch das andere war. Kein totgeschwiegener Selbstmord und auch kein tragischer Unfall.

Eigentlich hatte sie ihm einen Gefallen getan, und deshalb würde er sie auch nicht verraten. Nie. Das dachte Martin damals oft. Deswegen glaubte er lange Zeit, er müsse ihr dankbar sein. Hatte er sich nicht genau das immer gewünscht? Dass Dominik einfach verschwinden würde? Und so wie es aussah, hatte er ja auch nicht gelitten. Obwohl er ein bisschen Leiden durchaus verdient hätte. Aber dann wurde es nicht besser. Die Beerdigung war vorüber, die ersten Trauerwochen, Monate, bald ein Jahr. Nichts besserte sich. Es war so, als wäre Dominik immer noch da. Ein viel größerer Dominik als vorher. Im Wohnzimmerschrank hatte seine Mutter noch mehr gerahmte Fotos von ihm aufgestellt. Dominik, immer nur Dominik. Und er war auch noch kurz vor Weihnachten gestorben, was ihn erst recht in den Stand eines Heiligen erhob. Insofern hatte sie ihm gar keinen Gefallen getan. Vielleicht wäre ein lebendiger Dominik doch erträglicher gewesen als ein toter.

Heute hatte er seine Meinung sowieso längst geändert und fand, dass sie büßen musste. Weniger wegen Dominik, sondern wegen ihm. Sie würdigte ihn keines Blickes, erkannte ihn nicht einmal, selbst wenn er direkt vor ihr stand. So wie früher. Sie war damals eine Klasse über ihm gewesen. Vielleicht musste sie wegen beidem büßen, wegen Dominik *und* wegen ihm. In dieser Reihenfolge und an vielen Tagen auch in einer anderen. Nicht er musste ihr dankbar sein, sondern sie ihm. Er hatte sie all die Jahre nicht verraten. Wie alt war sie damals gewesen? Fünfzehn? Oder schon sechzehn? In jedem Fall strafmündig.

Auf der Rückfahrt von Nordrhein-Westfalen nach Berlin im August, als sein neues Leben gerade

begann, hatte er sie zufällig im selben Zug getroffen.
Schon wieder so ein Zufall, wie ein Jahr zuvor auf der
Friedrichstraße. Kurz hatte er überlegt, bereits hier
tätig zu werden, wenn sich die Gelegenheit böte, aber
die Umstände hatten sich als ungünstig erwiesen.
Das Gewitter, der stehen gebliebene Zug, der dann
wieder losfuhr, es ging einfach nicht. Er musste erst
einen Plan machen. Natürlich hatte sie ihn auch im
Zug nicht erkannt.

Jetzt im September war er dann bereit. Der Tag
der Abrechnung und der Buße war gekommen. Erst
der Bus – leider ein Fehlschlag. Sie hatte unver-
schämtes Glück. Aber sie konnte nicht jedes Mal so
viel Glück haben.

27
Ende September

»Hallo Lissi«, sagte er, und es kam ihm ganz leicht über die Lippen. Hier war ein guter Ort. Schön dunkel. Keine Passanten in Sicht, nachdem das junge Paar mit den Bierflaschen auf den Mehringdamm abgebogen war.

Er hielt sie am Arm fest und ließ nicht los. Zuerst wehrte sie sich gar nicht, starrte ihn nur an. Erkannte sie ihn nicht? Erkannte sie ihn immer noch nicht? So schlecht konnte ihr Gedächtnis doch gar nicht sein, auch wenn zwischen ihrer Schulzeit und heute fast dreißig Jahre lagen. Oder war er wirklich so unscheinbar? Früher wie heute?

»Endlich treffen wir uns«, sagte er. »Eigentlich treffen wir uns schon seit Wochen, immer mal wieder. Was guckst du denn so? Das wusstest du nicht, oder? Das erste Mal übrigens letztes Jahr. Aber du hast natürlich nichts mitbekommen, weil du einfach nicht auf mich achtest.« Er drückte ihren Arm noch fester und sah Schmerz in ihrem Gesicht. »Weißt du, du hast noch nie auf mich geachtet. Du hast mich draußen nicht mal erkannt. Oder hast so getan, als würdest du mich nicht erkennen. Genauso wie früher.«

Er konnte sich nicht entsinnen, wann er das letzte Mal so viel am Stück geredet hatte – abgesehen von dem Gespräch mit Oliver. Auch die Beerdigung seines Vaters und den Zwangsaufenthalt in Nordrhein-Westfalen hatte er fast ohne Worte absolviert – *ja – nein – gut – danke – im Job läuft alles bestens – tschüs.* »Wie gesagt, wir haben uns das erste Mal schon letztes Jahr getroffen. Dann war für längere Zeit Pause, weil ich … verhindert war.«

Sie sagte nichts. Sie starrte ihn immer noch an, und er war nicht einmal sicher, ob sie ihm überhaupt zugehört hatte. Er hielt weiterhin ihren Arm fest. Wenn sie die Absicht hatte zu schweigen, bitte schön, er hatte Zeit und konnte warten.

Dann sprach Lissi.

»Du wohnst in Berlin?«, sagte sie.

Was für eine dämliche Frage.

»Ja, schon lange.«

»Ich dachte, aus dem Ruhrpott zieht keiner nach Berlin«, sagte Lissi.

Was für eine blöde Bemerkung. Und das Wort »Ruhrpott« hatte er noch nie leiden können.

»Hast du mich beobachtet?«, fragte sie. »Verfolgt?«

»Verfolgt? Meinst du, ich habe nichts Besseres zu tun? Hältst du dich für so interessant, dass ich mir die Mühe mache, dich zu verfolgen?«

Er verfolgte sie ja wirklich und hatte es nur gesagt, um sie zu kränken. Es zeigte Wirkung. Es verunsicherte sie, er sah es. Überhaupt wirkte sie merklich unsicherer, als er sie in Erinnerung hatte. Nervös. Anscheinend war er nicht der Einzige mit Problemen. Wobei sich seine Probleme ja gelegt hatten. Zumindest hatten sie sich deutlich abgeschwächt und lähmten ihn nicht mehr vollständig. Sein neues Leben: Er verließ das Haus. Er verreiste sogar mit dem Zug. Ausgerechnet jetzt fiel ihm der Baptisten-Jugendkreis ein. Wahrscheinlich, weil sie ihn an früher erinnerte. Weil alles wieder hochkam.

Seit rund einem Jahr wusste er, wo sie wohnte. Am liebsten hätte er sie schon letztes Jahr zur Rede gestellt, sie konfrontiert, aber kurz nachdem er sie zufällig auf der Friedrichstraße gesehen hatte, war es bergab mit ihm gegangen, erst der Job, dann der Rückzug von der Welt, unaufhaltsam, bis er am Ende nicht einmal mehr die Vorhänge öffnen konnte, bis ihn jeder Mensch erschreckte und jedes Geräusch.

Inzwischen wusste er auch, wo sie arbeitete. Kurz hatte er überlegt, Oliver auf sie anzusetzen. Sein anaphylaktischer Schock damals, als er auf dem Boden gelegen hatte, mit dieser Panik in den Augen, Todesangst, unfähig zu sprechen, und als Martin sofort den Notarzt verständigt hatte – seitdem tat Oliver ungeheuer viel für ihn. Aber dann fiel Martin auf, dass es gar nicht nötig war. Lissi erkannte ihn ja sowieso nicht. Er konnte gefahrlos selbst in Erscheinung treten, ohne dass sie es merkte. Wenn sie ihn früher einfach nur nicht beachtet hätte, wie die meisten anderen, hätte er sie womöglich vergessen. Wahrscheinlich war sie scharf auf Dominik gewesen. Alle

Mädchen in der Schule waren scharf auf Dominik gewesen.

Es war lächerlich einfach gewesen, sie bis nach Friedrichshain zu verfolgen. Und wieder zurück. Auf dem Rückweg erst die ganzen Stationen mit der U-Bahn, da war er ihr schon sehr nahe gekommen, dann ihr jämmerlicher Fluchtversuch an der Möckernbrücke und weiter zu Fuß. Er konnte das immer noch richtig gut, so wie vor einem Jahr, jemanden observieren, ihm nachgehen, ohne ihn unterwegs zu verlieren. Gab es das vielleicht als Beruf? Martin war stolz auf sich. Das musste er unbedingt Oliver erzählen.

Lissi wirkte ganz schön verschreckt, wie sie jetzt hier stand, neben dem Friedhof. Friedhof, das passte ja. Alles lief doch immer auf den Friedhof hinaus.

Er hielt Lissis Arm immer noch fest umklammert. Er hatte gar nicht gewusst, dass er so stark war, so entschlossen und dominant. Wahrscheinlich lag das an seiner allgemeinen Gesundung. Er bekam jetzt auch viel besser Luft, als hätte er monatelang nicht richtig geatmet. Das Rauschen der Autos auf dem Mehringdamm war zu hören, hier und da auch vereinzelte Stimmen, aber weit weg. Sie waren allein. Martin war Lissi so nah, wie er es früher nie gewesen war und es sich oft gewünscht hatte. Wie sie wohl ohne Kleidung aussah? Er selbst war ein bisschen schlaff geworden, was jetzt, über vierzig, sicher auch auf sie zutraf. Aber alles in allem machte sie noch einen ganz passablen Eindruck.

Dann begann sie, sich zu wehren. Sie wollte ihm ihren Arm entziehen. Er hatte alles ziemlich genau geplant und natürlich auch damit gerechnet. Sogar viel eher. Nun verfolgte er seinen Plan weiter. Erst stieß er sie gegen die graffitibeschmierte Mauer, die den Friedhof vom Weg trennte, ohne ihren Arm loszulassen. Dann zog er mit der freien Hand das Messer aus seiner Tasche. Es war neu und sündhaft teuer. Japanisch. Er hatte es direkt nach seinem Aufenthalt in Nordrhein-Westfalen gekauft. Wenn er zur Beerdigung seines Vaters nach Nordrhein-Westfalen reisen konnte, in den Ruhrpott, wie Lissi sagte, dann war es ihm auch wieder möglich, ein Kaufhaus zu betreten. Die Klinge des Messers war nicht besonders lang, vielleicht zehn Zentimeter, und sehr spitz. Mit einer Hand hielt er Lissis Arm fest, mit der anderen drückte er die Messerspitze ganz leicht in ihre Seite. Die Jacke stellte eine Barriere dar, die Jacke und das, was sie darunter trug, er gelangte nicht auf direktem Weg zu ihrer Haut, aber egal. Er drückte zuerst ganz vorsichtig, dann etwas stärker, einfach aus Neugier, um zu sehen, wie schwer oder leicht es war, mit dem Messer durch die Kleidung zu dringen. Dem Verkäufer hatte er erzählt, er brauche ein besonders gutes, scharfes Messer, weil er so oft Gäste habe und für diese Gäste immer koche.

Es ging erstaunlich leicht. Aber der Verkäufer in der Haushaltswarenabteilung hatte das japanische Messer auch in den höchsten Tönen angepriesen. Gut, jetzt im Spätsommer trug man auch nicht so dicke Kleidung und nicht so viele Schichten übereinander. Eigentlich wollte Martin nur ein bisschen probieren, aber dieses teure, teuflisch spitze und scharfe Messer bohrte sich fast wie von selbst durch Lissis dünne Jacke, durch die Bluse darunter bis in ihre Haut.

Zunächst geschah gar nichts, und das brachte Martin kurz aus dem Konzept. Lissi schrie nicht auf, sie zuckte nur ein wenig zurück. Er wusste nicht, wie tief er gekommen war. Sie trug eine helle Jacke. Dann sah er, dass sich ein Fleck darauf ausbreitete, nicht besonders groß, aber deutlich zu erkennen, selbst in diesem schummrigen Licht auf dem Weg neben dem Friedhof. Sie sah es auch. Sie wollte sich wieder aus seinem Griff lösen, aber er hielt sie eisern fest. Er konnte das jetzt.

Er hatte erwartet, dass sie laut würde, dass sie anfinge zu schreien, dass sie irgendetwas sagte – »spinnst du?« zum Beispiel –, aber sie blieb stumm, starrte abwechselnd ihn an und auf den Blutfleck. Hektisch blickte sie sich um. Wahrscheinlich hoffte sie auf andere Leute, auf Nachtschwärmer, Hundebesitzer. Aber das Glück lag auf Martins Seite. Sie blieben die Einzigen auf dem schmalen Weg.

»Wir gehen jetzt zu dir«, sagte er. »Ich weiß schon lange, wo du wohnst. Los, beweg dich!«

Er schob sie vorwärts, von der Mauer weg, achtete darauf, dicht an ihrer Seite zu bleiben – so nah wie noch nie –, hielt mit der einen Hand unverändert ihren Arm und drückte ihr mit der anderen drohend das Messer in die Seite, damit sie es bloß nicht vergaß.

Es waren nur noch höchstens fünfzig Meter bis zu ihrem Haus. Die Strecke hatte sich vor einem Jahr in sein Gedächtnis geprägt. Käme ihnen jetzt jemand entgegen, würde er gar nichts bemerken, falls sie sich ruhig verhielt, sondern denken, dass ein Mann und eine Frau, vielleicht ein Liebespaar, im Gleichtakt nebeneinander nach Hause gingen.

Sie verhielt sich ruhig. Sie schrie nicht um Hilfe. Lissi ging folgsam mit, als hätte sie bereits aufgegeben. Wie williges Schlachtvieh.

28
Dezember. Damals

Als ich morgens zur Schule gehe, weiß ich, dass es ein großer Tag werden wird – jetzt schon ist –, ein Tag, der sich von allen anderen abhebt. Ich bin ziemlich müde, weil ich nicht viel geschlafen habe, und gleichzeitig hellwach vor Aufregung. Ich mache mich sogar zu früh auf den Weg und verblüffe damit meine Mutter, die mich normalerweise immer ermahnen muss, nicht zu spät zu kommen. Heute habe ich keine Angst vor meinen Mitschülern, vor dummen Sprüchen, denn heute wird es nicht um mich gehen.

Bald ist Weihnachten. Freue ich mich auf Weihnachten? Nein, es ist schon lange nicht mehr wie früher. Meine Mutter würde gerne das alte Weihnachtsgefühl konservieren, das Gefühl aus der Zeit, als ihre Kinder noch klein waren, aber das ist nicht möglich. Es gibt keine Weihnachts- und keine Kinderkonserven. Warum sieht sie das nicht ein? Weihnachten ist nicht mehr schön, sondern langweilig und qualvoll. Warum muss sie immer an früher festhalten? Ich glaube, sie denkt, dass ich in einem schwierigen Alter bin. Egbert wohnt ja sowieso nicht mehr zu Hause, er wird Weihnachten nur kurz vorbeischauen und nach dem Mittagessen wieder fahren. Der hat's gut. Alles wird sich auf mich konzentrieren. Weil ich diejenige bin, die noch verfügbar ist. Mir graut vor Weihnachten, ich werde mit ihnen eingesperrt sein, noch viel mehr als sonst, und mir fällt auch gar nichts ein, was ich ihnen schenken könnte. Die interessieren sich ja für nichts. Und wovon auch? Von meinem lächerlichen Taschengeld?

Ich stehe vor dem Eingang zur Schule. 7.50 Uhr. Langsam trudeln alle ein, aber die große Tür ist noch verschlossen. Ich werde nicht sonderlich beachtet, was mir nur recht ist. Alle plappern durcheinander und wirken tatsächlich so, als würden sie sich auf den Schultag freuen. Kann man sich auf die Schule freuen? Ich weiß etwas, was die anderen nicht wissen. Noch nicht. Ich muss deswegen doof grinsen, und ein Mädchen aus meiner Klasse, eine blöde Kuh, fragt mich, warum ich denn so gute Laune habe.

»Ach, nur so«, sage ich.

Wann wird es denn bekannt gegeben? Wahrscheinlich bin ich viel zu voreilig, wahrscheinlich geht das gar nicht so schnell, und wir erfahren es erst im Unterricht. Oder sogar in der großen Pause. Dann muss ich mich noch ganz schön lange gedulden. Ich bin total aufgeregt. Heute ist ein großer Tag, das weiß ich.

Gleich wird sich die Tür von innen öffnen, die Streber drängen schon nach vorne, als könnten sie es gar nicht erwarten. Heute ist ein ganz besonderer

Tag, und außer mir weiß es noch keiner. Ich bin so aufgeregt. Ich lasse den Strebern den Vortritt, so eilig habe ich es nicht, ins Schulgebäude zu gelangen. Insgeheim hege ich die Hoffnung, dass schon jetzt etwas Außergewöhnliches passiert, etwas, das diesen Schultag von allen anderen unterscheidet.

Meine Mutter denkt, sie weiß Bescheid, dabei bin ich diejenige, die auf alles achtet und der nichts entgeht. Natürlich weiß ich auch, wo sie das Dämmmaterial aufbewahrt. Meine Eltern sind so sparsam, dass es wehtut. Dauernd heißt es, dies geht nicht und das geht nicht, dafür haben wir kein Geld. Wie ich das hasse! Ich will auch haben, worüber die anderen so selbstverständlich verfügen. Ich wünschte, wir würden nicht in dieser Arme-Leute-Wohnung leben, in die ich nicht gern jemanden einlade. Alle anderen wohnen in Einfamilienhäusern mit Garten und haben viel größere Zimmer als ich.

Meine Eltern sind so sparsam, dass sie einige Fenster in unserer Wohnung zusätzlich mit Schaumstoff abgedichtet haben. Ich habe meiner Mutter dabei zugesehen. Von dem Zeug war noch eine ganze Menge übrig, und natürlich habe ich auch beobachtet, wo sie es aufbewahrt. Fühlt sich an wie weiche Schaumstoffwürmer. Jetzt ist nichts mehr davon übrig. Ob ihr das auffällt? Ich habe auch beim Werkzeug meines Vaters im Keller gestöbert und eine noch volle Dose Silikon entwendet. Dass ich mit dem Material gearbeitet habe, das meine Mutter gekauft hat, macht mich besonders zufrieden.

Ich habe keine Entschuldigung für die zwei Fehl-
stunden Chemie. Nachher muss ich die Unterschrift
meines Vaters fälschen. Das kann ich inzwischen
ganz gut, ich habe lange dafür geübt. Als ich gerade
das Schulgebäude betreten will – inzwischen habe ich
mich damit abgefunden, dass dieser besondere Tag
möglicherweise erst in der großen Pause so richtig beginnt, und außerdem wird es draußen langsam ganz
schön kalt –, in Gedanken noch bei der fehlenden
Entschuldigung für Chemie, erkenne ich sie. Nicole.
Ich würde sie überall erkennen, auch von Weitem, an
ihren Haaren, ihrer Gestalt, ihrem Gang.

Mein erster Gedanke ist, dass ich ein Gespenst
sehe. Oder alles nur geträumt habe. Wieso ist Nicole
hier? Sie hat hier nichts zu suchen. Nicht mehr. Seit
gestern. Das alles hier, die Schule, den Alltag in einer
tristen Ruhrgebietsstadt, hat sie seit gestern hinter
sich gelassen. Dafür habe ich gesorgt. Das Letzte, womit ich an diesem Morgen gerechnet habe, ist Nicole.
Ich habe mich doch schon von ihr verabschiedet, das
war ganz schön traurig, obwohl ich es ja so wollte.
Und warum sieht sie so normal aus, wie an jedem
Morgen in der Schule?

»Hi«, sagt das Gespenst namens Nicole, als es
mich sieht.

Ich starre sie nur an, unfähig, auch nur ein einziges Wort herauszubringen.

»Ist was? Was glotzt du denn so blöd?« Sie sieht
genervt aus. Ich kenne diesen Blick nur allzu gut.
»Jetzt sag bloß nicht, dass du immer noch sauer bist

wegen der Filzstiftaktion. Das war doch bloß Spaß. War doch lustig. Mann, du bist echt so was von langweilig.«

Nicole wirkt abgehetzt wie jeden Morgen um acht, bemüht, noch pünktlich zur ersten Stunde zu erscheinen. Sie kommt immer abgehetzt zur Schule und lässt dabei durchblicken, dass es in ihrem Leben Wichtigeres gibt. Ich habe nicht damit gerechnet, sie jemals wiederzusehen. Ich habe mich doch gestern Abend von ihr verabschiedet. Es muss etwas schiefgegangen sein. Eine andere Erklärung gibt es nicht. Ich war doch nicht gründlich genug, dabei habe ich mir solche Mühe gegeben. Abends konnte ich nicht einschlafen und weinte irgendwann sogar in mein Kissen. Weil ich Nicole verloren habe. Endgültig. Statt zu schlafen habe ich dann lange Musik gehört. Natürlich mit Kopfhörern, damit meine Mutter nichts mitbekommt. Traurige Popmusik, die ich schon immer viel lieber mochte als fröhliche, traurige, die von Schmerz handelt und von Verlust. Das fand ich gestern Nacht sehr passend. Und den ganzen Morgen dachte ich, Nicole befände sich seit vielen Stunden in dem, was man Himmel nennt. Oder im Nirgendwo. Im absoluten Nichts.

Das Schultor steht noch immer offen, mittlerweile sind wir die Letzten, die noch nicht hineingegangen sind. Es muss etwas schiefgegangen sein. Aber was? Ich frage mich, ob ich einem grausamen Irrtum aufgesessen bin. Ob das gar nicht die echte Nicole ist, die mich fragt, warum ich so blöd glotze, sondern eine Art Fantasie-Nicole, die der echten täuschend ähnelt.

Wieso bist du hier, will ich sagen, du kannst gar nicht hier sein, du bist an einem anderen Ort, den niemand von uns kennt. Sie dürfte nicht hier sein. Das ist unmöglich! Aber Nicole sieht ohne Zweifel erschreckend real aus. Wie jeden Tag. Total cool und überheblich. Dieser vertraute spöttische Zug um den Mund, mit dem sie die halbe Welt bedenkt. Und vor allem mich.

»Was ist denn mit dir los?«, sagt sie. »Bist du hier festgewachsen oder so? Wir kommen zu spät zu Mathe. Das kann ich mir nicht leisten. Und hör endlich auf, mich so blöd anzuglotzen, als wäre ich ein Alien. Das ist ja total peinlich!«

29
Ende September

Sie denkt ja doch an mich. Sie kam von selbst auf Weihnachten zu sprechen. Wird ja auch Zeit, bald ist schon Oktober. Hätte sie auch mal früher machen können. Ich bin aber sowieso davon ausgegangen, dass sie Weihnachten nach Wattenscheid kommt. Wir machen uns ein paar schöne Tage. Elisabeth kommt immer Weihnachten. Das ist ja auch selbstverständlich.

Als Herbert noch lebte, haben wir manchmal darüber gesprochen, Weihnachten zu verreisen. In den Harz zum Beispiel. Oder ins Sauerland, da wäre die Fahrt nicht so weit. Das Sauerland ist ja sehr schön. Vielleicht sogar über Silvester. Aber das ging ja nie, weil das Kind Weihnachten kam. Mit Egbert hätte es keine Probleme gegeben, der hat seine Frau, seine eigene Familie. Aber Elisabeth? Elisabeth ging doch allein durchs Leben. Herbert und ich haben selten darüber gesprochen, ist ja auch kein schönes Thema, aber ich weiß, dass er sich deswegen genauso viele Sorgen gemacht hat wie ich. Elisabeth hat nie was erzählt. Nie. Wann sie endlich mit ihrem Studium fertig ist zum Beispiel. Hat sie uns je was gezeigt? Nein. Ich weiß ja nicht, wie das ist, kenne mich damit nicht aus, wahrscheinlich ist es anders als in der Schule, aber Noten muss es doch auch beim Studieren geben. Brotlose Kunst hat Herbert ihre Studienfächer immer genannt. Elisabeth war eine Bummelstudentin, irgendwann aber doch fertig. Herbert und ich hatten gar nicht mehr damit gerechnet. Natürlich haben wir dann erwartet, dass sie sich einen anständigen Job sucht, aber nichts da. Sie ließ sich immer seltener bei uns blicken, was uns sehr wehtat, mir noch mehr als Herbert. Außer Weihnachten. Und an Geburtstagen. Herbert und ich haben nicht darüber geredet. Bei manchen Dingen ist es besser, nicht darüber zu reden.

Sie hat uns viel Kummer gemacht und oft enttäuscht. Und dann war sie so undankbar und hat uns immer seltener besucht. Na ja, nach Herberts Tod hat sie sich am Riemen gerissen, vor allem seit meiner Hüftoperation. Ich kann nicht mehr alles so machen wie früher. Bin halt kein junger Hüpfer mehr.

Wenigstens verbessert sie mich heute nicht mehr. Früher hat sie das dauernd getan. Mich verbessert. Muss in dieser Phase gewesen sein. Pubertät. Wie lange dauert die eigentlich? Die eigene Tochter verbessert mich. Als wäre sie was Besseres als wir. Da ist mir schon manchmal die Hand ausgerutscht, aber das würde doch jedem passieren. Heute verbessert sie mich zwar nicht mehr, aber sie sagt mir ständig, was man angeblich nicht mehr sagen darf. Wieso darf man das alles nicht mehr sagen? Wir haben das unser ganzes Leben so genannt. Ich habe das alles schon wieder vergessen und weiß gar keine Beispiele. Heutzutage darf man ja gar nichts mehr sagen. Zigeuner zum Beispiel. Neger. Oder Eskimo. Warum darf man nicht mehr Eskimo sagen? Verstehe ich nicht. Elisabeth kann dann richtig wütend werden.

Sie verbietet mir, Eskimo zu sagen, aber sie schneidet das Grüne an den Tomaten nicht raus. Dass sie das einfach nicht kapiert! Und über die Badewanne, habe ich beschlossen, rede ich einfach nicht mehr mit ihr. Das ist das Beste. Wir machen uns ein paar schöne Weihnachtstage. Hoffentlich kommt nicht wieder so ein Mist im Fernsehen. Vielleicht bleibt sie diesmal ja bis Neujahr. Aber sie kommt natürlich schon vor Weihnachten nach Wattenscheid, jetzt bald, im Oktober. Ich brauche eine ganze Menge Dinge, die sie mir mitbringen soll. Ich habe ihr eine Liste geschrieben.

Ich muss sie überhaupt fragen, wann genau sie das nächste Mal kommt. Man will ja darauf eingestellt sein. Außerdem habe ich seit Tagen nichts mehr von ihr gehört, nein, sogar noch länger, das letzte Mal haben wir vergangene Woche telefoniert. Sie könnte ja schon mal kurz anrufen, einfach mal zwischendurch.

Als ich sie gestern angerufen habe, meldete sich nur der Anrufbeantworter. Das kenne ich natürlich von Elisabeth. »Hier ist Mama«, sagte ich. »Geh doch mal ran! Ich weiß doch, dass du da bist!«

Ich legte auf und wartete eine Weile, ging nach draußen in den Garten, nachsehen, was Rudi dort veranstaltet hat. Ich habe sogar das Telefon mit nach draußen genommen, ich bin ja nicht mehr so schnell, wenn es drinnen klingelt und ich im Garten bin, schaffe ich es meistens nicht mehr rechtzeitig. Sonst ruft Elisabeth immer am selben Tag zurück. Gestern nicht. Und heute auch nicht. Das ist seltsam. Ist sie verreist? Nein, das hätte sie mir doch erzählt. Natürlich habe ich es auch auf ihrem Handy probiert. Es ist ausgeschaltet. Heute auch. Warum ist das denn so lange ausgeschaltet? Die Telefonnummer von ihrer Arbeit habe ich gar nicht. Würde aber auch nichts nützen, jetzt ist sowieso schon Abend. Gleich kommen die Nachrichten.

Sonst ruft Elisabeth mich immer zurück. Am selben Tag. Erst bin ich verärgert – und enttäuscht –, wie immer, wenn ich nichts von ihr höre und sie sich einfach nicht bei mir meldet, nicht mal einen Rückruf für nötig hält, das ist doch wohl nicht zu viel verlangt, sie kann mich doch anrufen. Sie ruft sonst immer zurück. Am selben Tag. Spätestens am nächsten. Was ist denn bei ihr los? Ich weiß ja gar nichts von ihr. Ich versuche es bei beiden Nummern noch mal. Und noch mal. Nichts.

30
Ende September

Meine Seite tat weh, und das Blut war durch meine Jacke gedrungen. Wahrscheinlich ließ sich der Fleck nie wieder entfernen, was im Moment allerdings meine geringste Sorge war. Ich hatte ihn nicht wiedererkannt, und das schien sein Ego schwer zu kränken, so sehr, dass ich befürchtete, er könnte beim kleinsten falschen Wort völlig ausrasten. Was immer er als falsches Wort empfand. Ihn wiederzuerkennen, war eindeutig zu viel verlangt. Wer würde schon Martin wiedererkennen? Angeblich waren wir uns vor einem Jahr auf der Friedrichstraße begegnet. Ich hätte direkt vor ihm gestanden, behauptete er. Ohne einen Blick für ihn. Natürlich konnte ich mich auch daran nicht erinnern. Wenn es stimmte, was er sagte, war er dieses arme kleine Würstchen. Die Kellerassel. Eine Klasse unter mir. Alle hatten sich über ihn lustig gemacht. Auch ich. Er war *seltsam*, das fanden alle. Ein kleiner Freak. Irgendwie gestört. Damals genoss ich es, wenn der Spott sich gegen andere richtete und nicht gegen mich, aber an ihn hatte ich bereits während der Schulzeit keinen Gedanken verschwendet. Er war einfach zu unwichtig. Und nun saß er in meinem Wohnzimmer.

Ich konnte nicht behaupten, dass mein Magen sich wieder beruhigt hätte, nachdem ich mich auf der Baruther Straße übergeben hatte, fragte ihn aber trotzdem, ob er etwas trinken wolle, ganz so, als hätte ich einen netten Gast zu Besuch. Ich hegte die Hoffnung, dass er irgendwann das Messer zur Seite legen würde, dessen Spitze unverändert auf mich gerichtet war, wenn wir so taten, als wäre er netter Besuch.

»Ja, gerne«, sagte dieser fremde Mann, der behauptete, der seltsame Martin aus meiner Schulzeit zu sein. »Vielleicht einen Wein.«

Ich fragte ihn nicht, ob er roten oder weißen Wein bevorzuge. Gegen roten hatte ich inzwischen starke Aversionen. Er begleitete mich in die Küche und fuchtelte die ganze Zeit mit dem Messer herum. Ich war so naiv gewesen zu glauben, er bliebe im Wohnzimmer sitzen, hatte schon fieberhaft überlegt, wo sich die Mobilteile meines Festnetztelefons befanden – lag nicht eins davon in der Küche? –, oder wie ich unbemerkt an mein Handy käme. 110 wäre schnell gewählt. Die Situation war allerdings nicht ganz so schnell zu erklären. Verrückter in meiner Wohnung. Bedroht mich mit Messer. Hat mich verletzt.

In der Küche blieb er dicht bei mir und beobachtete jeden meiner Handgriffe. Dort auf dem kleinen Tisch lag tatsächlich eines der Mobilteile. Nicht

270

einmal einen Meter von mir entfernt und dennoch unerreichbar.

»Ich glaube, ich habe keinen Rotwein mehr«, sagte ich.

»Weißwein ist auch gut. Neulich haben wir uns übrigens auch getroffen. Irgendwo bei Hannover.«

Hannover? Wovon redete er?

Der fremde Mann namens Martin fuchtelte immer noch mit dem Messer herum. Ich nahm eine Flasche Weißwein aus dem Kühlschrank, öffnete sie, holte zwei Gläser und schenkte ein. Er bedeutete mir, damit wieder ins Wohnzimmer zu gehen.

Vielleicht war er ja gar nicht von meiner alten Schule? Noch nicht mal aus meinem Ruhrgebietsheimatkaff? Martins gab es schließlich wie Sand am Meer. Vielleicht war er ein komplett Verrückter, der sich irgendeine Frau aus der U-Bahn ausgesucht hatte. Vielleicht war das sein Hobby, und er machte es alle paar Wochen. Und diesmal, ausgerechnet bei mir, war er erfolgreich. Zumindest so erfolgreich, es bis in meine Wohnung zu schaffen. »Hallo, ich bin Martin. Ich bin mit dir zur Schule gegangen.« Bei diesen Worten müsste doch jede nachdenken, im Kopf alle Martins durchgehen, die sie in ihrer Schulzeit gekannt hatte. Ich war so ein Häschen. Warum hatte ich ihm draußen, als ich noch die Gelegenheit hatte, nicht einen Tritt zwischen die Beine verpasst? Oder laut geschrien? Irgendwer war in Kreuzberg immer auf der Straße. Warum hatte ich mich nicht gewehrt?

Wir saßen wie zwei alte Bekannte in meinem Wohnzimmer, trugen aber noch unsere Jacken und Schuhe. Die Verletzung an meiner Seite tat weh, und nach den ersten Schlucken Wein sagte ich dem fremden Martin, dass ich meine Wunde säubern müsse. Im Badezimmer. Könnte ich auf dem Weg ins Badezimmer einen Abstecher in die Küche machen und das Telefon holen? Tatsächlich machte ich mir Sorgen wegen einer möglichen Entzündung, wenngleich ich nicht wusste, ob mir überhaupt noch so viel Zeit blieb – Lebenszeit –, dass sich etwas entzünden konnte.

Das mit dem Telefon konnte ich vergessen, denn Martin begleitete mich ins Badezimmer. Natürlich wollte ich ihn in diesem engen Raum nicht neben mir haben, wenn ich erst meine Jacke auszog und dann die Bluse nach oben schob, ich wollte nicht, dass er meine nackte Haut sah. Aber das verdammte Messer war ein überzeugendes Argument dafür, jede Beschwerde herunterzuschlucken und still zu sein.

»Na, ist wohl nicht so schlimm«, sagte er albern fachmännisch, als wir vor dem Spiegel standen und ich versuchte, von der Seite Größe und Tiefe der Wunde einzuschätzen. »Muss nicht genäht werden.«

Es war nicht beruhigend, wenn das ein fremder Mann sagte, der für die Wunde verantwortlich war.

Ich öffnete den Schrank und wollte nach einer Flasche Desinfektionsmittel greifen. »Warte, ich helfe dir«, sagte er. Und er half mir tatsächlich, er sprühte das Desinfektionsmittel auf die Wunde, auf der sich bereits eine Kruste gebildet hatte, nicht ohne mir mit der anderen Hand die Messerspitze gegen den Hals zu drücken. Mein Puls pochte unter dem Stahl. »Wir sollten wohl auch noch ein Pflaster draufkleben«, sagte er. »Gib mir doch mal ein Pflaster.« Er drückte fester mit dem Messer gegen meinen Hals. Ich wühlte hektisch nach Pflastern, fand endlich eine Packung und reichte sie ihm. »Schere«, sagte er. Er riss mir die Nagelschere sofort aus der Hand, als befürchtete er, ich könnte sie als Waffe gegen ihn einsetzen, dabei war sie lächerlich winzig im Vergleich zu seinem Messer. Er schnitt schnell ein Stück Pflaster ab, ohne mich aus den Augen zu lassen, dafür musste er kurz das Messer von meinem Hals nehmen, doch ich verpasste die Chance zur Flucht, oder zu etwas anderem, weil ich wie erstarrt dastand und mich nicht rühren konnte.

Der fremde Mann namens Martin klebte das Pflaster auf die Wunde an meiner Seite. Danach scheuchte er mich mit Hilfe des Messers wieder ins Wohnzimmer. Ich machte nicht den geringsten Versuch, mich ihm zu widersetzen.

Als wir wieder auf dem Sofa saßen – er dicht neben mir, das Messer gegen meinen Hals gepresst –, suchte ich mit den Augen nach meiner Tasche. Wo hatte ich die Tasche hingelegt? In ihr steckte mein Handy. 110. Ich wusste einfach nicht mehr, wo die verdammte Tasche lag, ob ich sie nach dem Betreten der Wohnung achtlos hatte zu Boden fallen lassen. Mit dem Messer am Hals konnte ich nicht klar denken. Ich suchte die ganze Zeit nach einem Telefon, Handy oder Festnetz, egal. Der fremde Mann namens Martin, falls er wirklich so hieß, bemerkte meine herumirrenden Augen und sagte: »Versuch's gar nicht erst.« Die Spitze des Messers bohrte sich fester in meine Haut.

Innerhalb kurzer Zeit zwei Verrückte in meiner Wohnung, die ich nicht eingeladen hatte. Erst Frau Zucker, dann Martin. Zwei gewalttätige Verrückte. Frau Zucker hatte mein neues Sofa verschandelt, Martin mich mit einem Messer verletzt, und ich wusste nicht, ob der Stich in die Seite erst der Anfang war.

Er nannte mich die ganze Zeit »Lissi«, und ich zuckte jedes Mal zusammen. Dieser unsägliche Name, der ungute Erinnerungen wachrief und die Vergangenheit lebendig werden ließ. So hatte mich seit Ewigkeiten keiner mehr genannt. Becky nur ein einziges Mal.

Und dann fiel es mir endlich ein. Der Mann im Zug mit dem abgewetzten Jackett. Gewitter. Blitzeinschlag in einem Stellwerk. Dieser nach Angstschweiß riechende Mann. Jetzt roch ich ganz sicher selbst so. Den karierten Zettel hatte er absichtlich neben mir fallen lassen. Natürlich! Warum war mir das nicht eher aufgefallen? Die Saatkrähen. Der Mann allein draußen mit mir. Er war mit mir als Letzter über die Notleiter in den Zug gestiegen, kurz bevor wir endlich wieder losfuhren. Dass ich ihn nicht erkannt hatte, musste daran liegen, dass er wirklich unscheinbar war. Und daran, dass man die Gesichter von Fremden im Zug nur für die Dauer der Fahrt im Gedächtnis behielt. Danach waren sie gelöscht.

Wir saßen nebeneinander auf meinem Sofa. Er war so dicht an mich gerückt wie in der U-Bahn und hielt noch immer das Messer in der Hand, gegen meinen Hals gerichtet. Ich hatte Frau Zucker schon nicht sagen können, sie solle meine Wohnung verlassen – wie sollte es mir bei ihm gelingen? Er war eindeutig stärker als ich, und er hatte das Messer. Langsam, ganz langsam kehrte die Erinnerung zurück. Nicht nur an die Zugfahrt, sondern auch an ganz früher. Er war eine Klasse unter mir gewesen und ein kleiner, schwächlicher Knirps. Er hatte sich in den Schuppen gewagt, als ich mich schon eher als Etablierte fühlte, und es ganz sicher danach bereut. So wie ich kurze Zeit darauf auch. Ich hatte damals mitgelacht, natürlich, ich stand ja unter Nicoles Beobachtung und musste mich vor ihr beweisen. Oder glaubte es zumindest. Ha ha, die Kellerassel, noch weiter unten als ich. Viel weiter unten. Das schlechte Gewissen hatte sich nirgends blicken lassen, als wäre es ausschließlich für alles im Zusammenhang mit meinen Eltern reserviert. Durch die Kellerassel, ihre bloße Existenz, wurde ich ein Stück nach oben befördert. Zumindest glaubte ich das.

»Wir waren uns ähnlich, findest du nicht?«, sagte er. »Das ist mir schon früh aufgefallen.«

Er und ich uns ähnlich? Nie im Leben!

»Wir waren beide Außenseiter«, sagte er. »Wir hätten uns zusammentun können. Aber damals wolltest du das wohl nicht sehen.«

In seinen Augen funkelte etwas Unheilvolles, ich hatte es schon die ganze Zeit bemerkt. Als hätte er irgendetwas genommen. Etwas, das ihn stark, unerschrocken und kalt machte. Betrunken wirkte er nicht.

»Du warst vor ein paar Wochen im selben Zug wie ich, oder?«, sagte ich. Duzte ich ihn überhaupt? Aber wenn man zur selben Schule gegangen war, duzte man sich wohl. Obgleich es mir außerordentlich widerstrebte.

»Ja, habe ich doch schon gesagt, Hannover. Weißt du, Lissi, du musst wirklich besser zuhören.« Das Messer drückte sich stärker in meine Haut. Genau da, wo ich die Halsschlagader vermutete. »War ein schöner Zufall, oder? War wohl Schicksal oder so was. Wäre eine gute Geschichte für den Baptisten-Jugendkreis. Ich kam gerade von einer Beerdigung zurück.«

Baptisten-Jugendkreis? Ich fragte ihn nicht danach und auch nicht, wer beerdigt worden war, obwohl er das vielleicht von mir erwartete. Bloß nicht mit ihm reden. Oder doch mit ihm reden, ganz viel, ihn in ein Gespräch verwickeln? Er machte keinerlei Anstalten, meine Wohnung zu verlassen. Im Gegenteil, er wirkte zufrieden. Ich kannte diesen Mann gar nicht. Obwohl, ein bisschen ähnlich sah er der Kellerassel von früher durchaus. Allerdings vermied ich es, ihn direkt anzublicken.

»Ich weiß, dass du das damals warst«, sagte er plötzlich.

Was meinte er? Die Zugfahrt nach Berlin lag noch nicht so lange zurück, dass man sie mit »damals« hätte datieren können. Mir wurde ganz heiß, was nicht nur an dem Messer an meinem Hals lag. Ich dachte nicht daran. Nie. Ich hatte es vergessen – oder fast. Ich konnte ziemlich gut vergessen.

»Ich weiß, dass du das damals warst«, wiederholte er. »Das mit meinem Bruder. Ich war nämlich auch da. Das hättest du nicht gedacht, oder? Aber ich war da. Ich habe gesehen, wie du die Fenster abgedichtet hast. Zuerst habe ich gar nicht kapiert, was du da tust, das wurde mir erst später klar. Ich dachte, lass sie mal machen. Du hast mich überhaupt nicht bemerkt, obwohl ich ganz nah vor einem dieser dreckigen Fenster stand, um überhaupt was erkennen zu können. Irgendwann später kam mein Bruder. Zusammen mit Nicole. Die kennst du doch noch, oder? Ja, die würdest du heute sicher sofort wiedererkennen. O Mann, ich habe mich so geärgert, wie wenig man durch die beschissenen Fenster sehen konnte. Ich wusste doch, was sie da treiben würden. Ich bin ziemlich nah rangegangen. Mir war total kalt, es war ja Dezember, und ich war seit Stunden in dieser Schrebergartensiedlung. Dann kam Nicole auf einmal rausgerannt. Sie haben wohl nicht das gemacht, was ich vermutet hatte, obwohl mein Bruder ja jede rumgekriegt hat. Weißt du eigentlich, wie er das gemacht hat? Nein? Schade. Hätte mich schon interessiert. Sie haben sich gestritten. Ich hörte vorher Geschrei, vor allem von Nicole, so eine hohe, kreischige Stimme. Du warst doch ganz gut mit ihr befreundet, oder? Und dann kam Nicole, wie gesagt, plötzlich rausgerannt, und ich musste mich schnell irgendwo verstecken.«

Dieser fremde Mann namens Martin hatte draußen angedeutet, dass er eher der schweigsame Typ sei und nicht viele Worte verliere. Jetzt, wo er langsam wieder in mein Gedächtnis zurückkehrte, wenn auch nur undeutlich und schemenhaft, erinnerte ich mich daran, dass er so auch als Jugendlicher gewesen war: schweigsam. Noch viel schweigsamer als ich. Heute jedoch traf das offenkundig nicht mehr zu. Im Gegenteil. Er redete und redete, konnte gar nicht mehr aufhören. Zwischendurch bat er mich immer, ihm nachzuschenken. Meine Hoffnung, er würde mit steigendem Weinkonsum nachlässiger, erfüllte sich nicht. Er hatte das Messer fest im Griff. Anfangs wechselte er noch zwischen Hals, Leistengegend und Bauch, als könnte er sich nicht entscheiden, an welcher Stelle ich am verletzlichsten war. Aber als er sah, mit Vergnügen, wie mir schien, dass ich beim Hals noch heftiger zusammenschrak, blieb er dabei. Er war geschwätzig, wirkte gleichzeitig aber auch hoch konzentriert. Und entschlossen. Bewegte ich mich nur ein, zwei Zentimeter von ihm fort, bekam ich die Spitze des Messers sofort viel deutlicher zu spüren. Er erzählte stolz von dem Messer, irgendetwas mit *japanisch*, was mich nicht im Geringsten interessierte.

278

Erwartete er, dass ich Konversation mit ihm betrieb? Vielleicht wäre das das Beste. Mit ihm reden. Eine Art Beziehung zu ihm herstellen, weil dann möglicherweise die Gefahr sank, verletzt zu werden. Oder Schlimmeres.

Doch dieser fremde Mann namens Martin erweckte gar nicht den Eindruck, als wäre ihm an einer Unterhaltung gelegen, bei der einer etwas sagte und der andere darauf antwortete. Er redete ohne Unterlass vor sich hin, unterbrach sich manchmal selbst, um einen Schluck Wein zu trinken. Er vergaß keine Sekunde, nicht einmal den Bruchteil einer Sekunde, mir das Messer an den Hals zu drücken. Inzwischen hatte er auch dort die Haut aufgeritzt, ich spürte es, obwohl noch kein Blut herunterlief. Ich wagte nicht mehr, mit den Augen nach dem Telefon zu suchen.

Den Vorfall von einst, bei dem er angeblich anwesend war, hatte er offenbar wieder vergessen, denn inzwischen sprach er über ganz andere, eigenartige Dinge. Über Mauersegler. Er konnte gar nicht mehr damit aufhören. Ich wusste, das waren diese dunklen Vögel, die aussahen wie Schwalben und im Sommer die Stadt bevölkerten, mehr aber auch nicht.

»Sie sind Zugvögel«, sagte Martin. »Sie ziehen als Erste weg, schon Anfang August. Genau genommen sogar immer pünktlich am ersten August.« Er klang aufrichtig bekümmert.

Verrückt. Er war wirklich verrückt. Ich bezweifelte, dass Mauersegler sich an ein bestimmtes Datum im Kalender hielten. Aber eines stimmte – jetzt war September, und ich hatte diese Vögel schon eine ganze Weile nicht mehr gesehen.

»Sie sind einfach weg«, sagte er. »Ich vermisse sie.«

Einen Moment dachte ich, ihm würden gleich die Tränen kommen, weil die Mauersegler ihn verlassen hatten, aber er fing sich schnell wieder. Er hatte sich im Griff. Sich und das Messer. Nach den Mauerseglern redete er über seine Wohnung. »Auch in Kreuzberg«, sagte er. »In der Glogauer Straße.« Die Glogauer Straße lag in einer ganz anderen Ecke Kreuzbergs, weit weg von mir. Also war es sehr unwahrscheinlich, ihm zufällig über den Weg zu laufen.

Was dachte ich da? Er wusste schließlich, wo ich wohnte, und das nicht erst seit heute. Er saß neben mir in meiner Wohnung und hielt mir ein Messer an den Hals. Jetzt ergab alles einen Sinn. Er war verrückt. Er war derjenige, der mich seit Wochen verfolgte. Nichts davon hatte ich mir eingebildet. Dass er nicht in meiner unmittelbaren Nähe wohnte – spielte das jetzt noch eine Rolle? Ich wusste immer noch nicht, was er plante. Falls er es überhaupt selbst wusste. Zumindest wusste ich aber, dass es nichts Gutes war.

Seine Wohnung liege im Hinterhof, wo es ihm gut gefalle. »So geschützt«, sagte er.

Ich wagte eine Frage: »Geschützt vor was?«

»Na, geschützt vor der Welt natürlich.« Er sagte es leicht mitleidig, als hätte ich mich soeben als unendlich dumm erwiesen.

280

Er erzählte, dass er es nicht ertragen könne, wenn es an seiner Tür klingelte. Dass ihn Geräusche generell ganz krank machten. Er verschanzte sich in seiner Hinterhofwohnung. Und er fing mit seiner *Einsamkeit* an. Ich hasste es, wenn jemand über seine Einsamkeit klagte. Meine Mutter tat es manchmal. Es war so traurig und niederschmetternd, und es klang immer so, als sollte ich, ausgerechnet ich, etwas daran ändern. Natürlich nicht bei jemandem, der mich mit einem Messer bedrohte. Erwartete er das von mir? Dass ich ihn von seiner Einsamkeit erlöste?

Dann sprang er ohne Überleitung zur Beerdigung seines Vaters. Ich bekundete mein Beileid – fragte mich angesichts des Messers an meinem Hals aber auch, wie der Vater wohl umgekommen war –, und er erkundigte sich artig nach meinen Eltern, die er damals natürlich nie zu Gesicht bekommen hatte. Jetzt machten wir also doch freundliche Konversation. Ich erzählte von meiner Mutter, auf eine Weise, als würde ich sie innig lieben, und einen Moment wurde mir wieder übel, wie draußen, weil mir die Badewanne in Wattenscheid vor Augen stand. Ich konnte doch sonst so gut vergessen!

Ich hatte gehofft, er wäre langsam betrunken oder zumindest ansatzweise, auch durch sein Gequatsche nicht mehr ganz bei der Sache, und er verlöre die Gewalt über das verdammte Messer, ob es nun aus Japan kam oder sonst woher, aber dem war nicht so. Er wirkte im Gegenteil vollkommen nüchtern.

»Weißt du, Lissi, so hätte ich gern vor dreißig Jahren mit dir geredet«, sagte er. »Damals war ich auch schon einsam. Noch viel einsamer als heute sogar. Aber jetzt ist es zu spät.«

Er kam noch näher an mich heran, sodass er fast auf meinem Schoß saß, umfasste mit seinem freien Arm meine Schulter und drückte das Messer mit der Klinge gegen meinen Hals, nicht mehr mit der Spitze, ich spürte, wie die scharfe Klinge meine Haut durchschnitt, und dachte an spritzende Blutfontänen und dass mein neues Sofa dann endgültig und rettungslos besudelt wäre und wie egal das jetzt war.

31
Dezember. Damals

Ich verlasse den Schuppen, und aus einem mir unerklärlichen Grund blicke ich als Erstes nicht nach vorne, um zu überprüfen, ob mich jemand gesehen hat,
sondern nach oben, als würde ich im Himmel Be-
stätigung für das, was ich getan habe, suchen – oder
jetzt schon Trost. Oben sehe ich Schleierwolken,
deren Namen ich nicht kenne, nicht den deutschen
und den lateinischen erst recht nicht – *Cirrostratus* –,
und diese Wolken, die den meisten Leuten gar nicht
auffallen, weil sie so zart sind und so weit oben, die
manchmal wie ein dünnes Gazetuch aussehen, das
den Himmel überspannt, manchmal wie hauchdün-
ne Federn, sollen mich noch mein ganzes Leben begleiten.

Meiner Mutter erzähle ich schon lange nichts
mehr. Ich traue ihr nicht über den Weg. Vor allem erzähle ich ihr nichts von der Existenz des Schuppens.
Auch nichts von Schleierwolken. Ich frage sie nicht
nach der Wolkenform, denn sie könnte es sowieso
nicht beantworten. »Wozu muss ich denn wissen, wie
die heißen«, würde sie sagen. Und sie würde sagen:
»Es gefällt mir nicht, wenn du dich draußen so viel

283

herumtreibst. Wo bist du da eigentlich immer? Das würde ich ja gerne wissen.« Das wird sie aber niemals erfahren. Ich bin in dem Alter, in dem meine Eltern mir noch etwas verbieten können – alles, wenn ihnen danach ist –, und ich muss höllisch aufpassen.

Es war ganz einfach. Und der Plan reifte von selbst heran. Ich las in der WAZ – eine andere Zeitung gibt es bei uns zu Hause nicht – diesen Artikel über die vierköpfige Familie, die nachts erstickt ist. Sie hatten ihre Fenster und Türen so sorgfältig abgedichtet, dass keine Luft mehr hindurchkam, und außerdem war der Brennofen in ihrer Wohnung defekt, was sie aber wohl nicht wussten. Vierköpfig, wie meine eigene Familie. Dieser Artikel hat mich ungeheuer fasziniert. Gestorben aus Sparsamkeit. Mich beschäftigte die Fantasie, dass es auch meine Familie hätte sein können. Im Tod vereint. Längst bin ich nicht mehr in dem Alter, in dem ich ausgerechnet zusammen mit *ihnen* sterben will. Da würde ich mir jemand anderen suchen. Sauberkeit, Sparsamkeit und die Eltern nicht anlügen, das sind die Tugenden der Ebels. Ständig heißt es, dafür ist kein Geld da, was ich denn glaube, woher das Geld kommt. Zugegeben, über Letzteres mache ich mir tatsächlich nie Gedanken. Ich würde so gern auch in einem Einfamilienhaus in einer besseren Gegend wohnen. Wenn mich jemand fragt, wo ich wohne, antworte ich manchmal: »In der Parkallee.« Die Parkallee ist die teuerste Straße bei Monopoly. In unserer Stadt gibt es übrigens gar keine Parkallee.

Es stimmt nicht, dass in dem verlassenen Schuppen in der Kleingartensiedlung eine Heizmöglichkeit fehlt. Es gibt eine, bloß hat noch nie jemand danach gesucht. Versteckt hinter einem alten Schrank, in dem zerrissene, verschimmelte Lumpen liegen und es stinkt, befindet sich ein alter Ofen. Vielleicht hat ihn ein früherer Besitzer oder Pächter versteckt, damit ja keiner auf die Idee kommt, ihn zu benutzen, weil er ein Sicherheitsrisiko darstellt. Ich kann nicht glauben, dass niemand vor mir den alten Ofen entdeckt hat. Aber auf wundersame Weise sammeln sich immer mehr kaputte Möbel im Schuppen an, sodass man den Überblick verliert; inzwischen sieht es so aus wie bei der Sperrmüllabholung. Außerdem sind in den kalten Monaten nicht oft Leute hier. Und wenn welche hier sind, sind sie meistens zu betrunken oder zu bekifft oder beides, um ihre Umgebung genau wahrzunehmen. Oder sie sind damit beschäftigt, an jemandem herumzufummeln.

Ich schwänze die letzten beiden Stunden – eine Doppelstunde Chemie, wie passend –, weil ich ganz sichergehen will, niemanden im Schuppen anzutreffen, fahre mit dem Bus, gehe anschließend die 1,5 Kilometer zu Fuß und inspiziere zuerst die Lage. Das Dämmmaterial, das ich zu Hause gestohlen habe, steckte den ganzen Vormittag in meiner Schultasche. Ich dichte damit die beiden Fenster und die Tür ab. Kunststofffenster wären natürlich besser als die alten verzogenen Holzfenster, von denen längst der Lack abgeplatzt ist. Aber ich muss es versuchen.

Also verklebe ich restlos alle weichen Schaumstoffwürmer, die ich zu Hause gefunden habe. Anschließend spritze ich noch großzügig Silikon in die Ritzen, die mir nicht dicht genug erscheinen. Es sieht
nicht gerade ordentlich aus, aber darauf kommt es
ja nicht an. Auch die Silikondose habe ich heute
Morgen in meine Schultasche gepackt. Ich lockere
das Ofenrohr, was nicht weiter schwer ist, und stopfe feuchtes, klebriges Laub hinein, das ich vor dem
Schuppen eingesammelt habe. Bereits letzte Woche
habe ich Brennholz gekauft und in unserem Keller
versteckt. In meinem Zimmer hätte meine Mutter, die immer herumschnüffelt, es sofort entdeckt.
Mit dem Brennholz hätte ich natürlich schlecht zur
Schule gehen können, deswegen habe ich es gestern
in der Nähe des Schuppens versteckt, wo es heute tatsächlich immer noch lag. Aber im Dezember halten
sich wohl nicht viele Leute in ihren Schrebergärten
auf. Ich stapele ein bisschen von dem Holz im Ofen,
den Rest lege ich einladend daneben. Soll ich noch
Streichhölzer neben dem Holz platzieren? Aber das
wäre wohl zu offensichtlich. Außerdem hat Dominik
wegen seiner Joints immer Feuer dabei.

Seit der Plan in mir gereift ist, muss ich mir ver-
kneifen, Nicole zu erzählen, dass man den Schuppen
sehr wohl heizen kann. Es wäre zu verdächtig. Sie
muss selbst darauf kommen. Zufällig habe ich gestern gehört, dass sie sich heute mit Dominik hier
treffen will. Allein. Nur sie und Dominik. Beim Kauf
des Brennholzes letzte Woche, beim Heranreifen des

Plans, konnte ich natürlich noch nicht sicher sein, wann und ob Nicole sich in nächster Zeit hier aufhalten würde. Aber ich habe Glück.

Ich kann mir denken, was sie vorhaben. Ich bin mir sicher, dass sie ficken wollen und es dabei gern schön warm hätten. Die sich anbietende Gelegenheit zum Heizen würden sie sicher erfreut nützen. Ich muss hoffen. Und ich habe wieder Glück, denn das Wetter schlägt um, schon vor ein paar Tagen. Von einem milden November in einen eisig kalten Dezember. Die Temperaturen sind auf unter null Grad gefallen. Sie können dann den Herbst von Vivaldis vier Jahreszeiten hören, bevor sie einschlafen, denke ich.

Ich will gar nicht Dominik treffen, sondern Nicole. Dominik ist nur unwichtiger Beifang. Natürlich, ich hasse ihn, so wie ich alle hasse, die Nicole mir vorzieht, aber im Grunde ist er mir gleichgültig.

Und ich betrachte es nicht als Verbrechen. Ich habe ja gar nichts getan. Gut, ich habe Holz in den Ofen gelegt und angezündet, was mir übrigens sehr lange nicht gelingen will. Aber Nicole und Dominik hätten ja nicht im Schuppen bleiben müssen.

Meine Eltern denken, dass ich eine naturwissenschaftliche Niete bin, was im Wesentlichen auch stimmt. Egbert hat es schon lange aufgegeben, mir Nachhilfeunterricht zu erteilen, wenn er mal bei uns zu Hause ist. Aber Kohlenstoffverbindungen habe ich schon immer gut verstanden. Und so weiß ich auch, dass Kohlenmonoxid durch die nicht vollständige Verbrennung kohlenstoffhaltiger Materialien entsteht, insbesondere bei Sauerstoffmangel. Es ist hochgiftig und farb- und geruchlos, was es so gefährlich macht. Die bedauernswerte vierköpfige Familie, die auch jede kleinste Ritze in ihrer Wohnung abgedichtet hatte, starb im Schlaf, ohne es zu merken.

Niemand wird auf mich kommen. Wieso auch? Meine Eltern wissen ja sowieso nicht, dass ich mich häufig in der Kleingartensiedlung aufhalte, sie werden sie gar nicht mit mir in Verbindung bringen. Im Übrigen habe ich ja nichts getan. Ich habe einen alten, stinkenden Schrank zur Seite geschoben, das war anstrengend genug, und er wäre beinahe umgestürzt und hätte mich unter sich begraben, dann habe ich Brennholz auf dem Boden platziert und den Ofen nach etlichen Fehlversuchen angeheizt. Dabei lasse ich übrigens die Tür offen. Kohlenmonoxid ist ja so tückisch. Ich bilde mir auch nach wenigen Minuten ein, dass ich Kopfschmerzen bekomme. Zum Schluss dichte ich die Tür mit dem letzten Rest der Schaumstoffwürmer nochmals ab und ziehe die schmutzigen Vorhänge sorgfältig vor die Fenster.

Ich schließe die Tür des Schuppens von außen und sehe als Erstes nach oben in den Himmel, zu den Schleierwolken. Ich könnte mich in ihrem Anblick verlieren, aber ich muss nach Hause, sonst wird meine Mutter misstrauisch. Mir fährt ein gehöriger Schreck durch die Glieder, denn als ich meinen Blick vom Himmel auf die Erde richte, glaube ich, ganz nah am Schuppen eine Person zu sehen. Fast nur ein Schatten. Aber ich bin mir nicht sicher, denn im nächsten Moment ist sie verschwunden.

Ich gehe die 1,5 Kilometer zur Bushaltestelle. Mir begegnet unterwegs niemand. Ich fahre nach Hause. Bevor ich unser Haus betrete, werfe ich draußen die Dose Silikon und die Verpackung des Dämmmaterials in einen Abfalleimer. Ich komme nur ein ganz kleines bisschen zu spät, aber meiner Mutter fällt nichts auf. Auch nicht, wie durchgefroren ich bin. Beim Mittagessen quatscht sie mich mit irgendetwas Belanglosem voll, und ich lasse es ausnahmsweise geduldig über mich ergehen.

32
Ende September

Als ich auf der Gneisenaustraße lag und der Bus auf
mich zukam, tat mir gar nichts mehr weh. Weder
mein aufgeschürftes Knie noch meine Handflächen,
und auch das sonst so beständige Stechen unter meinem linken Schulterblatt war plötzlich wie wegge-
blasen. Ein tiefer Seufzer verließ meine Kehle – aus
Verblüffung, nicht vor Schmerz. Ich hörte ihn selbst
ganz deutlich, obwohl es auf der Gneisenaustraße
doch immer so laut war.

Normalerweise stand ich nicht unbedingt auf
der Sonnenseite des Lebens. Im Schreibbüro bekam
ich das geringste Gehalt, weil ich ja nur korrigierte,
wie die anderen sagten, statt selbst zu schreiben. Ich
wohnte bis heute nicht in der Parkallee, wobei ich gar
nicht wusste, ob es eine solche in Berlin überhaupt
gab. Nicht zu vergessen, meine Mutter. Die zahlreichen Fahrten zu ihr. Ihr Gemecker. Mit Becky war es
vorbei, und offenbar hatte ich auch kein Talent für
eine neue Liebesbeziehung. Im Gegenteil, von der,
mit der sich etwas hätte anbahnen können, die Bekanntschaft aus der Bar auf dem Mehringdamm, die
mich an Rudi erinnert hatte, Rudolfine, die Garten-

hilfe meiner Mutter, wurde ich bestohlen. Oder war es doch Frau Zucker gewesen? Ich wusste es einfach nicht. Mein Zweitschlüssel war immer noch nicht wiederaufgetaucht. Ich musste unbedingt das Schloss austauschen lassen.

Wunder waren also nicht für mich gemacht, kein Glück, keine Sternschnuppen. Mit sechsundvierzig hatte ich tatsächlich erst zwei, höchstens drei Mal eine Sternschnuppe gesehen. Diesmal aber war doch ein Wunder geschehen. Ein Wunder, dass mir nichts Schlimmes passiert war. Dass ich überlebt und sogar nur ein paar Blessuren davongetragen hatte. Das hatten auch alle Zeugen ausgesagt, nachdem zwei Streifenbeamte eingetroffen waren, ein Wunder, ein Wunder!

Nach meinem Sturz vor den 140er-Bus, der von unten aussah wie ein riesiger Ozeandampfer, hatte der Fahrer im letzten Moment bremsen können, was die wenigen Fahrgäste des Busses ordentlich durcheinandergewirbelt hatte. Aber sie alle waren unverletzt geblieben. Der Schock des Busfahrers war fast größer als mein eigener.

Später dann war ich mir sicher, dass Martin mich vor den Bus gestoßen hatte. Natürlich Martin. Die Zeugen auf der Gneisenaustraße hatten einen Mann weglaufen sehen, der mir gar nicht aufgefallen war, aber es war alles so schnell gegangen, und niemand konnte ihn beschreiben. Martin hatte ja selbst zugegeben, dass er mich seit Wochen verfolgte. Darauf war er sichtlich stolz. Ich hatte ihn draußen einfach nicht bemerkt, nur das türkische Mädchen, die Transsexuelle, den Mann mit den Pfandflaschen. Und Rosina, den Hund. Martin hatte auch damit angegeben, wie unsichtbar er sich machen könne, was ich ihm übrigens sofort glaubte, denn er war wirklich eine absolut unscheinbare Person. Heute wie vor dreißig Jahren.

Ich hatte gerade meinen Kaffee ausgetrunken – er bekam mir jetzt wieder besser – und wollte mich auf den Weg zur Arbeit machen, als es an meiner Tür klingelte. So früh erwartete ich keinen Besuch. Ich hatte auch nirgendwo etwas bestellt. Vielleicht ein Nachbar?

Ich öffnete, und vor mir standen drei Männer und eine Frau. Polizisten. Zwei in Zivil, der dritte Mann und die Frau in Uniform. Die Frau in Uniform kam mir bekannt vor. Hatte ich sie nicht schon mal in einem Szenelokal gesehen? Die vier sahen mich aufmerksam an. Nicht unfreundlich, wie ich fand.

War noch etwas wegen des Busses zu klären? Kamen sie deswegen? Die Streifenbeamten hatten meine Personalien aufgenommen, die Zeugen ihre Aussage gemacht, dann war der Bus weiter Richtung Ostbahnhof gefahren, und ich hatte die Sachen aus dem Sanitätshaus für meine Mutter von der Straße eingesammelt. Musste das jetzt sein? Ich verspätete mich nicht gern bei der Arbeit. Oder war es wegen der Anzeige? Ich war schließlich doch noch zur Polizeidirektion 5, Abschnitt 52, in der Friesenstraße gegangen und hatte den Einbruch in meine Wohnung zur Anzeige gebracht. Falls man es Einbruch nennen konnte, die Person hatte schließlich nicht das Schloss geknackt, sondern vermutlich mit dem entwendeten Ersatzschlüssel aufgeschlossen. Deswegen hatte ich auch so lange mit der Anzeige gezögert. Es war mir peinlich. In der Friesenstraße hatte ich ewig warten müssen, bis ein Beamter meine Anzeige aufnahm. Einbruchsanzeigen versickerten meistens einfach. Einbrüche geschahen so oft und waren schwer aufzuklären.

Ich hörte einen der Männer vor meiner Tür meinen Namen sagen. »Frau Ebel. Frau Ebel. Hören Sie mich, Frau Ebel?« Sie waren sehr höflich, standen im Treppenhaus und machten keinerlei Anstalten, die Schwelle zu übertreten. Das wäre mir auch nicht recht gewesen. Die hässlichen Flecken auf meinem Sofa. Wie sähe das denn für sie aus? – Ich dachte schon genauso wie meine Mutter. Die vier Polizisten wirkten weit entfernt, obwohl sie direkt vor mir standen. Sie sahen recht freundlich aus, allerdings mit seltsam ernsten Gesichtern. War etwas mit meiner Mutter? Einer der Männer in Zivil sagte noch mehr, viel mehr, nicht nur meinen Namen, aber ich verstand ihn nicht richtig.

Ich wunderte mich. Nicht nur darüber, dass sie so schnell nach meiner Anzeige auftauchten, sondern auch, weil sie zu viert waren. Das war doch nicht nötig. Und reichlich übertrieben.

»Ich weiß, ich muss das Schloss austauschen lassen«, sagte ich schuldbewusst. Ich hätte es schon viel eher tun müssen, wenn ich den Verdacht hatte, dass draußen jemand mit meinem Zweitschlüssel unterwegs war und jederzeit meine Wohnung betreten konnte. »Ich kümmere mich gleich morgen darum.«

Ich musste zur Arbeit. Wir hatten einen neuen Auftrag im Schreibbüro, einen großen Auftrag, und ich wollte nicht zu spät kommen. Diese vier Polizisten vor meiner Tür waren ausgesprochen lästig. Ich rückte mein Halstuch zurecht, das ich seit dem Zusammentreffen mit Martin immer trug und für das es im Augenblick eigentlich viel zu warm war. Der Sommer hatte jetzt, Ende September, einen überraschenden letzten Anlauf genommen, schon morgens waren es zwanzig Grad. Warum wurde ich den Eindruck nicht los, dass die vier Polizisten sich nicht im Geringsten dafür interessierten, dass ich gleich morgen mein Schloss austauschen lassen würde? Und warum sahen sie mich jetzt so mitleidig an?

Der eine in Zivil, der hauptsächlich zu sprechen schien, wahrscheinlich war er eine Art Chef, ich hatte mir ihre Ausweise nicht richtig angesehen, wiederholte dauernd meinen Namen. Frau Ebel, Frau Ebel, Frau Ebel. »Verstehen Sie, was ich gesagt habe, Frau Ebel?«

Und er sagte etwas von »mitkommen«. Von »begleiten«. Sie begleiten?

Wozu? Und wohin? Zur Polizeidirektion? Da war ich bereits gewesen. Wegen eines Einbruchs? Oder doch wegen des Zwischenfalls mit dem 140er? Aber es war doch niemandem etwas passiert, weder mir noch den Fahrgästen des Busses. Ich musste zur Arbeit. Ich musste jetzt sofort zur Arbeit.

33
Fünfter Januar. Einige Jahre zuvor

Es war eisig kalt, unter null Grad. So ein Tag, an dem man am liebsten gar nicht das Haus verlässt. Ich kannte Becky zu dieser Zeit noch nicht und fühlte mich nach der kurzen Affäre mit Frau Zucker, die mir immer unheimlicher geworden war, durchaus wohl ohne Liebesbeziehung. Ich hatte frei und fuhr zum S-Bahnhof Lichterfelde-Ost, eine Gegend, in der ich mich normalerweise nie aufhielt.

Er war inzwischen dazu übergegangen, mich auch bei der Arbeit anzurufen. Ein paar Mal hatte ich mich verleugnen lassen, aber das ginge nicht ewig, zumal ich meinen Kollegen nichts von den weiteren Entwicklungen mit Zucker erzählen wollte, nachdem der Auftrag für ihn lange beendet war. Und an diesem Morgen war dann eine E-Mail von ihm gekommen, an meine Privatadresse, in der er mich nicht etwa bat, sondern mir befahl, mich am Nachmittag mit ihm zu treffen. Damit wir uns »aussprechen«, schrieb er.

Warum war ich darauf eingegangen und traf mich an so einem entlegenen Ort mit ihm? Damit es endlich ein Ende hatte. Damit seine E-Mails mit den schlimmen Rechtschreibfehlern aufhörten, seine Anrufe, jetzt auch im Schreibbüro, damit er sich nicht mehr an meinem Fahrrad zu schaffen machte – oder gar auf die Idee kam, nicht nur unten im Hof zu bleiben, sondern bis nach oben zu kommen, um in meine Wohnung zu gelangen. Damit er mir keine Umschläge mit Ohrwürmern oder anderem Getier mehr schickte. Damit er mich endlich in Ruhe ließ.

Direkt nach dem Jahreswechsel waren die Temperaturen gesunken, und es hatte geschneit. Was für ein unwirtlicher Ort, jetzt im Januar. Es hatte schon begonnen, dunkel zu werden, als ich aufgebrochen war. Ich war ein paar Minuten zu früh und wartete unten vor dem Eingang. Kein Zucker in Sicht. Wir hatten uns gar nicht darüber verständigt, wo genau wir verabredet waren, und so wusste ich nicht, ob ich unten auf ihn warten sollte oder oben am Gleis. Ich beschloss, zurück auf den Bahnsteig zu gehen. Mir war ohnehin nicht wohl bei dem Gedanken, ihn gleich zu sehen, und oben könnte ich jederzeit in eine einfahrende S-Bahn steigen.

Der Bahnsteig war nur notdürftig von Schnee und Eis befreit. Die Sohlen meiner Schuhe waren zu glatt für diese Wetterlage, zu glatt und zu dünn. Außer mir standen zwei Leute hier und warteten, sonst niemand. Zucker verspätete sich, aber das sah ihm ähnlich. Er hatte mich hierher bestellt, und indem er mich warten ließ, demonstrierte er seine Macht. Oder was er dafür hielt. Wie hatte ich ihn je nett finden können? Er verspätete sich um fünf Minuten, schließlich um zehn. Ich ging auf und ab, vorsichtig, um nicht auszurutschen. Wenn er nicht gleich käme, dachte ich, würde ich mit der nächsten Bahn wieder zurückfahren.

Den Treffpunkt hatte er bestimmt. Wieso ausgerechnet an einem S-Bahnhof? Die Zuckers wohnten hier in der Gegend. Ich hatte sie zwar einige Male zu Hause besucht – bevor Frau Zucker mich immer allein besuchen kam –, kannte mich aber trotzdem nicht besonders gut aus.

Nervös blickte ich zu den Gestalten auf dem Bahnsteig, zur Treppe, um zu sehen, ob Zucker nach oben kam. Es war so ein Wintertag, bei dem man mittags schon denkt, dass gleich die Sonne untergeht. Ich hatte mir unterwegs eine Zeitung gekauft, um nicht wie bestellt und nicht abgeholt herumzustehen. Zum Zeitunglesen war es allerdings viel zu kalt. Ich hatte mit seiner Verspätung gerechnet, Pünktlichkeit war genauso wenig seine Sache wie Rechtschreibung und Zeichensetzung. Nicht zu vergessen: die Machtdemonstration. Ich war zu dünn angezogen. Ich ging wieder auf dem Bahnsteig auf und ab, damit mir etwas wärmer wurde. Ich liebäugelte sehr mit dem Gedanken, in die nächste kommende Bahn zu steigen. Natürlich wollte ich Zucker nicht sehen. Wer will schon jemanden sehen, der einem hasserfüllte E-Mails schickt und lebendige Ohrwürmer?

Aus beiden Richtungen waren inzwischen S-Bahnen gekommen und hatten die beiden Leute, die außer mir auf dem Bahnsteig gestanden hatten, verschluckt. Niemand war ausgestiegen. Was für ein verlassener Ort. Hier könnte auch das Ende der Welt sein. Einen Moment achtete ich nicht auf die Treppe, und als ich mich umdrehte, sah ich ihn auf mich zukommen. Schon von Weitem bemerkte ich das überhebliche Grinsen in seinem Gesicht. Und die Aggression. Ich trat einen Schritt zurück, als er bei mir angelangt war, was ihn jedoch nicht davon abhielt, mich zu umarmen und mir drei alberne Wangenküsschen zu verabreichen.

»Na, hast du meine Liebesbriefe bekommen?«, sagte er.

»Für die gab es sicher keinen Korrekturauftrag«, antwortete ich.

»Ich habe den Eindruck, dass wir uns persönlich treffen müssen, weil meine Briefe nichts bewirken«, sagte er. »Um es deutlich zu sagen: ich will, dass du die Finger von meiner Frau lässt.«

»Wir haben uns seit Wochen nicht mehr getroffen«, sagte ich. »Es ist vorbei.« Kurz überlegte ich, ihm zu sagen, dass schließlich nicht nur ich, sondern auch seine Frau daran beteiligt gewesen war, aber der Ausdruck in seinem Gesicht ließ mich Abstand davon nehmen. Es würde ihn nur noch mehr reizen.

»Und das soll ich dir glauben?«, sagte er. »Dir kann man doch gar nichts glauben, du verlogenes Miststück.«

Einerseits war es beunruhigend, an diesem dunklen Winternachmittag mit Zucker allein auf dem Bahnsteig zu stehen, andererseits war ich auch froh, weil uns niemand zuhören konnte. Zucker war jetzt nämlich laut geworden. Übrigens hatte er unrecht. Ich verschwieg manchmal Dinge, aber ich log nicht.

»Ich will gar nicht wissen, was ihr miteinander treibt«, sagte er. »Ekelhaft.«

Er stand jetzt ganz dicht vor mir. Offenbar war es zwecklos, ihm zu sagen, dass wir seit vielen Wochen gar nichts mehr miteinander trieben. In seinen Augen loderte unverhohlener Hass, und ich hatte Angst, dass er im nächsten Moment auf mich losgehen würde. Niemandem würde es auf diesem menschenleeren Bahnsteig auffallen. Es musste doch endlich jemand nach oben kommen! Ich stand bedrohlich nah an der Bahnsteigkante. Für das Zerstören meines Fahrrads, die vielen E-Mails und die Ohrwürmer schien Zucker sich kein bisschen zu schämen. Hatte ich das denn ernsthaft erwartet? Dass er sich schämen, womöglich sogar entschuldigen würde? Nicht zum ersten Mal bedauerte ich die Affäre mit seiner Frau. Ich hatte mich von ihren Avancen verführen lassen, ihren tiefen Blicken, ihren wie unabsichtlichen Berührungen, und das Flirten mit ihr hatte mir geschmeichelt. Aber ich konnte die Affäre ja nicht mehr rückgängig machen. Ich konnte noch so sehr beteuern, dass ich seine Frau nicht mehr traf und keinen Kontakt zu ihr hatte, er würde mir nicht glauben. Er wollte mir nicht glauben. Ich hatte Angst vor Zucker. Unterschwellig hatte ich die ganzen letzten Wochen Angst vor ihm gehabt, und jetzt war diese Angst ganz konkret. Hörte das denn nie auf? Und was kam als Nächstes?

Ich versuchte, unauffällig den Kopf zu drehen, um den Bahnsteig in Augenschein zu nehmen. Immer noch keine anderen Leute. Zucker und ich waren ganz allein.

Er hatte meinen Blick natürlich bemerkt. »Hier ist keiner, der dir helfen kann«, sagte er. »Um die Zeit ist hier nie viel los und bei dem Scheißwetter sowieso nicht. Deswegen wollte ich dich auch hier treffen. Damit wir ganz unter uns sind.«

Brauchte ich denn Hilfe? Was plante er?

Ich plante nichts. Absolut nichts. Ich wollte zurück nach Hause und wünschte, ich wäre nie auf seinen Vorschlag eingegangen, mich mit ihm zu treffen. Wie konnte ich meinen freien Tag ausgerechnet auf diese Weise verbringen? Mich an einem düsteren Wintertag mit jemandem auf einem einsamen S-Bahnhof treffen, den ich inzwischen wohl als meinen Feind bezeichnen musste?

»Du hast wohl Angst vor mir«, sagte er und lachte. »Recht so. Das gefällt mir.«

Eine S-Bahn näherte sich. Nicht meine Richtung, aber das war ja egal. Zucker hatte es auch bemerkt. Ich hätte versuchen können wegzurennen, aber ich war mir sicher, dass er mir nachlaufen und mich einholen würde. Er trug im Unterschied zu mir passende Schuhe mit dicken Profilsohlen. Wenn jemand aus der S-Bahn stieg, könnte ich so tun, als würde Zucker mich belästigen. Was ja auch der Wahrheit entsprach. Er zwang mich, mit ihm hier in der Kälte herumzustehen, und bislang hatte er noch nicht gesagt, was er eigentlich von mir wollte, abgesehen davon, dass ich seine Frau in Ruhe lassen solle. Ich ließ seine Frau schon seit vielen Wochen in Ruhe. Hatte sie ihm das nicht gesagt? Oder wusste er es ganz genau und wollte sich an mir rächen? Er war der Typ, der so etwas nicht einfach auf sich sitzen ließ.

Die Bahn kam. Es stieg nur eine Person aus, eine junge Frau, die eilig zur Treppe strebte. Ich konnte nichts sagen. Was hätte ich auch sagen sollen? Um Hilfe rufen? Dem Fahrer der S-Bahn verzweifelte Zeichen machen? Die Türen schlossen sich mit dem vertrauten Warnsignal, und die S-Bahn fuhr los. Der Bahnsteig war wieder so menschenleer wie zuvor. Ich stand mit Zucker herum, unfähig, mich zu rühren, als hätte er mich gefesselt oder würde mich mit einer Waffe bedrohen. Ich wollte nicht, dass er meine Angst sah. Und dann vergegenwärtigte ich mir, warum ich überhaupt eingewilligt hatte, mich mit ihm zu treffen. Damit er mich nicht mehr anrief und mir keine E-Mails mehr schickte. Damit ich nachts nicht bei jedem Geräusch aus dem Hof denken musste, dass er sich wieder über mein Fahrrad hermachte und dass ihm das Fahrrad schon bald nicht mehr reichen würde. Damit die unselige Bekanntschaft mit Zucker und Frau Zucker endlich ein Ende fand.

Aus seinem Gesicht sprach immer noch deutlich der Hass. Er berührte mich am Arm, und ich zuckte zusammen.

»Sollen wir nicht woanders hingehen?«, sagte ich.
»Vielleicht in ein Café? Es ist ganz schön kalt.« Natürlich hatte ich nicht die geringste Lust, mit Zucker in einem Café zu sitzen, wusste auch gar nicht, ob es hier eins gab, ich wollte nicht neben ihm hergehen, die Treppe nach unten, als wären wir gute Bekannte, als würden wir uns mögen, aber weiter auf dem eisigen Bahnsteig herumstehen wollte ich auch nicht. Mir war inzwischen sehr kalt.

»Wir können das auch hier klären«, sagte er.

»Was sollen wir denn klären? Ich habe deine Frau ewig nicht gesehen. Du hast also überhaupt keinen Grund, mir diese Briefe zu schicken.«

»Aber die Ohrwürmer waren lustig, oder?«, sagte er. »Hat ziemlich lange gedauert, so viele einzusammeln.«

»Ja, sehr lustig. Genauso wie mein Fahrrad.«

»Ach, dein Fahrrad, stimmt, das hatte ich ja fast vergessen. Du musst doch zugeben, Elisabeth, dass du eine Abreibung verdient hast. Dass du nicht ungestraft davonkommen kannst.«

Er kam mir noch näher. Ich spürte seinen Atem im Gesicht.

»Ich wollte nur nett zu dir sein«, sagte er, »nach dem Auftrag, und was machst du? Du machst dich an meine Frau ran.«

»Deine Frau hat sich genauso an mich rangemacht, wenn du es schon so nennen willst.«

»Ach hör doch auf, du warst doch von Anfang an hinter ihr her. Außerdem ist meine Frau nicht so eine wie du. Du widerst mich an, weißt du das?«

Dann geh doch endlich und lass mich zurückfahren, dachte ich.

Sein Gesicht kam noch näher, und ohne dass ich es hätte verhindern können, leckte er plötzlich schlabbernd über mein Ohr. Ich roch seinen Speichel. Er biss mir so fest in die Lippe, dass ich sofort Blut schmeckte, und schob mir dann seine Zunge in den Mund. Er presste sich an mich. Ich versuchte, mich von ihm loszumachen, aber er hielt mich eisern fest. Ich hörte, wie eine S-Bahn kam, diesmal in meine Richtung. Ich musste mich von ihm losreißen und in diese S-Bahn steigen. Wie hatte ich nur annehmen können, bei diesem Treffen würden wir uns friedlich verständigen? Die Bahn kam näher, der Boden vibrierte ganz leicht. Noch immer befand sich außer uns niemand auf dem Bahnsteig. Als Zuckers Gesicht sich endlich von meinem löste, blickte ich zufällig nach oben und entdeckte eine Kamera, die den Bahnsteig überwachen sollte. Sie war augenscheinlich zerstört. Ich erinnerte mich, neulich gelesen zu haben, dass eine ganze Reihe von Kameras auf U- und S-Bahnhöfen zerstört und noch nicht durch neue ersetzt worden waren. Eine Serie, für die man die Linkautonomen verantwortlich machte. Offenbar war auch diese Station betroffen. Wie unsinnig, dachte ich, hier eine Kamera zu zerstören, hier war doch kein Mensch. Zucker und ich standen seit vielleicht zwanzig Minuten hier. Zwanzig Minuten, die mir wie Stunden vorkamen. In dieser Zeit hatte bis auf eine einzige Frau niemand den Bahn-

steig betreten, weder war jemand von unten herauf-
gekommen noch aus einem Zug gestiegen. Meine
Hände und Füße waren halb erfroren. Ich sehnte
mich danach, ins Warme zu kommen. Endlich von
Zucker befreit zu sein. Er stand unverändert dicht
vor mir, ich vermied es, ihn anzusehen. Ich war von
der einfahrenden Bahn abgewandt. Sie klang ganz
schön schnell, dafür, dass sie hier halten musste. Ich
plante nichts, immer noch nicht. Es ergab sich einfach so. Ich drehte mich kurz zur Seite, aber nicht so
weit, dass der Fahrer der S-Bahn mein Gesicht richtig hätte sehen können, ging einen halben Schritt
näher zur Bahnsteigkante, gefährlich nah, über die
weiße Linie hinweg, wie erwartet folgte Zucker mir,
wahrscheinlich, um mich daran zu hindern, in die
S-Bahn zu springen, und dann löste ich mich von
ihm und stieß ihn zur Seite, beides im selben Moment.

Die Überraschung spielte mir in die Hände. Der
Bahnsteig war an dieser Stelle vereist, sodass Zucker
trotz seiner Profilsohlen wegrutschte und sich nicht
mehr halten konnte. Er fiel vor den Zug. Genau im
richtigen Moment. Was für ein Timing.

Ich ging in Richtung Treppe, die nach unten
führte. Nicht langsam, aber auch nicht übertrieben
schnell. Ich drehte mich nicht um, ignorierte die
hässlichen Geräusche, die Notbremsung der S-Bahn,
das grässliche Quietschen, das in den Ohren wehtat
und mir durch Mark und Bein fuhr, Zuckers Schrei,
der viel zu spät zu kommen schien, den dumpfen

Knall, wie auf einer Landstraße, wenn einem ein Reh vors Auto läuft.

Leider konnte ich nicht die S-Bahn nach Hause nehmen. Eine Weile zu Fuß zu gehen, würde mir sicher guttun und mich aufwärmen. Ich sehnte mich nach einem heißen Getränk. Nach der Badewanne. Oder nach meinem Bett. Ich kannte mich in dieser Gegend kaum aus, wusste aber zumindest, welche Richtung ich einschlagen musste. Ich wechselte oft die Straßenseite, bog in kleinere Seitenstraßen ein. Ich ging ewig lange. An einigen vereisten Stellen auf dem Gehweg geriet ich mit meinen zu glatten Sohlen ins Rutschen. Dann erreichte ich den Bahnhof Südkreuz. Das war gut. Südkreuz war auch ein Fernbahnhof, hier würden viele Menschen sein.

Ich betrat den Bahnhof und wollte mich auf den Weg zur S-Bahn machen, als mir einfiel, dass ich schon lange nicht mehr bei Ikea gewesen war. Ich brauchte nichts von Ikea, aber ich war ganz in der Nähe.

Also verließ ich den Bahnhof Südkreuz wieder, ging die hässliche Strecke an der Stadtautobahn entlang. Die Dämmerung hatte längst eingesetzt, bald würde es ganz dunkel sein. Bei Ikea war es wie immer brechend voll. Ich kaufte einige Kleinigkeiten, eine Spülbürste, Servietten, zwei Weingläser und einen kleinen Kaktus. Ich benötigte nichts davon, aber ich hatte plötzlich Lust, Geld auszugeben. Die Welt drehte sich ganz normal weiter.

Mit meinen Einkäufen ging ich den Weg zurück bis zum Bahnhof Südkreuz. Dort las ich und hörte über den Lautsprecher, dass eine S-Bahn-Linie wegen eines Notarzteinsatzes unterbrochen war. Ich hatte weder Lust, lange zu warten, noch mir alternative Strecken zu suchen, also fuhr ich mit der Rolltreppe wieder nach oben und nahm ein Taxi. Ich fuhr so selten Taxi, ich konnte es mir ausnahmsweise erlauben.

»Bestimmt wegen der S-Bahn, oder?«, fragte der Taxifahrer. »Ist ja wohl wieder einer gesprungen.«

»Schrecklich«, sagte ich.

»Für mein Geschäft ist es ganz gut. Aber die könnten auch mal an die Fahrer denken. Die haben doch einen Schock fürs Leben.«

Ich stimmte dem Taxifahrer zu. Als wir mein Haus erreichten und ich ausstieg, gab ich ihm ziemlich viel Trinkgeld, weil ich so dankbar war, endlich wieder zu Hause zu sein. Tee. Bett. Badewanne. Ich wusste noch nicht, in welcher Reihenfolge. Diesen Nachmittag am einsamen S-Bahnhof vergessen. Um das Vergessen machte ich mir keine großen Sorgen, das beherrschte ich recht gut.

Ich hatte es nicht geplant. Wirklich nicht. Wie hätte ich es auch planen sollen? Schließlich konnte ich nicht vorhersehen, dass sich außer uns niemand auf dem Bahnsteig befinden würde. Und dass es so einfach ginge.

Ich kochte mir Tee, badete und ging früh ins Bett. Ich schlief gut und traumlos. Am nächsten Morgen fuhr ich wie immer zur Arbeit, wo ein neuer Auftrag zum Redigieren in meinem Postfach lag.

Ich fing sofort damit an und arbeitete gründlich, konzentriert und effizient.

Einige Wochen las ich keine Zeitung und schaltete nie das Radio ein. Ich wollte nicht hören, was in Berlin passiert war, insbesondere von Unfällen an S-Bahnstationen wollte ich nichts wissen.

34
Ende September

Martin war irgendwann auf meinem Sofa regelrecht zusammengesackt, hängende Schultern, Kopf nach unten geneigt, als wäre jede Körperspannung aus ihm gewichen. Und mit ihr auch die Entschlossenheit. Ich konnte es kaum fassen, er hatte das Messer sinken lassen, sein Glas geleert und war aufgestanden. Das gefährliche Funkeln in seinen Augen war erloschen. Und schlagartig hörte er auch mit dem endlosen Monologisieren auf. Er sagte gar nichts mehr. Als hätte jemand auf den Aus-Schalter gedrückt oder als wäre seine Batterie leer. Wortlos hatte er meine Wohnung verlassen.

Ich wurde nicht schlau aus ihm. Einerseits wirkte er so, als würde er mich aus tiefstem Herzen hassen, er hatte mich ja immerhin auch fast abgestochen, andererseits schien er den Tod seines Bruders gar nicht zu betrauern. Ich dachte ernsthaft, dass er mich im nächsten Moment abstechen würde, sah schon das Blut aus meiner Halsschlagader auf mein armes malträtiertes Sofa spritzen. Wo ihm das mit dem Bus 140 knapp eine Woche zuvor doch schon misslungen war. Ich hatte Todesangst vor ihm, und er wirkte so, als könnte er sich nicht entscheiden: mich abstechen oder mir sein Herz ausschütten.

Er machte nicht einmal den Eindruck, als hätte er seinen Bruder sonderlich gemocht. Er sprach sehr abfällig von ihm, und manchmal klang es so, als wäre er eigentlich erleichtert über seinen Tod. Aber es war ja auch schon lange her. Wenngleich ich natürlich nicht wusste, ob sich dreißig Jahre für ihn genauso anfühlten wie für mich, unendlich weit weg, ein ganz anderes Leben. Er hatte mir nicht direkt damit gedroht, die *Wahrheit* zu sagen – dauernd ritt er auf diesem Wort herum, Wahrheit, Wahrheit, Wahrheit, als hätte er sie für sich gepachtet, und was war das überhaupt? –, aber Andeutungen in diese Richtung gemacht. Keine Ahnung, an wen er dabei dachte. An seine Familie, die sich vermutlich bis heute fragte, ob es ein Unfall oder Suizid war? Oder an die Polizei? Ich war damals fünfzehn gewesen. Würde man mich nach so langer Zeit überhaupt noch belangen können? Ich machte mir sicher unnötige Gedanken. Es lag Jahrzehnte zurück. Nach so langer Zeit konnte niemand mehr irgendetwas an dem alten Ofen oder dem Dämmmaterial an den Fenstern überprüfen. Falls der Schuppen in der Kleingartensiedlung überhaupt noch existierte, was ich bezweifelte. Er hatte schon damals abbruchreif ausgesehen und wie ein Schandfleck für die ordentlichen Kleingärtner.

Jeder halbwegs vernünftige Mensch würde denken, dass Martin spinnt. Zumindest hoffte ich das. Und bei einem, der ein Jahr lang seine Wohnung so

gut wie nie verließ, war dieser Gedanke ja auch nicht
so abwegig. Ich könnte es so darstellen, als hätte ich
ihn als Jugendliche abgewiesen, was nicht ganz falsch
war, und als würde er, der Verrückte, deswegen bis
heute Rachegelüste hegen. Ich könnte ihnen sogar
zeigen, wie verrückt er wirklich war. Ich müsste nur
mein T-Shirt anheben und mein Halstuch abneh-
men. Wenn das nicht deutlich war. Auf eine Anzeige
würde ich verzichten.

Mir drohte also keine Gefahr. Wer interessierte
sich schon für einen Jugendlichen, der vor dreißig
Jahren betrunken und bekifft in einer herunterge-
kommenen Kleingartenlaube in einem langweiligen
Ruhrgebietskaff wegen eines defekten Ofens an einer Kohlenmonoxidvergiftung gestorben war. Solche
Unfälle passierten. Dominik war Geschichte. Mehr
noch – Dominik war vergessen.

Ich war mir nahezu sicher, dass die vier Polizisten nicht wegen der Sache von damals vor meiner
Tür standen. Weshalb also sonst? Wegen Zehlendorf?
Susanne hatte mich angerufen. »Stell dir vor«, hatte sie gesagt, »in Zehlendorf ist doch was passiert.
Was richtig Schlimmes.« Sie erzählte mir, dass in der
Kleingartenkolonie Sonnenschein, oder vielleicht
auch Abendruh, die Leiche einer jungen Frau gefunden worden war. In einer Laube. Da der Sommer
einen letzten Anlauf genommen hatte und es sehr
warm war, sah die Leiche nicht mehr besonders gut
aus. Sie musste schon etliche Wochen dort gelegen
haben. Ein Hund hatte angeschlagen, und so wurde

man auf sie aufmerksam. Der Pächter des Grundstücks, auf dem sie gefunden wurde, war krank gewesen, deshalb blieb sie so lange unbemerkt. Hierfür suchte die Polizei tatsächlich Zeugen.

Doch das war völliger Unsinn. Woher sollte die Polizei wissen, dass ich im Juli nachts in Zehlendorf zur S-Bahn gegangen war und etwas gehört und gesehen hatte? Ich musste wieder klar denken. Das fiel mir schwer mit vier Polizisten vor meiner Tür.

Kurz dachte ich auch an das Badezimmer in Wattenscheid. An den unaussprechlichen Gedanken, für den ich jetzt zur Rechenschaft gezogen würde. Oder war meiner Mutter etwas passiert? Aber kamen sie dann nach Hause? Und dann noch zu viert? Riefen sie nicht eher an? Anrufen. Ich musste meine Mutter anrufen, das verschob ich schon seit Tagen. Sie war auf meinem Anrufbeantworter gewesen mit ihrem scheußlichen »Geh doch mal ran! Ich weiß, dass du da bist!« Ich hasste das. Ich mochte meine Mutter inzwischen viel lieber, aber diese Anrufe hasste ich bis jetzt. Sie stimulierten das schlechte Gewissen ungemein.

Die Polizisten, oder vielleicht auch nur der eine Polizist, sagten immerzu etwas, aber ich hörte es nicht. Ich hörte nur einzelne Worte. Ich hatte das manchmal, dass ich einfach nichts hörte, vielleicht, weil ich so oft bemüht war, das Gemecker und die unterschwelligen Vorwürfe meiner Mutter auszublenden. Obwohl wir uns neuerdings ganz gut verstanden. Wenn auch nicht so wie die besten Freundinnen, die sie sich wünschte. Neulich hatte sie sich sogar nach Becky erkundigt, ein bisschen spät zwar, so viele Monate nach unserer Trennung, aber immerhin. Seit der Badewannenepisode war ich sanft zu ihr, ungewöhnlich sanft, was das schlechte Gewissen jedoch nicht davon abhielt, mir auch weiterhin Vorhaltungen zu machen. Dem schlechten Gewissen war es nie genug.

War etwas mit meiner Mutter passiert?

Begleiten. Ich sollte sie begleiten? Sie wollten mich mitnehmen? Warum? Weil bei mir eingebrochen wurde? Das war doch wohl nicht üblich. Was bedeutete das? Musste ich jetzt so eine Tasche packen, wie für einen Krankenhausaufenthalt? War meine Mutter im Krankenhaus? Wer packte dann ihre Tasche? Etwa Hedi? Oder Egbert? Sie kam doch allein nicht mehr zurecht. Oder hatte Martin, die Kellerassel, doch alles ausgeplaudert? Aber niemand könnte nach so langer Zeit Dominiks Kohlenmonoxidunfall rekonstruieren. Und es interessierte keinen mehr. Dominik war auf dem Friedhof meines Ruhrgebietsheimatkaffs längst verrottet.

Ich musste zur Arbeit. Im Schreibbüro war man an meine Zuverlässigkeit gewöhnt, und ich hatte nur ein einziges Mal gefehlt, neulich, an dem Tag, als mich der Bus fast überfahren hatte. Die vier Polizisten starrten auf mein Halstuch, für das es zu warm war. Im Schreibbüro taten sie das auch. Wahrscheinlich dachten sie, ich würde einen Knutschfleck darunter verbergen.

All das jagte durch meine Gedanken. Dann begann sich der wattige Nebel in meinem Kopf endlich zu lichten, und ich konnte wieder scharf sehen. Vier Augenpaare starrten mich an. Die Polizisten nahmen so viel Raum vor meiner Tür ein, dass mir jeder Weg nach draußen versperrt war.

»Ich kann nicht mitkommen«, sagte ich, obwohl ich immer noch nicht wusste, ob ich sie überhaupt richtig verstanden hatte. »Ich muss ins Büro.«

Heute schon an mich gedacht?, fragte das schlechte Gewissen. *Wann hast du dich das letzte Mal bei deiner Mutter gemeldet?*

»Ich muss meine Mutter anrufen«, sagte ich. »Das hat mir gerade jemand gesagt.«

Die Polizisten sahen verwirrt aus.

»Das hat Ihnen gerade jemand gesagt? Wer hat Ihnen das gesagt?«, fragte die Beamtin in Uniform, die das erste Mal das Wort an mich richtete, und versuchte, an mir vorbei einen Blick in meine Wohnung zu werfen.

»Das hat mir vorhin das schlechte –«, begann ich und hörte sofort wieder auf. »Ach, schon gut.«

Der Polizist in Zivil, den ich für den Chef hielt, sagte: »Das muss leider warten. Die Arbeit auch. Ist Ihnen ein Thomas Zucker bekannt?«

Regina Nössler

Wanderurlaub
Thriller

Sie haben einen Wanderurlaub gebucht und begegnen sich das erste Mal im Hotel. Der Wander-
führer geht zu schnell, die Stimmung in der Gruppe
kippt, unterschwellige Feindschaften entstehen. Die
Natur zeigt ihre gefährlichen Seiten. Aber die eigentliche Gefahr lauert nicht in der Natur.
„Ein Feuerwerk an genauen Beobachtungen und
stimmigen Details durchzieht die sich immer bedrohlicher aufschaukelnde Handlung." (Strandgut)

Endlich daheim
Thriller

Die knapp vierzehnjährige Kim kommt von der
Schule. Ihr Schlüssel passt nicht mehr in die Haustür, und ihr Name, so wie die Namen aller Nachbarn auf dem Klingelschild wurden gegen fremde
Namen ausgetauscht. Ihre Mutter und Tante sind
nicht erreichbar. Ein Albtraum, eine Urangst!
Eine Odyssee durch die Schattenseiten Berlins beginnt. Kim irrt durch die Stadt, versucht, sich auf der
Straße durchzuschlagen und gerät immer wieder in
gefährliche Situationen. Wieso sind ihre Wohnung
und ihre Familienangehörigen verschwunden? Ist
Kim verrückt oder liegt dem Ganzen ein Verbrechen zugrunde?

Litt Leweir

Mersand
Thriller

Jojo schläg sich mit Dienstleistungen aller Art mehr schlecht als recht durchs Leben. Diesmal soll ein Koffer transportiert werden. Doch im Nachtzug geht etwas schief und Jojo alias Mersand hat plötzlich einen Koffer voller Geld und befindet sich auf einer mörderischen Flucht quer durch Europa und bis nach Tunesien ans Tor zur Sahara. Die Menschen in Mersands Umfeld haben die Tendenz, gewaltsam zu Tode zu kommen … Eine spannende Geschichte von Gewalt und Tod, aber auch von Liebe und Freundschaft und der Sehnsucht nach einem Platz in der Welt. „Litt Leweir kann außerordentlich gut erzählen." (Reinhard Jahn, WDR)

Die Thrillerreihe im
konkursbuch Verlag Claudia Gehrke
www.konkursbuch.com

Dein Kopf ist dein Gefängnis ist eine Zeile aus dem Song »Stummes Kind« der Band Xmal Deutschland, erschienen 1983 (Album »Fetisch«).

2. Auflage 2018
© *konkursbuch* Verlag Claudia Gehrke Herbst 2017
PF 1621, D – 72006 Tübingen, Telefon: 0049 (0) 7071 66551
0049 (0) 172 7233958, office@konkursbuch.com
www.konkursbuch.com   Facebook: konkursbuch.verlag
Lektorat: Florian Rogge. Gestaltung: Verlag
Gerne schicken wir Ihnen auch unser gedrucktes Gesamtverzeichnis.
ISBN-Buch: 978-3-88769-563-7 E-Book: 978-3-88769-564-4